NF文庫
ノンフィクション

悲劇の艦長 西田正雄大佐

戦艦「比叡」自沈の真相

相良俊輔

潮書房光人社

悲劇の艦長 西田正雄大佐——目次

写真提供／各関係者・『丸』編集部・米国立公文書館

悲劇の艦長 西田正雄大佐

――戦艦「比叡」自沈の真相

第一章　勇者の汚名

ある老人との出会い

あれはいったい、いつごろのことであったろうか。私にもはっきりした記憶はない。十二、三年前の秋の終わり頃であったような気もするし、もっと以前のことであったような気もする。うすれた遠い記憶でありながら、あのときの、あのひとの異様とも思える姿だけは、いまもなお、私の網膜に鮮烈に灼きついて、はなれないのである。

海から吹き寄せる潮をふくんだ風が、頬につめたく感じる晩秋の午後、私は江田島へ渡るために、呉港の中央桟橋から、江田島行きのフェリーに乗った。江田島ははじめてだったし、フェリーに乗った経験もなかったので、私は遠足にいく小学生のような気分を味わいながら、箱型二階建の船室や、ひろびろとした上甲板を歩きまわったりしていた。

船が岸壁をはなれて、ものの二、三分たったかたたぬうちに、とつぜん空がまっくらになり、スコールのような雨が降ってきた。秋にはめずらしい通り雨であった。甲板にいた乗客たちは、ときならぬ俄雨に、悲鳴をあげながら、船室に逃げこんだ。

〈ひどい雨になったもんだ〉

私は心中すこしばかり困惑しながら、船室の窓ガラスごしに、江田島の方に目をやった。ついさっきまで、眼前にそそり立って見えていた古鷹山《ふるたか》は、いまは濃い灰色の雨雲にすっぽりとつつみこまれて、山裾に広がる集落の白壁の家なみが、沛然たる雨の中に、乳色にけぶっているのが見えるだけであった。

私はその日、旧海軍兵学校の教育参考館を訪ねることになっていた。いまは海上自衛隊の第一術科学校になっている兵学校の参考館で、神風特別攻撃隊関係の資料を調べるのが、私の目的だったのである。

すでに連絡はしてあったが、参考館の参観は、午後三時が門限であった。それにおくれれば、翌日まわしになる。この雨で時間通りに着けるかどうか、私は、少々心配になってきた。

私ははげしさをくわえる雨足を気にしながら、窓ガラスを通して暗い海を眺めていた。

そのときであった。私の立っている船室の扉から数メートルほどはなれた上甲板の舷側ちかくに、雨に打たれながら佇立している黒い人影が、ふいに私の目にとびこんできた。

〈このひどい雨の中で、酔興な人もいるものだ。船室に入っていればいいものを……〉

私はふとそんなことを思ったりしたが、べつにふかく気にもとめず、五人がけの長椅子のはじっこに腰をおろして、雑誌の頁をパラパラめくったりしていた。

しばらくして、見るともなしに目を向けると、その人は、先刻と同じ姿勢で、暗い海面を見つめたまま、まだ動こうともしないのである。

私はようやくその人の異様さに気がついた。それは、たしかに異様とも思える姿であった。だれもいない上甲板の、降りしきる雨の中で、黒っぽいコートの襟をたてたまま彫像のように動かない姿――その後姿は、人を寄せつけない、ある孤高のきびしさを感じさせながら、しかもどこか寂しげで、ふかい孤独の翳《かげ》りを秘めていた。

〈――あの人は、あんなところで、いったいなにを考えているのだろう〉

私は、その後姿がひどく気になってならなかった。いや、そのとき私は、この得体《えたい》の知れないどこのだれとも知れぬ人物に、すくなからず興味をおぼえはじめていたのである。

雨に濡れた窓ガラスの曇りを、掌でぬぐいながら、私はそこに映る黒い背中を、なおも眺めつづけた。

フェリーは江田島に近づいてきたらしく、小用《こよう》港の桟橋が、左手に見えはじめた。すると、その人は、船の進行にしたがって、立っている位置をすこし左にずらした。そのために舷側に近い窓ぎわに立っている私と、斜めに向かい合うかたちになった。そのとき私は、その人の横顔をはじめて見たのである。その人は背中だけの姿よりは、思いのほか老けた顔をしていた。すでに六十を五つ六つすぎているらしく、白髪の髪はうすく透けて、額が広くはげあがっていた。彫りのふかい整った顔立ちで、外人のように高い鼻梁と、鋭い目を持っていた。

だが、二つのその目は、泣いたあとのように潤んで見えたのである。私ははじめ、雨にうたれて濡れたために、そう見えたのかもしれない、と思った。が、よく観察するとそうではなかった。たしかに、老人は哭《な》いていたのだ。老人は、ポケットからうす汚れたハンカチをとりだし、頬や顎のあたりを、無雑作に拭うのだが、そのハンカチで、ときどき目頭を押さえるのである。

降りしきる雨も意に介そうとはせず、なぜこの老人はひとり上甲板に立ちつくしていたのか。老人は、だれもいないところで、だれにも邪魔されずに、ひとり哀しみにひたりたかったのではないだろうか。私には、そう思えてならなかった。

やがて船は、小用の港に到着し、速力を落としながら、岸壁に近づきはじめていた。乗客たちは身仕度をととのえると、先をあらそって、下甲板へ通ずる階段の方へ殺到しはじめる。

老人は、黒いボストンバッグを右手に、ゆっくりと階段の方へ歩きはじめた。

私は船室から廊下へまわり、老人のあとを追って出口へ向かった。

老人は小柄で背はひくかったが、肩幅が広くがっしりした躰つきをしていた。

船が激しく揺れ、大きく左右にかしいだために、私は危なくつんのめりそうになった。だが、私の前をいく老人は、巧みに躰のバランスをとり、老人とは思えぬたしかな足どりで、すいすいと歩いていくのである。私は、その歩きっぷりに、思わず目を見張った。そして、そのとき私は思った。

〈――この老人は、ただの人ではない。たぶん、むかし軍艦に乗っていた海軍の軍人だった人にちがいない〉私の直感であった。私はただなんとなしにそんな気がしたのである。

私は、いくどか老人に声をかけてみたい衝動にかられ、喉元まで声が出かかった。が、やや怒り肩の広い肩幅を見せた老人の背中に、私は、ひとを寄せつけない厳しさみたいなものを感じ、どうしても、そのきっかけがつかめなかった。

昇降口に並んだ列が動きだし、乗客たちが架橋をわたって陸岸へ吐きだされていく。

私は老人のうしろにぴたりと寄りそい、階段から船艙へ向かった。

私が架橋を渡ろうとしたとき、砂利運搬の大型のダンプカーが、急にうごきだしたため、私と老人はひきはなされてしまった。

ダンプカーは、架橋の鉄板を踏みならしながら、勢いよく対岸に匍《は》い上がっていった。そのダンプカーを追いかけるように、私は小走りに走って、船着場の前の広場に出た。だが、さっきの老人は、どこへいってしまったのか、もう姿は見えなかった。

私はキョロキョロしながら、あたりを見まわし、バスの待合所や、食堂らしい店の中までのぞいてみたりしたが、むだであった。

〈なんてことだ!〉ダンプカーのために、ストップをくったことが急にいまいましくなり、私は腹立たしい思いを噛みしめながら船着場の方へひきかえした。

江田島の海浜にて

すでに雨はやんでいた。雲の切れめから薄陽さえ洩れ、さっきまでのどしゃぶりの雨がウソのように、あたりは明るくなっていた。うまいぐあいに、小型のタクシーがやってきたので、私は老人のことはあきらめ、まっすぐに術科学校へ向かった。

術科学校に着いたのは、門限ぎりぎりの二時五十分ごろであった。衛兵所で名刺を通すと、三浦という三佐が、参考館へ案内してくれた。

一階の陳列室には、特攻隊員として散華した若者たちの肉親にあてた手紙、日記、肖像写真など、数百点が、ガラスケースの中におさめられていた。

私が調べたかったのは仁礼翔太郎海軍中尉のことであった。仁礼中尉は終戦一ヵ月前の七月十二日、鹿屋基地を発進し、南西諸島上空でアメリカの空母に体当たり攻撃をかけ、壮烈な最後を遂げたという。

仁礼は私とは大学時代の親友であった。かれは仏文を専攻し、フランス語がうまかったが、ポール・バレリーばりのうつくしい詩を書いていた。かれは詩も巧みだったが、痩せて背が高く、鼻筋の通った色白の美男だったので、ずいぶんと女性にさわがれていた。

その仁礼が、海軍飛行予備学生として、土浦の海軍航空隊へ入隊した。私はかれより半年はやく召集され、麻布の近衛歩兵第三連隊に入隊したのである。

「おい、死ぬなよな。生きてかえって、また会おうぜ。生きてさえいれば、いつかはきっと会えるんだからな」

「むろんだ。そうかんたんに死んでたまるか」

早稲田のグラウンド近くの喫茶店で、私と仁礼はそんなことをいいあって別れた。

そして、それが私たちの最後の別れとなったのである。その仁礼が特攻出撃で戦死し、私だけが満州から生きて帰ってきた。

そのとき以来、すでに二十余年の歳月がすぎている。

私はおりにふれては仁礼のことを思い出し、そのたびに、親しい友人として、かれの死の出撃の模様を調べ、なにかのかたちで記録にとどめておいてやりたい、と考えていた。しかし、そうは思うものの、なかなか実現できず、ずるずるべったりに今日になってしまったのである。

私は亡き親友仁礼翔太郎に対し、みずからの怠惰を愧《は》じつつ、いつもうしろめたい気持を持ちつづけてきたが、その気持に決着をつけるべく、ようやく江田島を訪れたのである。

しかし、せっかく訪ねた参考館にも、仁礼の身辺の手がかりになるようなものは、なにひとつ残されてはいなかった。

ただひとつ、残されていたのは、神風特別攻撃隊戦死者名簿の中の一行の記述だけであった。

『海軍中尉仁礼翔太郎、昭和二十年七月十二日、沖

江田島・海軍兵学校時代の教育参考館。現在も同地にて海上自衛隊第１術科学校の教育参考館として使用され、見学が可能

縄南西諸島上空で戦死』

私は憮然たる思いで参考館をあとにした。

＊

術科学校の門を出てから、さて、これからどうしようかと、町角で考えあぐんでいると、空車のタクシーが通りかかった。

「どこか静かな宿へ、連れていってくれないか」

私が声をかけると、中年の運転手が、

「すこし遠いが、小方までいってみませんか。あたらしくできたホテルがあり、瀬戸内の夜景がきれいですよ」といった。

「いいだろう、今夜はそこへ泊まろう」

私は腹をきめて、タクシーに乗りこんだ。

車は、湖のように波ひとつない、海岸沿いの白い道を走りだした。

江田島は地図で見ると、ザリガニのような形をしている。二本の鋏の東側が江田島、西側が西能美島で、ホテルのある小方と、旧海軍兵学校は、四キロの海上を距てて向かい合っていた。

湾内に沿って大きく一周し、小方の三キロほど手前の松ヶ鼻という、小さな岬にさしかかったとき、運転手が、スピードを落としながら声をかけてきた。

「お客さん！　この海岸で、利根が沈んだんですよ。あそこにあるのが、利根の慰霊碑です」

「ほう重巡の利根が、ここでね」

ゆるい斜面を背にして、数本の赤松がそそり立っている。その松の巨木の下に、黒御影石を磨きあげた高さ二メートルほどの碑が建っていた。

一万二千トンの重巡利根は、太平洋戦争中、もっともはなばなしく奮戦した歴戦の軍艦であったが、終戦直前の七月二十八日、アメリカ機動部隊の呉軍港大空襲のさい、艦載機群の猛攻を受け、ついに大破着底したまま終戦を迎えたのである。

利根の最後は壮絶だった。二十数発の直撃弾と至近弾を浴びながらも、沈没寸前まで、対空砲火はやまず、果敢な反撃をつづけたという。そのために、岸近くにありながら数百名の犠牲者を出したのである。それら将兵への愛惜をこめた鎮魂の碑は、いま晩秋のよわい西陽を受けて、ここ瀬戸内の一角にひっそりと佇んでいるのである。

私は車を停めさせ、しばらく慰霊碑を眺めていた。そのとき、背後のくさむらから、黒い人影があらわれた。その人影を見て、私は思わず、「あっ！」と叫んだ。なんと意外にも、その人は江田島の桟橋で見うしなってしまった、あの老人だったのである。どしゃぶりの豪雨の甲板に立って、人知れず哭いていたあの老人なのだ。

老人の手には、ひとにぎりの野菊の花束があった。老人は、手折ってきたその花束を、いとしむように、一本一本丁寧に茎をそろえてから、慰霊碑の前に供えた。それから威儀を正してふかぶかと頭を下げ、その下げた頭をいつまでも上げようとしないのである。

７月24日、江田島で米艦載機の爆撃を受け、対空砲で応戦する重巡「利根」。同28日の再空襲では米艦載機の攻撃により大破着底した

元海軍軍人らしいこの老人は、利根の慰霊碑に詣でるために、江田島を訪れたものであることが、私にもやっとわかってきた。

それにしても、なんとみごとな黙殺ぶりであろうか。老人は道の端に停まっている車や、車の側に立っている私に、気がついているはずなのに、まったく無視しきっていた。

けれども、私は無視されたことで、あべこべに、なにか感動に似た気持さえ味わっていた。なぜかといえば、老人の態度はその人柄のままに、むしろ愚直ともいいたいほど、明治人らしい軍人の気骨を、その後姿に見せていたからである。

たしかにそれは、明治の人間にしか見ることのできない、頑固なまでにおのれを律する一徹さと節度を、なまのまま、さらけだしているように見えた。

私は、フェリーの甲板上ではじめて老人の姿を見たとき、その異様さに心を魅かれ、ふしぎな好奇心に駆られたのであるが、それはたぶんに、その異様な姿から、老人が身につけている秘密の匂いを、私が嗅ぎとったからであった。

雨にうたれ、びしょ濡れになりながら、海を見つめてひそかに涙をながす姿も異様なら、利根の慰霊碑の前で、最敬礼したまま頭を上げない姿も、また異様であった。

〈なにかある？　この老人の過去に、だれにもいえない、何か秘密めいたものが……いったい、それはなんなのだろうか〉

私はいろいろに思いをめぐらせながら、老人の動かない後姿を、凝視しつづけていた。

やがて老人は顔を上げ、碑の前から離れた。そして一歩、二歩、こちらに向いて歩きかけてから、また振り返り、仰ぐように碑を見上げなおし、やや満足そうな表情をつくって、すたすたと歩きはじめた。

〈話しかけるのはいまだ。この機会を逃がしたら、もう二度とふたたびこの人に逢えないかもしれない〉

ふとそんな気がした。

私は小走りに老人のあとを追い、勇気を出して声をかけた。

「大変、失礼ですが……」

私はできるだけ慇懃《いんぎん》な態度で、名刺をさし出した。

「きょう、江田島行きのフェリーの中で、ご一緒でしたが、また、ここでお目にかかることができましたので……」

〈それがどうしたというのだ〉

老人はそういいたげに、私をじろりと一瞥した。唇をへの字にむすび、私の視線をはねつけるように、目をすえてにらみかえすのである。

圧倒されるような威圧感に、私はしどろもどろの口調になり、やっとの思いでいった。

「お見受けしたところ、利根とご関係のある方かと思いますが……」

老人は黙ってうなずいた。が、私のぶしつけな質問に、あきらかに当惑しているらしく、私が渡した名刺の端を、人差し指でピンピンとはじきかえす仕草を、くりかえしていた。

私はそれに気づかぬふりをして、さらにつづけた。

「じつは私は、特別攻撃隊員として沖縄で散華した友人のことを調べるために、江田島にやってきたのですが、船の上で、ご老人の後姿を拝見し、なにか心魅かれるものを覚えたのです。それで、お差しつかえがなかったら、すこしむかし話でもおうかがいしたいと思いながら、船着場でお姿を見失ってしまったのです。それがまた、ここでお逢いできたので、つい声をおかけした、というわけです。いかがでしょう、利根の最後のことなぞ、お聞かせ願えませんでしょうか」

老人の表情は、しかし、すこしも変わらなかった。それがくせのように、大きな目を一点にすえ、私の顔をじっと見つめていたが、しばらくしてボソリとこたえた。

「きみは、なにか思いちがいをしているようだ。私には語るものはなにもない。いや、私は戦争のことなぞ語る資格のない人間です。私は利根の艦長をやったこともあった。しかし、それは、太平洋戦争のはじまる前のことでね。その当時の部下が、大勢利根に残っていたので、一度は慰霊碑におまいりしなければ、相すまんと思って、こうして何十年ぶりかで、江田島にやってきた。ただ、それだけのことです。どうか、わるく思わんでくれたまえ」

老人はそういい残すと、「失敬」と小さな声でいい、さっさと歩きだすのである。

私は突き放されたような、なんともいえない後味のわるさを噛みしめながら、遠ざかっていく老人の後姿を、いつまでも見送っていた。

「勇者の汚名」と共に

そのことがあってから半年ほど過ぎた。

あの日以来、私は江田島で逢ったふしぎな老人のことが、どうしても忘れることができなかった。いや、日が経てば経つほど、雨に打たれながら甲板に立ちつくしていた老人の、厳しくもどこか寂しげな姿が、脳裡に灼きついたまま、離れなかった。

「私には語るものはなにもない。私は戦争のことなぞ、語る資格すらない人間である」

あの人は、たしかにそういった。が、それはウソである。なにかがある、あるからこそ、語ろうとしないのだ。

あのときの異様とも思える姿が、それを雄弁に物語っている――私はそう信じていた。

それからというもの、私は暇を見つけては、「ふしぎな老人」の正体をつきとめようとして、あらゆる資料をひっくりかえして調べてみた。

宿毛湾外で全力公試中の戦艦「比叡」。練習艦から戦艦籍に返り咲いた本艦は昭和11年11月から呉工廠で金剛級の第1次、第2次同時改装を受け、15年に完成した

唯一の手がかりは、重巡利根の歴代の艦長の名を調べあげることであった。そこから糸をほぐしていくと、数人の艦長の中から、海兵四十四期西田正雄大佐の名が浮かび上がってきた。

なぜ西田大佐に目星をつけたかというと、利根の艦長を歴任した五人の軍人の中で、もっとも悲劇的な末路を辿ったのが、最後の比叡艦長、西田大佐であったからである。

海兵四十四期には、日本海軍の中堅となった天下の俊材が網羅されている、といわれていた。ミッドウェー海戦のさい、空母蒼龍艦長として艦と運命を共にした柳本柳作、ハワイ奇襲作戦を推進した連合艦隊先任参謀黒島亀人、南方軍総参謀副長中堂観恵少将等々である。

西田大佐はこれらの俊英の中にあって、海兵、海大をトップで出た恩賜組で、その逸材ぶりは早くから注目されていた。その概歴を見ると、昭和五年の第一次ロンドン軍縮会議のさい、首席全権財部大将の随員として、山本五十六とともに派遣され、その後イギリス駐在武官として、ロンドンにあること二年。帰国後は、軍務局第一課員、駆逐艦島風艦長、昭和十年、第二次ロンドン軍縮会議（全権永野修身大将）随員、水上機母艦千歳艦長、支那方面艦隊先任参謀、軍令部第八課長等をへて利根艦長、さらに昭和十六年九月、有馬馨大佐にかわって比叡艦長となったのである。

大和のテスト艦として、第三次の大改装を終えたばかりの比叡は、世界有数の高速戦艦として面目を一新し、新艦長西田を迎えたのである。

開戦以来、比叡の奮戦ぶりにはめざましいものがあった。真珠湾の奇襲攻撃には、南雲機動部隊の護衛にあたり、作戦終了後、南太平洋海域に反転し、つづいてラバウル攻略戦に参加、さらにジャワ海の機動作戦、ポートダーウィン攻撃。四月にはインド洋に進出し、セイロン攻略戦。五月から七月までは、一転してアリューシャン攻略戦と、広大な太平洋全海域を、高速を利しての神出鬼没ぶりを見せて、縦横にあばれまくったのである。

その比叡が、昭和十七年十一月十三日のサヴォ島沖海戦で、ついに沈んだ。

ガダルカナル島のアメリカ軍航空基地を砲撃にいく途中、サヴォ島沖で重巡ポートランドなど十二隻のアメリカ艦隊と遭遇し、猛烈な夜間砲撃戦を展開。七隻を撃沈し、五隻を大破させた。この海戦で日本側は駆逐艦夕立と暁を失い、雷、村雨が損傷をこうむっただけの、圧倒的な勝利をおさめた。比叡は孤軍奮戦し、大和のテスト艦にふさわしい強艦ぶりを発揮したが、舵をやられて航行不能におちいった。翌朝、比叡が砲撃するはずだったガダルカナル飛行場を飛び立ったアメリカ海兵隊所属の雷撃隊七十機が、比叡に襲いかかり、数発の魚雷を命中させた。さらに第二波の爆撃隊が、八十発の爆弾を投下した。満身創痍の比叡は、火炎につつまれながら、なお沈まなかった。雪風に移乗した第十一戦隊司令官阿部中将は、トラック島基地の山本長官あて、比叡の処分許可の要請電文を発したが、山本は、「処分は不可、曳航して帰れ」と回訓してきた。

しかし、すでに浸水がはなはだしく曳航どころではなかった。阿部中将は意を決し、西田艦長に自沈処置をすませ、退艦せよと命令を伝えてきた。

が、西田艦長はこれを拒否し、比叡艦上から降りようとはしなかった。かれもまた、同期生蒼龍艦長柳本大佐と同じように、艦と運命を共にしようとしたのである。

西田を死なせてはならない、と考えた阿部中将は、さらにこう命令を伝えた。

「艦の被害状況報告に、ただちに本艦に来たれ」

西田は、司令官のこの命令さえも黙殺し、ガンとして艦を降りようとはしなかった。この間の経緯については後章で詳述するが、西田は、「わしをここで死なせてくれ」と叫び、ジャイロコンパスにしがみついて離れなかった。たまりかねた部下たちが、西田に組みついて強引にかつぎ上げ、迎えのランチに移乗させたのである。西田が雪風に収容されて間もなく、総員退去の命令が発せられ、雪風の魚雷二本が、比叡に向かって発射された。

西田艦長は、雪風の艦長室に、軟禁状態にされていた。だから比叡の最期を見とどけることができなかった。

雪風の魚雷が発射されたのは午後四時。蜂の巣のようになった比叡は、熱帯の夕陽を浴びながら、なお沈むのを拒否するがごとく、海面に檣頭《しょうとう》をかかげていたのである。

雪風、時雨らの駆逐隊は、いったん現場をひきあげたが、午後十一時、ふたたび現場にもどってきた。しかし、そこには比叡の艦影はすでになく、あたりの海面には、おびただしい重油が月光に照らされてギラギラと浮いているだけであったという。

こうして、栄光の戦艦比叡は沈んだ。しかも日本海軍のだれからも、その最期を見とれられることなく、南溟の海底ふかく没しさったのである。

比叡は日本の戦艦群の中で、一番さいしょに沈んだ艦であった。その意味では悲劇の艦といえるかもしれない。しかし、世界一の超弩級戦艦とうたわれた大和や武蔵が、その巨砲の威力をなんら発揮することなくあえない最期を遂げたのに対して、比叡は戦艦の名にふさわしい戦いぶりで、アメリカ艦隊を完膚なきまでに叩き潰し、そして、戦艦らしい終焉を遂げたのである。

だが、その功績を讃えられて然るべきはずの艦長西田正雄大佐は、内地帰還後、予備役に編入させられた。

海軍省のこの人事に激昂した山本長官は、宇垣参謀長を内地へとばして、嶋田海相に命令撤回を要求した。が、山本とウマのあわない嶋田は、にべもなくこの要求をハネつけてしまったといわれる。

では西田艦長の予備役編入は、いかなる理由にもとづくものであったのか——。曰く、

「艦長として、艦の最期を見とどけていないのは不届き至極である」

「西田は卑怯者である」

「比叡からの退艦ぶりは、武人らしくない」

「艦と運命を共にしなかったのは、心に臆するものがあったからであろう」

こうした痛罵の声は、醇乎《じゅんこ》たる武人の気質を持つ西田大佐にとって、堪えがたい屈辱であったに相違ない。しかし、西田大佐はそれに対し、一言も弁解めいたことを口にしなかった。

それは、まさしく「勇者の汚名」であった。

＊

私は半年がかりで、以上の挿話を、防衛庁戦史室の資料や、比叡の関係者から聞き出したのであるが、その際、かれらの談話に聞き入りながらも、絶えず私の頭の中に、ちらちらしていたのは、あのときの老人の孤独な姿であり、みだりに人を寄せつけない峻厳な拒否の姿勢であった。私は、あのときの西田老人の動作や会話の一つ一つを、克明に思い浮かべてみる。すると、そのすべてが、どこかでちゃんと符合し、なるほどと納得のいく気持にさせられるのであった。

しかし、私がこうして耳にした話は、すべて第三者の立場にある人の発言であり、当の西田大佐は、いっさい沈黙をまもっていた。

『連合艦隊の最後』の著者・伊藤正徳氏は、西田大佐が予備役編入になったとき、「なんとばかなことを……西田大佐こそ、いずれは連合艦隊の指揮をとるべき、未来の提督であり、日本海軍の逸材であったのに」と、嘆息をもらしたという。

栄光に満ちた将来を約束されていた海軍の逸材は、比叡の最期とともに、一転して失意の人となったのである。その裏面には、第三者には推し量ることのできない、海軍上層部の謎めいた暗闘相剋と、西田大佐個人の深い苦悩が秘められているように思えてならなかった。

私はどうしても、西田大佐に会わずにはいられなくなった。

西田大佐にしても、長い間、胸中に秘めてきた、なにかがあるはずであり、それを直接に聞いてみたいと思った。

西田大佐と、偶然はじめて出逢ってから半年目の翌年の春、私は、播州の龍野市に西田元大佐を訪ねたのである。

西田大佐は、いま郷里龍野市のある製麺工場の工場長として働いているという。頑固一徹な人柄であるだけに、通りすがりの人間にしかすぎない私に、肚《はら》をわって胸のうちをさらけだしてくれるとは、私も思ってはいなかった。しかし、私はもはや傍観者ではなかった。汚名を受けたまま、いっさいの弁明を避けて生きつづけてきた西田大佐の立場にたって、この問題を掘り下げてみたいと考えていた。

龍野は、姫路で姫新《きしん》線に乗りかえ、四十分ほどの距離にある静かな城下町である。

私が訪ねた横尾製麺工場は、その龍野より一つ先の東觜崎《くちざき》駅の線路沿いにあった。貨車の引込線が、白壁づくりの工場内にのび、数両の貨車に大勢の労務者がむらがって、小麦粉の袋の積み降ろしをしていた。

私は線路から直接に工場内へもぐりこみ、事務所で面会を乞うた。応接室にしばらく待たされたが、その間、私は、話をどうきりだすべきかと、そればかり考えていた。やがて背後のドアがあき、坊主頭の小柄な老人がはいってきた。白い粉にまみれた、カーキ色の作業服を着たその人は、まぎれもなく江田島で逢ったあの老人であった。

「よく、ここがわかりましたね」

西田元大佐は、私の執拗さにあきれたように、ちらりと苦笑してみせた。

「おそれいります」

この前は、うまくかわされたが、こんどは逃げられる心配はないと、私は、正面からぶつかる気構えで口をひらいた。

「西田さんは比叡の沈没に関して、いっさいお口を閉ざしていらっしゃるようですが、戦後すでに二十年以上もたっています。もうこのへんで、本当のことをお話なさってもいいと思うのですが、どうでしょう、海軍の冷たい仕打ちに対しても、西田さん御自身、おっしゃりたいことがあるはずです……」

私がそこまでいいかけたとき、

「ちょっと、待ってくれたまえ」と、西田元大佐はいそいで口をはさんだ。

「この前、あなたと江田島でお逢いしたとき、私は、はっきりと申し上げたはずです。私には、なにも語る資格はないと……」

つき放すような冷たい声音であった。そして、すぐにこういった。

「あなたの気持は、ありがたいと思う。が、私は道を誤った人間です。そんな人間を書くよりはまだ、書かなければならない値うちのある人間は、ほかにいくらもいる。たとえば、蒼龍の艦長柳本柳作。かれは私の同期生です。立派な男ですよ、柳本というやつは。私なぞより、かれのことを書いてやってほしい」

「はあ、柳本大佐もたしかに御立派でしょう。が、私は……」

そういいかけたとき、西田老人は、ふいに涙声になり、はげしい口調で、叫んだのである。

「いいですか、どのような名分をたてようと、艦長というものは、艦が沈んだときは、生きてはいけないのだ。柳本のように、艦と運命を共にしなければ、いかんのだ。が、私にはそれができなかった。だから、どのように処遇されようと、どんな悪罵を受けようと、それに堪えるしかないのだ。私は武人としてのとるべき道を誤ったのです」

西田元大佐は、そこできゅうに優しい目になった。よわよわしいほどに穏やかな、ふかい目を私に向けて、こういった。

「相良さん、おたのみします。武人としての道を誤った私を、これ以上追いかけないでほしい。あなたも軍人としての体験をお持ちならば、私のこの気持が、おわかりいただけるはずだ……」

吐きだすように口走る大佐の瞳が、みるみるうるみはじめ、小皺の刻まれた目尻から、にじみ出るように涙がしたたりおちた。

「――西田さん！」

私は、一瞬、はげしく胸を衝かれた。なにか得体のしれない感情の波が、胸いっぱいにひろがり、私の躰をおしつつんでいった。私は、その大きな感情の起伏のなかに押し流され、他愛なくおぼれていく自分を、遠くで感じていた。

第二章　ひとつの約束

西田大佐からの手紙

それから長い歳月が経った。その間、私は西田大佐の風貌に接する機会を、みずから断ちきっていた。断ちきってはいたが、しかし、西田大佐をめぐる比叡自沈の真相を、解きあかしてみたい、という私の気持は、あのころとすこしも変わってはいなかった。いや、時間が経過すればするほど、私のその気持は、熾烈になり、龍野へ飛んでいきたい、という衝動にいくど駆られたことか。しかし、私のそんな衝動にブレーキをかけていたのは、横尾製麵工場を訪ねたときの、西田大佐のことばであり、あのときの姿であった。

「――武人としての道を誤った人間に、語るものの、なにがあろうか」

そういって、すげなく私の問いを拒否した西田大佐――人はだれでも、多かれ少なかれ、他人には触れられたくない心の傷痕を持っているものである。けれども、私はそのことばを聞いたとき、西田大佐が二十数年間、胸に秘めてきた傷の深さを、知らされたような気がした。すげなく拒絶はされたが、そのときの大佐の顔を、私は忘れることはできないと思った。ふかい年輪の刻まれた彫りの深い顔に、涙をたたえたそれは、びっくりするほど、やさしく、うつくしく見えた。私はその顔に真実の「男の哀しみ」を発見したのである。そして、私の衝動を制止したのは、その顔であった。その顔を脳裡に思い浮かべるたびに、私の勇気は挫け、しぼんでしまうのである。それでも、私は信じていた。いつの日にか西田大佐は、みずから閉じていた堅い殻をといて、私に語りかけてくれるということを。そう考えるのは、私の思い上がりであったろうか。

それから十年の月日が過ぎた。

そのあいだ、年賀状と暑中見舞い程度の文通だけはつづいていた。しかし、私のほうからは、けっしてその件について触れようとはしなかったし、大佐もまた、触れてはこなかった。

西田大佐は、すでに長年つとめた横尾製麵を退社し、亡き部下の霊をなぐさめるべく、全国各地を訪ね歩いていたが、最近は、持病の腰椎病が悪化し、岡山医大の整形科に通って治療につとめている、といった消息を伝えてきていた。

——ある日、私は一通の手紙を、大佐からもらった。いつもより分厚い手紙だったので、私はかすかな胸のときめきを覚えながら、いそいで封を切った。

——手紙はいつものような達筆な文字で、季節のことなぞあれこれと触れたあと、関西方面へお越しの折に、是非お立寄りください、としたためてあった。そして、末尾に『益々文筆御報国に御精進あらんことを希う』と結んであった。

「文筆御報国」とは、いかにも武人らしい、また、実直な明治人の気骨を示した表現である、と思った。二ケタの昭和生まれの人間には、すでに通用しなくなった「報国」の文字を、私はくすぐったい思いで眺めるのであった。

それにしても、西田大佐のこの手紙の内容を、どう解釈すべきであろうか。いまにして思えば、大佐はおのれの生命を予感していたのではないか。それで、このような手紙を私によこしたのではないだろうか——私にはそう思えてならなかった。

＊

数日後、私は十二年ぶりに播州龍野に、西田大佐を訪れた。

正確にいえば、昭和四十八年十月の中旬である。そして、それから五ヵ月後の三月十九日に、西田大佐は世を去ったのである。

私の予感は、不幸にして適中した。したがって、私が西田大佐と会ったのは、そのときが最後となったわけである。

——龍野市の西北、小高い丘陵の頂上に、戦国の剛将赤松村秀が築いた朝霧城の城跡がある。その丘の中腹に、「赤とんぼ荘」という国民宿舎があった。

その一室で、私は西田大佐と再会した。

十二年ぶりに会った西田大佐は、すっかり変わっていた。

クリクリ坊主の頭と太い眉。高い鼻梁をもった意志的な容貌は、あのころとそれほど変わってはいなかったが、コルセットをつけた腰は、くの字にまがり、躰がふたまわりほども小さくなっていたように思える。

ステッキをついた足どりもあぶなげで、いたいたしいほどであった。

しかし、私を迎えてくれた西田さんの顔は、意外にあかるく、病身の翳りはなかった。

「お待ちしていましたよ、さあ、どうぞ」

と、さきに立って玄関の方へ歩きだした。

長い廊下を通って、私は、白ペンキの塗られたバルコニーに案内された。

眼下には、瓦屋根の古びた家並が、廂をつきあわせてつづき、そのはるか前方には稲の刈りとられた水田が、モザイク模様を描いて、はてしなく広がり、春霞のようにしろくけぶっている。

播州平野は、すでに晩秋の色が濃かった。

「どうです。龍野って、いい街でしょう」

西田大佐はそういって、周囲を見渡しながら、

「――私の母校龍野中学は、ほれ、あの白い鉄筋の建物がそうです。私たちが通っていたころは、古びた木造の校舎だったが……」

と、樹立にかこまれた白い校舎を指さした。

西田さんは珍しく上機嫌だった。このまえとはうってかわった親しみのこもった口調で、龍野の街のあれこれを説明しはじめる。

――播州の京都と呼ばれるだけあって、龍野はこじんまりとした静かな城下町である。脇坂淡路守安宅五万石の居城は、明治初年にとりこわされて、いまは城壁しか残っていない。しかし、武家屋敷や寺院の長い土塀は、往時のままのたたずまいを見せ、城下町特有の入り組んだ狭い商家の通りは、むかしの賑わいをしのばせるに十分であった。

街の中央を揖保川が銀色に光って走り、河岸には江戸時代の面影を残す醤油工場の倉庫が長い棟をならべ、かすかにもろみの匂いが漂ってくる。

風が出てきて、急に空気がひんやりしてきた。私たちは部屋にもどり、座卓をかこんで向かい合って座った。

話は、とうぜんのごとく、戦争のことに触れ、比叡の沈没した当時の思い出話へと、さかのぼっていった。

「――なにしろ、古い話だからね。このごろ、すっかり耄碌《もうろく》しちまってね。あなたの満足するような話は、とてもできないかもしれない。だから、記憶に残っていることだけしかしゃべれませんよ。わからないことは、ほかの人に聞いてください」

西田大佐はそう前置きし、ゆっくりした語調で、語りだすのであった。

大和艦上の作戦会議

話は三十一年前の、昭和十七年にさかのぼる。

その日は、「明治節」にあたる十一月三日の、夕刻であった。連合艦隊の根拠地であるトラック島に仮泊する旗艦大和の作戦室で、緊急作戦会議がひらかれた。

作戦室の上座の中央には、連合艦隊司令長官山本五十六大将。その右側に宇垣纒参謀長、左側に先任参謀黒島亀人大佐。以下両側に十数人の幕僚が、ずらりと席を占めていた。

この首脳陣と向かい合って、第十一戦隊司令官阿部弘毅中将、先任参謀鈴木正金中佐、戦艦霧島艦長岩淵三次大佐。そして、戦艦比叡の艦長西田正雄大佐が、小柄であるが、意志的なあつい唇を嚙みしめて、山本長官の顔を正面からにらみすえている。

「では、はじめますかな」

参謀長の宇垣が、ピンとはりつめた室内の緊張をときほぐすように、笑顔をつくって口をひらいた。

「すでにご承知のとおり、ガ島上陸のアメリカ軍は空陸ともに兵力が増強され、わが陸軍部隊は潰滅寸前の重大な危機にさらされている状況です。

この苦況を打開するため、陸軍は十一月十四日を期し、十一隻の快速輸送船団をガ島に増援して、兵員、重火器、弾薬を揚陸。これを待って、第二、第三十八師団はルンガ飛行場を総攻撃、敵飛行場を奪取するとともに敵地上部隊を掃滅すべく、作戦計画を樹《た》てておるわけです。

陸軍側の企図に、海軍としても全面的に協力し、気息えんえんの陸軍部隊に、活をあたえなければならないのは、むろんのことである。

この作戦を、是が非でも成功させるためには、輸送船団をガ島まで無傷で運ぶことが先決である。それには、まず、ルンガ飛行場の敵航空基地を叩く必要がある。徹底的に覆滅できればよいが、覆滅できないまでも、数日間、飛行場の使用ができない程度にマヒさせれば成功である。

要するに、船団のガ島到着までのあいだ、敵の飛行機が飛べない程度に叩いておけばいい。

前回発令した第二十五号機密命令で、第三戦隊をもってルンガ基地を砲撃し、大きな戦果をおさめている。航空戦力の不足している現況から見て、どうしても破壊力の大きい艦砲にたよらざるを得ないのである」

昭和17年11月、第11戦隊によるガ島再砲撃を決断した連合艦隊司令長官山本五十六

宇垣は、そこまでいっきにしゃべると、禿げあがったひろい額の汗を、ハンカチでいくども拭った。

「なるほど、それでこんどは、第十一戦隊をもって、ガ島を砲撃する、ということですか」

阿部中将は結論を先にいってから、難しい表情になった。

〈一機の航空機の掩護《えんご》もなしに、無茶だ。それでは自殺行為ではないか〉

腕組みしたまま、顔をしかめた阿部の表情が、そういっているようにさえ見える。

山本長官は終始無言であった。例の大きな口を、への字にむすんだまま、だまって聞いていたが、いきなり上体をのりだすようにしてテーブルに腕をのせ、「阿部君！」といった。

「ご苦労だが、是非、きみにやってもらいたい。危険は、十分承知の上なのだが、しかし、いまはそれしかテがないのだ。頼む」

山本の声は、いつになく悲痛なひびきをおびていた。ただもう、頼みこむしかない、といった語調であった。

阿部中将はそれでも、すぐに返事をしなかった。組んだ腕をほどこうとはせず、吸殻の林立した灰皿に目をおとしたまま、顔を上げない。

幕僚たちは、山本と阿部の顔を交互に盗み見ながら、息をつめて見まもっていた。

十秒、二十秒……時間は刻々とすぎていく。時が経つにしたがって、作戦室の空気は、しだいに、白けたような妙な雰囲気になっていくのである。

だが、それをすくったのが西田大佐であった。かれは、阿部の隣りに座って、山本長官の顔に視線を向けていたのであるが、長官のその目を見たとき、黙ってはいられなくなったのである。

西田と山本の交際は古い。昭和四年秋のロンドン軍縮会議のとき、西田は全権委員の随員にえらばれ、委員の山本につきそって渡英している。そのとき以来、西田は山本に目をかけられ、西田もまた先輩の山本を尊敬し、親しい交際をつづけてきていた。だから、世人の知らない山本の裏面の性格もよく知っていた。

「いまはそれしかテがないのだ。頼む」

山本はそういった。そういったときの山本のなんともいえない複雑な目の色。長いつきあいの中で、あんな目をした山本の顔を、西田ははじめて見たのである。敗色濃い戦局の中で、その責を一身に負った山本先輩の苦悩を、その目にはっきりと西田は見たのである。

「司令官！」

西田はこころもち、阿部の方に向きをかえ、静かな声でいった。

「いきましょう、陸軍の苦しんでいるのを見れば、このまま黙視し得ません。ここは、もうひとふんばりしましょう」

「そうか……いや、きみがそういってくれるならば、わしもよろこんでいかせてもらおう」

阿部の顔に安堵の色が浮かんだ。たったいままで見せていた沈痛な表情は消え、そいだようにこけた阿部の痩せた頬に、生気がよみがえっていた。

「ご苦労なことですが、頼みますぞ」

山本も明るさをとりもどした顔でいい、そこで散会になった。

山本五十六と辻政信

やがて、別室でビールの栓をぬき、質素な壮行会がひらかれた。

第十一戦隊の比叡、霧島が、ガ島に殴り込みをかけてくれるというので、焦眉をひらいた幕僚たちは、しぜん阿部司令官と西田のまわりに集まってきて、ビールをついだり、スルメイカの皿を運んでくれたりした。

だが、阿部中将は、あまりビールもあけず、終始だまりがちであった。

「――西田艦長!」

阿部はそばに幕僚がいなくなるのを見て、西田に小声で話しかける。

「きみがそういってくれたので、わしも決断がついた。やる以上は、トコトンまでやるが、こんどの戦《いくさ》は、難しいな」

西田はだまって、阿部の顔を見かえした。そして、阿部のいう「難しい」ということばの意味を嚙みしめていた。

作戦会議のとき、阿部が返事をしぶったのは、もちろん臆病風に吹かれたからではない。阿部中将とて、真珠湾攻撃以来の歴戦の武人であり、艦隊派の勇将ともいえる人物である。しかし、ひとつの艦隊をあずかる以上は、すべての責任を背負わねばならない。となれば、成算の持てない戦に、ただ猪突猛進し、墓穴をほるようなぶざまな真似はしたくない。そう思ったのであろう。

なるほど栗田の第三戦隊は、ガ島の殴り込みに成功した。航空部隊の掩護もなく、いわば丸裸のままで敵制空権下の陸地に接近し、ルンガ飛行場を火の海にさせて生還した。戦運に恵まれ、ツキにツイていたといえる。だが、阿部にしてみれば、第一回に成功しているからといって、そうそう柳の下にドジョウがいるとはかぎらないと、いっそう危惧をいだいたのである。

しかもである。ガ島突入をはかるためには、第一回のときと同じ海域の、同じコースをとらなければならない。とすれば、前回の奇襲で痛い目にあったアメリカ軍が、ただ手を拱《こまね》いているとは考えられない。それこそ、持てる空海の兵力をつぎこんで邀撃に転じてくることは、目に見えているのだ。

物量に物をいわせ、ガダルカナル島を攻略すべく上陸する米軍部隊

げんに栗田中将は、山本長官が二度目の出撃をうながしたとき、艦の早急な整備と、兵員の極度の疲労を理由に、婉曲に拒否したのである。栗田にしても、二度目の成算は持てなかったのであろう。そのために、阿部艦隊にお鉢がまわってきたのであるが、阿部の第十一戦隊にしても、十月二十六日の南太平洋海戦に参加し、基地に帰投したばかりで、乗組員の疲労度は、栗田艦隊の場合と同じであったから、阿部司令官としても、このへんがいちばん辛いところであった。では、なぜ西田は、そうした事情を無視して阿部に出撃を助言したのか。それは、阿部の苦悩もさることながら、

山本長官の苦しい胸のうちを、おもんばかったからである。その意味からいえば、阿部は西田の積極的な発言によって、精神的には救われる結果となり、決断に踏みきることができたのである。

ところで、いったい山本長官は、なぜ危険きわまりないガ島殴り込み作戦を立案し、強行に作戦実施に踏みきったのであろうか。これには、陸軍側の強い要請があったからである。

当時、ガダルカナル島をめぐる攻防戦は、のちに「太平洋戦争の天王山」といわれるほど、島上においても、海上においても、またガ島上空においても、日米両軍は四つに組んで数ヵ月間の死闘を演じた。この戦いは、日本軍がかつて体験したことのない、大物量との戦いであり、人と物との激甚な消耗戦でもあったのである。物量をほこる米軍は、叩かれても叩かれても、飛行機を、弾薬を、食糧を、器材を、次から次へとそそぎこんでくる。これに対して日本軍は補給がつづかず、飢えと疫病にやられて、島上の兵たちは素手同様で戦わなければならなかった。

ガ島の戦略的な価値を重視した大本営は、ガ島奪回を企図し、ミッドウェー島攻略部隊に予定され、その後グアム島に待機していた一木清直大佐指揮の一木支隊を、増援軍としてガ島に送りこんだ。

その一木支隊は、駆逐艦で運ばれて上陸はしたものの、ただ一門の重火器も携行していなかった。そのため、夜襲に転じ、凄絶な白兵戦をくりひろげたが、火力にまさる米軍に包囲され、テナル河畔で全員が玉砕してしまった。

兵器、弾薬、糧食を積んだ多くの輸送船はガ島近海で撃沈または海岸で被爆炎上

そこでやむなく、一木支隊につづいてトラック島に待機していた川口清健少将指揮の川口支隊を送りこんだ。この川口支隊もルンガ飛行場奪回をめざして攻撃にうつったが、たった八門の速射砲では歯がたたない。それでも猛烈な敵の攻撃を排除しつつ滑走路に進入し、いったんは飛行場を占領しながらも、弾薬、糧秣《りょうまつ》の欠乏から、これを持ちこたえることができず、ルンガ川の左岸に後退して、じりじりとジリ貧におちいり、餓死寸前の状態においこまれていた。

大本営は、一木、川口両支隊の攻撃失敗に愕然とし、急遽、辻政信参謀を、前線視察のために現地へ派遣した。辻は、前線の悲惨な状況をつぶさに視察したのち、九月二十四日、ラバウルからトラック島へ飛び、旗艦大和に山本長官を訪ねた。

辻は前線の悲惨な状況を、逐一、山本に語るとともに、あらたに第二師団を増強させるための輸送に、海軍の強力な援助を懇請した。そのとき、

第３戦隊を率いルンガ基地砲撃に成功した栗田健夫中将

辻は山本にこういった。

「前回の失敗をくりかえさないためにも、護衛つきの船団輸送をおこなうよう、せつにお願いしたいのです。百武軍司令官は、もしも海軍の協力がえられないときは、船団の先頭に立って輸送船に乗り込み、死ぬ覚悟でガ島に上陸するつもりだ、と申していました」

辻のいう前回の失敗とは、兵器、弾薬、食糧を満載した輸送船が、敵の急降下爆撃機の餌食となり、上陸した将兵の見ている前で、かたっぱしから撃沈されたことであった。

「あれさえあれば、勝てるのに」と、将兵は切歯扼腕し、悲憤の涙にくれたとのことであった。

聞いていた山本は暗然とし、慰めることばもなかったという。

ガ島の争奪戦は、つまりはルンガ飛行場をめぐるとりあい合戦でもあった。ガ島の戦略的な地形を重視し、そこに飛行場を作らせたのは、じつは山本だったのである。しかも山本は、陸軍の了解もとらず、勝手に海軍の設営隊を送りこんだ、という経緯があったから、山本としても、大きな責任を感じていた。だから山本は、いっそう堅い決意を心に秘めて、辻にこたえた。

「ガ島の将兵を、餓死させたとあっては申しわけないことだ。その件については、この山本が引き受けた。必要とあれば、大和を出撃させてでも、船団護衛の任にあたらせると、百武閣下にお伝えください」

力強い長官のことばに、辻は感激し、頬を紅潮させて、帰っていった。

山本は、宇垣参謀長以下各幕僚に対し、作戦計画の具体案を、至急作成するように命じた。そして、その作戦大綱は、二日後にはできあがった。

それによると、増援の第二師団の主力は駆逐艦数隻で運び、重砲、速射砲、車輛、弾薬、糧秣などを輸送船に積み込んで、ガ島西北部のタサファロング海岸に揚陸させる。その船団に対しては水雷戦隊を護衛にあたらせる一方、連合艦隊の主力をソロモン海域に出動させ、敵の海、空軍部隊の目をソロモン方面に向けさせるべく、陽動作戦を展開する。

また、ラバウルの航空基地から、可能なかぎり爆撃をおこなうべく手もうったが、航空兵力の消耗は目に見えて激しくなり、この方は多く期待できそうもなかった。そこで爆撃隊の役目を肩代わりすべくあみだされたのが、戦艦群の主砲によるルンガ飛行場砲撃であり、この艦砲射撃によって、敵基地空軍部隊の息の根をとめようという戦法であった。

十月四日、山本長官は、「第二十五号機密命令」を発令し、栗田中将指揮下の第三戦隊がガ島に突入することになった。この計画案が示されたとき、一部の少壮士官たちは、「長官は艦隊の起用を誤っている。虎の子の高速戦艦を、犬死させるつもりなのか」と、猛烈に反対した。それは、金剛、榛名、霧島、比叡というこのクラスの戦艦は、艦歴こそは古いが、改装に改装をかさね、三十ノットの高速を持つ新鋭艦に生まれかわって、開戦以来めざましい活躍を演ずると同時に、米英艦隊に大きな脅威をあたえる強力な高速戦艦群であったからである。

これらの高速戦艦群は、艦隊決戦の場合、いかなる役割と任務を持つものなのか——連合艦隊の戦案文書によると、つぎのように定められている。

『——高速戦艦戦隊は、そのすぐれた機動力を発揮し、艦隊の尖兵部隊となって、敵主力部隊の先頭と接触。その一部を誘いだし、これを敵主力と分断し、各個に撃破する』

『また、追尾してくる敵主力を巧みに味方の主力艦隊の方に誘導し、その周辺に展開するわが重巡戦隊の魚雷攻撃の可能な範囲内にひっぱりこむ。わが主力がこの敵と砲撃戦を開始するや、快速の駆逐艦部隊の魚雷戦と呼応し、強力な火砲をもって、敵主力を一挙に撃滅する』

こうした任務を持つ高速戦艦群を、いまやその制空権すらうばわれているソロモンの海域に、一機の掩護機もつけずに投入するのは、無謀きわまるものであり、常軌を逸した起用策である、として一部の少壮士官たちが反対していたのである。

しかし、山本長官はそうした声にさえも耳をかそうとはしなかった。山本にしてみれば、陸軍との約束もあり、ガ島奪回の決意をかためたいま、それらの批判を承知の上で出撃を命じたのである。

いや、それどころか、はじめ山本は、大和か武蔵を出撃させ、世界に誇る四十六センチの巨砲をもって、一挙に敵飛行場を叩き潰すことさえ考えていたのである。

けれども、なにぶんにも大和はでかすぎて機動性に欠け、また狭い海域での行動は制御されがちになる、ということで取り止めになった。

長官のこの牢固たる腹づもりを知って、栗田は決然としてトラック島を出撃。十月十三日夜、ルンガ飛行場に不意打ち砲撃をしかけ、大きな戦果を挙げて引き揚げてきた。

そして、こんどはいよいよ、阿部中将指揮の第十一戦隊の出番、ということになった。

柳の下に、どじょうがいるかいないか——神ならぬ身であれば、阿部にも西田にもわかろうはずはなかった。

西田艦長への餞《はなむけ》

ささやかな壮行会は、すでにおわりに近づいていた。長官や宇垣参謀長も姿を消し、周囲には数人の参謀がいるだけであった。

「さて、われわれも引き揚げるとするか」

阿部司令官は、かたわらの鈴木参謀をふりかえっていった。

「そうですか、それでは、私はちょっと長官に挨拶してきますから、お先にどうぞ」

西田はそういって、長官室へ通ずる廊下に出た。

〈でかいなあ、大和は……〉

ひろびろとした艦内の通路は、軍艦内というイメージから遠く、まるで地下鉄の構内を歩いているような感じである。これでは艦内の様子を頭にいれるまでに、一年くらいはかかりそうだ。そんな気がした。

山本は半円形の回転椅子に躰を沈め、書類に目を通していたが、入ってきた西田を見ると、

「ようっ！」

と短くいって、ソファーに座るように、顎でしめした。

「こんどは、大変ご苦労だが、頼む」と、親しげな口調でいってから、「じつは、きみにいって置きたいことがあってね、ちょうどよかった」といった。

「――私になにか？」

いくぶん緊張した顔で、西田はまっすぐに長官の目を見すえた。

「いや、べつにたいしたことじゃあないんだが……」

部屋には、ふたりの若い参謀がいた。いそぎの書類をつくっているらしく、こっちに背を向けたまま、小ぜわしげに動きまわっている。

山本は足を組みなおし、無言のまましばらく参謀の背中を眺めていたが、すぐに思い出したような口ぶりでいった。

「西田くん、きみ、比叡に乗って、どのくらいになるかね」

西田は不意をつかれた表情になった。山本長官がなぜだしぬけに、そんなことをいいだしたのか、真意をはかりかねるらしく、心もとなげな低い声でこたえた。

「はあ、昨年の九月ですから、一年と三ヵ月になりますか」

「ほう、一年三ヵ月か……すこし長いなあ」

「そうでしょうか……この一年間、むがむちゅうでしたから、あっという間に、過ぎてしまいました……」

「いや、そうじゃないんだよ」

山本はそこで、いちだんと柔和な顔になって、口元をほころばせた。

「もうしばらくだよ……」

「なにがでしょうか?」

「いや、前から考えていたのだ……こんどの作戦が終わったら、きみに、ここへ来てもらう。いいだろう」

「はあ?」

西田はとっさに意味を解しかね、曖昧にこたえ、もう一度、聞きかえそうとした。

戦艦「比叡」艦長・西田正雄大佐。操艦技術で並ぶ者はなく、逸材として早くから「未来の長官」と嘱望されていた

が、そのとき先任参謀が入ってきたので、会話はしぜん中断されるかたちになった。

「——長官っ、それでは、私はこれで」

「そうか、では元気で……頼むぞ」

山本の声を背中に、西田は部屋を出た。

迎えにきたランチに乗って、比叡へもどる途中、西田はもう一度、山本長官のことばを反芻してみた。

『こんどの作戦が終わったら、ここへ来てもらう……』

あのとき、ふかく考えようともしなかったが、よく嚙みしめてみると、〈ここ〉とは、大和という意味ではないのか。

〈このおれが、大和の艦長に……〉

そういうことには、きわめて淡白な性格の西田は、それでもピンとこなかった。

〈小男のおれが、あんな怪物みたいにバカでかい大和に乗ったんでは、どうみてもサマにはならんて……〉

西田は正直なところそう思い、ひとり苦笑をもらした。

たしかに西田は、そう考えていたかもしれない。しかし、山本は、西田の稟質《ひんしつ》を、はやくから高く評価していた。部内の序列からいえば、むしろ、遅きに失していたというべきであった。なぜなら、西田正雄の年譜によれば、かれが大佐に昇進したのは、昭和十二年の一月のことであったから、なんと七年間も大佐のままでおかれたことになり、しかも戦艦の艦長は、普通、最右翼の先任大佐があてられることになっているが、だいたい八ヵ月から一年で交代するのが通例であったから、その意味では、西田が比叡の艦長を一年三ヵ月つとめていると聞いて、山本が、「長い」といったのも、こうした通例からみてのことであった。

いずれにしろ、西田は大佐としては最古参のトップであり、少将栄進は時間の問題であったので、大和の艦長にすえ、操艦技術では海軍ピカ一という西田の伎倆《ぎりょう》を、十分に発揮させてやりたい——山本五十六はそう考えていたのではなかろうか。

話はすこしそれるが、同じ大佐の艦長でも、ピンからキリまであり、先任大佐の艦長が乗った艦と、後任大佐の艦長が乗った艦とがすれちがった場合、後任艦長は答舷礼をもって接しなければならない。つまり、それほど画然としたひらきがあったのである。また、第一線の指揮官、あるいは軍中枢部のポストについている人のほとんどは、みな戦艦の艦長の体験者であった。

ましてや連合艦隊の旗艦大和の艦長ともなれば、格は一段上で、その箔が将来にいたるまで、ずっとついてまわることになるのである。

いうならば、西田は山本長官から、将来の「提督」を保証された、ということになる。むろん西田の経歴からみれば、大和艦長うんぬんはべつとしても、将来への道はひらけていたのではあるが、それにしても、である。

西田の周囲を見わたしただけでも、戦艦の艦長をつとめたあと、すぐに将官になり、艦隊の指揮をとるか、中央の中枢部の重要ポストについているものが大勢いる。例をあげれば、小沢治三郎、伊藤整一中将が榛名。栗田健男中将、小柳冨次少将が金剛。宇垣纒中将が日向。三川軍一中将が比叡と、それぞれの艦長をつとめあげているのである。戦艦の艦長がいかに重視されていたかが、人事の面から見てもよくわかると同時に、これらの事例から見て西田は、海軍大学校を首席で卒業し、恩賜の軍刀を下賜されたときから、その将来は輝かしい栄光に満ちていたといえよう。海軍大学校教官、支那方面艦隊参謀と第三艦隊参謀を兼務し、大佐になって陸に上がったのちは海軍軍令部課長、大本営参謀、参謀部第三部（情報）の第八課長などを歴任した。

これらのポジションは、艦隊勤務者から、いわゆる「赤レンガ組」とよばれ、うらやましがられたものである。ここでいう「赤レンガ」とは、練瓦建のゴシック建築の海軍省庁舎を指したもので、いずれ将来は中将、大将を約束された叡智のかたまりみたいなエリート組が集まるところといわれていた。この軍令部時代、西田の功績として高く評価すべき業績がある。それは、海軍予備学生制度の制定である。支那事変の勃発以後、海軍士官の増員拡充が急がれつつあったが、海軍兵学校出身の士官だけでは、将来においてとうぜん不足してくる。そこで大学出の優秀な人材にも、海軍士官としての登用の道をひらく制度の必要を感じ、その原案を練りあげて軍務局に提出した。

当時の軍務局長は、切れ者といわれた井上成美中将であった。

「これはいいアイデアだ。さっそく検討して、実現すべく努力してみよう」

井上はそういって、西田の卓抜な構想に感心した。

太平洋戦争の中期から末期にかけて、海軍航空隊の主力となった予備学生出身のパイロットたちの活躍は、今日なお記憶にあたらしい。

昭和十四年十一月、軍令部から実施部隊へ転出した西田は、はじめて艦長になった。新米艦長の第一歩は、ふつうの場合、俗に「油船」といわれる給油艦に乗せられて、艦長業の勉強をするのがおおかたのコースであった。だが、西田はさいしょから、新造まもない水上機母艦千歳の艦長になった。

千歳は、のちに特殊潜航艇母艦となり、昭和十九年には航空母艦に改装されたが、比島沖海戦で沈没することとなる——。

さて、西田は、翌十五年六月には、第四艦隊の先任参謀となり、さらに十月には、重巡利根の艦長となった。そして、十六年九月に比叡艦長に任命され、そのまま太平洋戦争を迎えることになったのである。

戦艦比叡との出会い

西田は、あのときの感激をわすれてはいなかった。

開戦三ヵ月まえの昭和十六年九月十日、横須賀軍港の岸壁につながれた比叡を見たとき、〈これが、あの比叡なのか〉と、じぶんの目をうたぐったほどであった。

無理もなかった。西田は、少尉に任官したての大正六年十二月、比叡乗組みを命ぜられて、

前部連装主砲２基の後方にそびえる「比叡」の檣楼

はじめて艦上の人となったとき、感動に足がふるえ、うまく甲板を歩けなかった。

〈――日本でも、こんなすごい戦艦が、つくられるようになったのか〉

と、胸をおどらせて、毎日、艦内を見てまわったものだった。

当時、比叡はそれほどすばらしい新鋭戦艦であった。そして、その比叡に乗って青島沿岸の警備から、シベリア出兵によるウラジオストック海の船団護衛にまで出動したのである。

だが、その比叡も、その後ロンドン軍縮会議のあおりをくって、戦艦籍からのぞかれ、練習戦艦になりさがってしまった。主砲の三十六センチ連装砲塔四基のうち、四番砲塔をとりのぞいて舷側の甲鈑はぜんぶはぎとられ、機関の馬力も半分にさせられて、かろうじて生き残った。

昭和五年十二月、軍縮会議を終え、全権委員らとともに帰国した西田は、横須賀軍港の片隅にしょんぼりと繋留されていた比叡を見たとき、思わず涙ぐんでしまった。

〈あれでは、まるでスクラップではないか。鉄の塊りが、ただ浮いているだけだ〉

と、惨憺たる姿に目をおおいたくなるのをおぼえたのである。

戦艦としての機能をうしなった比叡は、砲術学校の練習艦となり、御召艦として二度の役目をはたしつつ、四年間の雌伏時代をおくった。

やがてふたたび陽の目を見るときがきた。

昭和十一年末、軍縮条約の有効期限がすぎるや、また戦艦籍にかえり咲き、呉海軍工廠のドックに入った。

僚艦の金剛、榛名、霧島は、第一次改装を終わり、第二次改装も完成間近であった。しかし、比叡は他の三艦の場合とちがって、第一次と第二次の改装を同時にすすめることになった。

そのころ、大和が呉の大ドックに、武蔵が長崎の造船所の船台に龍骨をすえて、建造に着手するところであった。

そこで、大和、武蔵で試みようとしていたあたらしいアイデアを、比叡でテストすることになった。比叡が、金剛型といわれながら、艦型が異なるのはこのためである。天を衝かんばかりにそそり立つ前檣楼の重量感。それは、大和そっくりの剽悍《ひょうかん》さを感じさせる。測距儀も射撃指揮所も、金剛型とは逆で、上部に測距儀がついている。艦橋の位置も高くなり、檣楼のなかの階段も複線になり、戦闘員の配置にも工夫がこらされていた。また、主砲塔を動

昭和18年、トラック泊地に錨をおろす「大和」と「武蔵」。当時のトラック島は南方最大の基地となっており、ラバウル、ソロモン方面を支援する根拠地だった

かす動力の水圧ポンプは、従来のレシプロ（ピストン）を、タービン方式に改めるといった世界にも例をみない画期的な技術を採用した。

このほか火薬庫の冷却装置、応急注水装置、急速注水排装置など、大和にとりいれる機構のすべてを比叡にそそぎこんだ。

速力を出すために、艦尾が八メートルも長くなり、全長二百二十二メートル、十三万六千馬力で時速三十ノット、公式トン数は三万六千八百トン。水上偵察機三機を搭載するという堂々たる戦艦として生まれかわったのである。

〈――なんと立派になったことか〉

少尉時代の比叡を思い、スクラップ同様の無惨な姿の練艦時代を思い浮かべ、西田はあついものが、ぐっと胸にこみあげてくるのをおぼえた。

〈おれの死場所はここだ。死ぬときは、この比叡といっしょに死のう〉

西田はいくども胸中にそうつぶやきつづけながら、胸を張り、軽やかな足どりで、ゆっくりと艦橋へのタラップを登りはじめるのであった。

戦機こっこく迫る

昭和十七年十一月九日朝、運命の日はついにやってきた。

旗艦比叡のマスト高くひるがえる中将旗が、熱帯の強烈な朝の陽光に映え、ハタハタと鳴っている。

西田艦長は洗面をすませると、白い第二種軍装に身をととのえて、艦橋にあらわれた。

〈ほう！　いつ見ても、でかいなあ〉

泊地の前方右、マングローブにおおわれた青い島かげに、武蔵がいた。

そして、武蔵から二千メートルほど離れた左手に大和が、デンと腰をすえている。甲板に日除けの白いテントをはった大和と武蔵は、それこそ、デンと座っている――としかいいようのない巨体を、緑色の透明な海に浮かべたまま、そよとも動かない。

「――大和か……」

西田大佐はそうつぶやき、思い出すともなしに、あのときの山本長官のことばを思いおこしていた。

そのとき、背後に靴音が聞こえた。ふりむくと、阿部司令官が微笑を浮かべて立っていた。

西田はゆっくりと姿勢を正し、やわらかい挙手の礼をした。阿部もまたゆっくりと答礼を

ガダルカナル島ヘンダーソン飛行場をめぐる日米の争奪戦は熾烈をきわめた。米軍は日本軍が建設中のルンガ飛行場を占領し、ヘンダーソン基地と命名した

かえした。

ふたりは、どちらかともなく歩みより、並んでデッキの側に立った。

「いよいよですな……」と、西田がいった。

「うむ、いよいよだよ」と、阿部が答えた。

妙な会話だった。阿部も西田も、この妙なやりとりに気づいているのかいないのか、そのことにはなにひとつふれず、だまったまま、前方に浮かぶ二つの巨大な鉄の塊りを見つめていた。ふたりのその表情には、しかし、安らぎに似た静けさがただよっていた。

そう、この十日間、阿部と西田は、ヘンダーソン飛行場砲撃の綿密な計画を練り、練りあげたその計画にもとづいて、猛烈な実弾訓練をつみかさねてきたのである。

射撃練度は上々、兵員の士気も、日とともにさかんになっているようであった。やるべきことはすべてやってきた。あとは、ただ、そのとおり実行するだけである。

そんな満足感と解放感が、それぞれの胸のうちにあったのかもしれない。

その日の夕刻、第十一戦隊はトラック島の根拠地をあとに、一路南下を開始した。軍楽隊の吹奏もない、ひっそりとした出港風景であった。

大和、武蔵の乗組員が戦闘帽をふり、大声でなにか叫んでいた。

「あの中に長官も、いるのだろうか……」

しかし、西田の目には、山本の姿はうつらなかった。

＊

十一月十二日午後三時三十分、艦隊ははやくも敵制空権下の危険水域にはいった。

上空には、第二航空戦隊から派遣された六機の零戦が哨戒飛行をつづけている。

「第一警戒注意！」

艦隊の速力は、二十六ノット。比叡、霧島の前方に、軽巡長良。その長良を頂点として右側に暁、雷、雷があり、左側には、雪風、天津風、照月が並んでいた。そして、長良の前衛は夕立と春雨、同じ左前衛には、朝雲、村雨、五月雨の駆逐艦群がつづいている。南海の紺碧の海を圧する堂々たる輪型陣である。

めざすは、ガダルカナル島のヘンダーソン飛行場――。戦機は刻々と熟しつつ、嵐のときを迎えようとしていた。

第三章　小さな錯誤

一路、危険水域へ

いつのまにか雲の層があつくなりはじめていた。十一月九日、トラック島を発進したとき快晴だった空模様も、しだいに下り坂となり、渺茫《びょうぼう》たる紺碧の海原に、暗い翳りの色がのぞく。

十一月十二日午後、視界は良好ではなかったが、波は静かだった。絨毯《じゅうたん》を敷きつめたようにおだやかな海面に、各艦が曳く白い航跡が、くっきりと縞模様を描きだし、まるで抽象絵画でも見るようであった。

「――敵さんは、あれっきり、あらわれんな」

「天下無敵の比叡を見て、おじけがついたんだろう」

「さあ、おじけがついたかどうかはしらんが、あのB公によって、こっちの行動が敵側に筒抜けになっていることはたしかだ」

「それにしちゃあ、いやに静かだ。この静かさが曲者だな、いまにどえらいことが、おっぱじまるんじゃあねえか」

比叡前部の見張指揮所につめている見張員、後藤と鹿島の両上等水兵が、そんなことをいいあいながら、上空を見上げている。

午前十一時すぎ、B17爆撃機一機が、七千の高度で上空にあらわれた。第二航空戦隊派遣の直衛機が、このB17を追い払ったが、その直後、艦隊は臨戦態勢に入り戦闘配置についた。

それから四時間後の午後三時を回っても敵機の気配がなかったので、直衛機も基地に帰投してしまった。

「いったい、どうなっているんだい。ガ島突入は、明日の午前二時だろう……それまで、この状態のままかいな」

緊張の連続の四時間、ぶっつづけで見張所に立ちつくしていた後藤上水は、フラフラ状態になっていた。

「後藤、そうムキになるなって……明日の真夜中には、両国の花火大会を十もあつめたような、すげえお祭りがおがめるんだぜ。もうちっとの辛抱だ」

鹿島はなぐさめ顔でいってから、おもむろに十五センチ眼鏡をのぞきこんだ。すると、はるか水平線の彼方に、ぽっと黒い島影がかすんで見えた。

「おっ、島だ、島影が見える！」「なにっ、島だって……」

鹿島の声に、後藤も目をこらし、比叡の左前方の水平線を見つめる。

「監視長、左前方に島影発見、距離一万五千!」

後藤上水が大声で、鈴木兵曹長に報告する。鈴木兵曹長の報告と同時に、艦橋の戦闘指揮所でも、島影を発見していた。

「午後四時、針路左二十八度に島影を発見。マライタ島と認む。艦隊はこれより、インディスペンサブル水道に進入……」

航海士の声に、指揮所には、いっしゅん緊迫した空気がながれる。

インディスペンサブル水道は、イサベル島とマライタ島、それにフロリダ島と、三つの島にはさまれた狭い海域で、ガダルカナル島のヘンダーソンを基地とする敵雷撃機隊の行動圏内にはいる、もっとも危険な水域であった。

「いよいよ、水道にはいったか」

阿部司令官は短くこたえ、海図にコンパスをあてる航海長志和彪中佐の指先を見つめる。

戦闘指揮所には、阿部中将のほかに、先任参謀鈴木正金中佐、通信参謀関野英夫少佐、砲術参謀千早正隆少佐ら第十一戦隊司令部の面々があり、さらに西田艦長以下、副長田村礼三大佐、砲衛長竹谷清中佐、通信長石城秀夫中佐、運用長大西謙次中佐ら、比叡の幹部たちが、顔をそろえていた。

「計画通り予定の時間に、砲撃地点に進入できるといいのだが——」

阿部が心配そうにいって、幹部たちの顔を眺めまわした。

「そうですね……」

鈴木が思慮ぶかげな口調で、

「敵のB17は、あれっきり姿を見せませんし、敵の妨害もなさそうです。視界がやや不良なのが気がかりですが、よほどの障害がないかぎりは……」といいかけ、艦長の顔を見やった。

「第三戦隊の第一回の突入のときは、天候もよかったし、完全に敵の虚を衝いて成功した。なにもかもツイていましたからな。それだけに、第二回はやりにくい。敵も前回にこりて、相当、警戒をきびしくしているものと思われます。問題は天候です。天候さえよければ……」

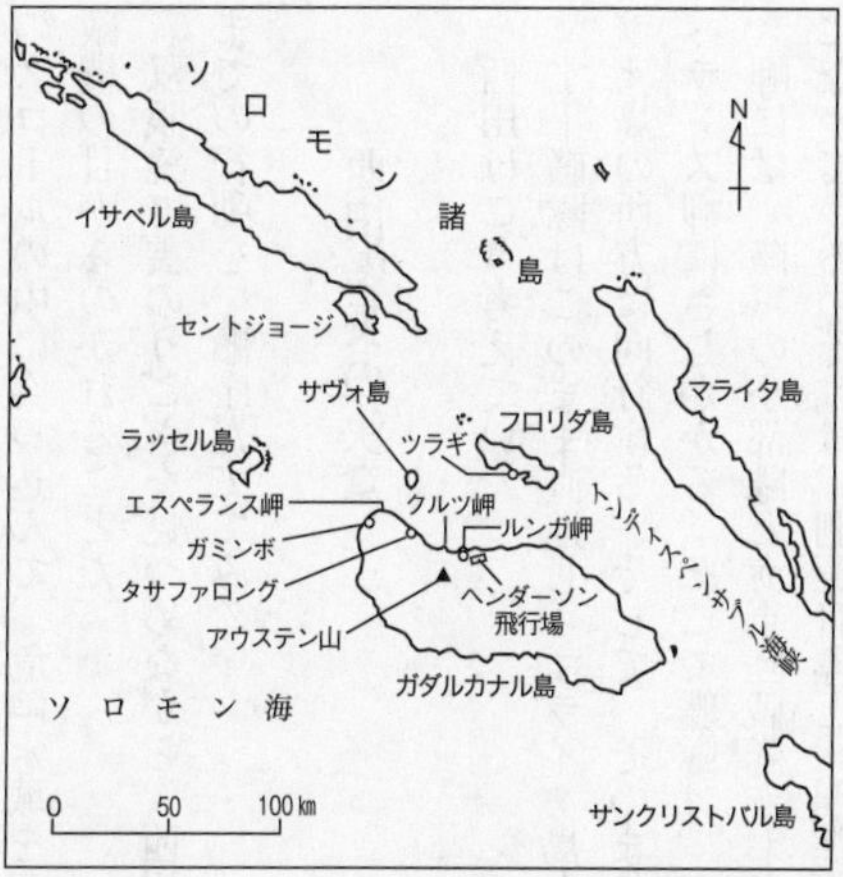

西田艦長は、そういい終えてから、ゆっくりと指揮所の外に出た。
艦隊進路の正面インディスペンサブル水道の上空に、大きな積乱雲がひろがりはじめていた。すでに、猛烈なスコールが降りそそいでいるらしく、そのあたりの海面は、墨をながしたように灰黒色にけぶっていた。
〈すでにB17によって、こちらの意図は、敵に察知されているものとみなければなるまい。あ

のスコールの中に突っ込んで、危険水域を突破し、日没をまとう。それまではなんとしても、敵機の目からのがれることだ〉

双眼鏡で雲のうごきを見つめながら、西田は頭の中でもう一度、進航コースから砲撃開始までの行動を、順序だててみる。

西田艦長の決意

西田はこう考えていた。

――艦隊はこのまま直進し、マライタ島とラモス島の中間海域をへて、針路二十五度でサヴォ島の西方に向針する。そして、そのまま一気に南下し、ガダルカナル島の西端、エスペランス岬にさしかかる。そこで艦隊は、友軍部隊のかかげる狼火《のろし》を確認する。エスペランス岬には、陸軍の小部隊と海軍陸戦隊がおり、比叡の進入時刻にあわせて、焚火をたくことになっている。それは、測距目標と、照準仮標のための灯火だった。

艦隊はこの灯火によって、サヴォ島と艦の位置をたしかめ、さらにガ島北岸のタサファロング海岸沖を、陸岸と平行してすすむ。

やがて、右前方のクルツ岬の尖端と海岸の二ヵ所に、おなじように陸軍部隊の焚く灯火が、見える手はずになっている。

この地域は、まだ日本軍の手中にあり、飛行機による連絡がおこなわれていた。

艦隊はクルツ岬の灯火によって、予定地点に進入し、午前二時には八十度に変針、クルツ岬東方十キロのX点、つまり、このX点でヘンダーソン飛行場を砲撃する。

敵飛行場に対する砲撃距離は二十キロ、砲撃時間は一時間半。このあいだに、比叡、霧島は各五百発、計千発の三式弾、零式弾をブチ込んで、飛行場を徹底的に焼きはらい、午前三時半には砲撃を終了して、ただちに避退行動にうつり、夜の明けきらないうちに、快速を利して敵機の行動圏外に脱出し、北上する。

比叡、霧島が、三十六センチ砲で、こうして敵飛行場を火の海にしている間、第四水雷戦隊の朝雲、村雨、五月雨、夕立、春雨らの夜戦部隊は、サヴォ島からガ島周辺海上の警戒にあたり、敵の魚雷艇や潜水艦による妨害を排除する。

これが、挺身攻撃隊のガ島砲撃の作戦計画であった。その計画の順序は、いま、西田の頭脳にきっちりとおさめられていた。だが、この砲撃計画なるものは、栗田健男中将の第三戦隊が敢行した第一回の奇襲攻撃のときのものと、まったくおなじ手順であった。

たしかに前回は、敵の意表を衝いて、まんまと成功をおさめたが、同じ戦法を、ふたたび用いるとなれば、それはもはや奇襲ではないのだ。

敵側にしても、第一回の奇襲で痛い目にあっていれば、前回の轍を踏むまいと、逆にこっちのウラをかく戦法に出てくることは必定である。

連合艦隊司令部の幕僚から、はじめてこのガ島砲撃の企図について知らされたとき、一部の中堅士官たちは、

山本長官のブレーン、連合艦隊首席参謀黒島亀人大佐

「長官は艦隊の起用を誤っている。虎の子の高速戦艦を、犬死にさせるつもりか」

と、山本長官にくってかかったという。

じつは、西田大佐も、最初はこの作戦に猛反対した仲間のひとりだったのである。しかし、辻政信参謀の強い要請で、ガ島奪回の腹をきめた山本長官は、ついに乾坤一擲のこの砲撃作戦を採択した。もともとこの作戦構想を練りあげたのは、連合艦隊先任参謀の黒島亀人大佐（のち少将）である。

黒島は、真珠湾奇襲作戦を立案した山本のブレーンのひとりで、山本長官の智恵袋といわれたほどの知謀の人でもある。その黒島から、ガ島奇襲砲撃の計画をきかされたとき、さすが温厚な西田が、顔色をかえて激怒したという。

「黒島！　貴様、正気でいっているのか。冗談も休み休みいえ！」

「いや、冗談なものか。おれは正気だ」

「正気だと……それならいおう。サンゴ礁の島だらけの狭い海面に、戦艦を乗りいれて、いったいどうやって戦うつもりか。三十六センチ砲の威力は強大かもしれないが、制空権すらない敵地では、丸裸も同然で巨砲なぞ役に立たんし、敵機の餌食にされるばかりだ」

西田はそういって、黒島の無謀な戦法を痛烈にコキおろした。

西田と黒島は、兵学校四十四期の同期生で、海軍大学校まで、ともに机を並べて勉強した仲であった。

この四十四期には、天下の逸材が網羅されていたというが、卒業成績を見ると、トップが、一宮義之、二番が黒田麗、三番西田正雄、四番湊慶譲、ついで島本久五郎、小島秀雄という順になっている。蒼龍艦長の柳本柳作は二十一番、黒島亀人は三十四番の席次であった。

この成績は、その後の進級にもみられる。西田が中佐になったのが昭和七年十二月。そして十二年十二月に大佐に昇進している。黒島は西田より二年おくれた九年十一月に中佐になり、十三年十一月に大佐に昇進。翌十四年十月に連合艦隊参謀となり、以来めきめき頭角をあらわし、山本を長官として迎えてから、先任参謀として今日まで山本を補佐してきたのである。

兵学校、海大の成績云々はともかくとして、同じカマのめしを食ってきた仲だけに、西田はたとえ相手が長官の懐刀であろうと、間違ったことに対しては、遠慮なくズケズケものをいった。だから、このときも、用兵の妙を心得えぬ戦法だ、と真っ向から批判した。

しかし、敬慕する山本長官の苦衷を察し、また、餓死寸前の悲惨な状況下におかれた陸軍部隊のことを思うと、無謀を承知でこの作戦計画を呑むほかはないと、西田は考え直したのである。

ガ島突入は、まず第三戦隊に下命され、西田の第十一戦隊は、その成果いかんを見守ることになった。そして、第一回の奇襲はみごとに功を奏し、西田の懸念は杞憂に終わったかに見えた。

「案ずるより生むはやすしだ。貴様は、考えすぎだよ」

作戦が図に当たったので、黒島は、してやったり、とばかりの顔つきで、西田のまえで胸をはってみせた。

だが、第三戦隊の奇襲は成功はしたけれど、敵の息の根をとめるまでにはいたらなかった。アメリカ軍は不死身であった。百機近い飛行機を焼かれ、滑走路をめちゃめちゃにされ、半死半生になったはずだったのに、わずか一ヵ月たらずで息をふきかえしたのである。それは無限の物量、強大な機械力、そして不屈の精神力のなせる業であった、というべきであろうか。

かくして、ふたたびガ島砲撃が決行されることになり、第十一戦隊が出動することになった。

西田は、もうあえて反対しようとは思わなかった。それが連合艦隊の基本作戦である以上、一艦長が反対したぐらいで、方針が覆るものではなかったし、潔く命令に服すべきだと考えた。

西田が死を決意したのは、このときである。だから、山本長官のまえで、阿部司令官が返事をしぶったとき、西田はそばから決断をせまったのである。

「司令官！　いきましょう」と。

胸奥によどむもの

西田は、まだ艦橋にひとり立っていた。

白い航跡を曳き、比叡の左前衛として突進する第四水雷戦隊の精悍な艦影に、じっと目をやっていたが、そのとき、「だいじょうぶかな？」と、ひくく呟いた。

西田はそこで、いままで気がつかなかったある事実に、ふと触れた気がし、ぴくりと眉をひそめた。

乾坤一擲の大バクチをまえにして、西田の脳裡をふとかすめた不安——それは第四水雷戦隊のことであった。つまり、高間完少将指揮の第四水雷戦隊は、この作戦行動の直前になってから比叡、霧島の護衛役として、おっとり刀で駆けつけてきた戦隊だったからである。

この第四水雷戦隊は、元来は、近藤信竹中将の指揮する第二艦隊に属し、夜戦を得意とする突撃部隊であり、命令を受けたとき、この戦隊は、ショートランド島付近の警戒配備についていたが、挺身攻撃隊の掩護のために、ひき抜かれて、いそぎ合流したばかりであった。

——その四水戦が、いま旗艦朝雲を先頭に、村雨、五月雨、夕立、春雨とつづいて、比叡の左前衛をつっぱしっている。

西田にしてみれば、夜戦専門、突撃一本槍の四水戦の助っ人は、まことにたのもしいかぎりであった。命を賭した突入作戦だけに、四水戦の参加は胸があつくなるほどうれしかった。

だが、正直なところ西田は、四水戦については、なにも知ってはいなかったのである。

雪風、天津風、照月らの第十戦隊とは、たえず合同訓練をしていたから、艦長連中の気心もわかっていたし、癖もよくのみこんでいた。しかし、四水戦の高間司令官とはなじみもうすく、ましてや戦隊との訓練は一度もしたことがない。

「だいじょうぶか」と、西田が不安をいだいたのは、そのことだったのである。

西田は水雷科の出身だったから、水雷屋気質というものも、よく知っていた。しかし、指揮官にはそれぞれの個性があり、戦隊の采配ぶりにも、その個性がよくあらわれ、微妙なことにも、差違が生じるものなのである。

だからこの場合、挺身攻撃隊の最高指揮官である阿部司令官は、第四水雷戦隊の高間完少将と十分な打ち合わせをしておかなければいけないのではないか。

作戦が順調にはこんでいるときはいいが、ひとたび形勢が不利になったり、予想もしない突発的なことが惹起した場合、収拾のつかない混乱におちいることもあり得るのだ。

ましてや、高間少将は、猪突猛進型の闘将と聞いている。温厚で、しかも慎重居士の阿部中将とは、性格がまるっきりちがう。

西田は、そう判断した。

これは、艦隊参謀を体験してきた西田の直感だった。もしも、自分が先任参謀だったら、とうぜんそのことにも懸念を持ち、司令官にそれを主張するだろうと思った。

ひとつの大きな作戦を遂行するために、なによりも大切なことは、人の和であり、意志を通じあうことである。たとえ異なる戦隊であっても、話しあうことによって相手の特徴や癖をのみこみ、いざ戦闘となっても、ぴたりと呼吸をあわせ、用兵統率の妙を発揮することができるのだ。

だが、死地に向かって突撃していくいま、その態勢がとれているとはいいがたかった。四水戦は、第十一戦隊に合流はしたものの、それは洋上だけのことであり、意志の疎通はできていない、とみるべきであったろう。

西田はそこで迷った。率直に自分の意見を阿部に述べるべきかどうか、ということについて考えたとき、西田はまたも相手サイドで考えようとする自分を、そこに見るのであった。なぜならば、これは参謀がとうぜん考えるべきことであり、阿部もまた、そこまで思いをめぐらせるべき事柄であったからである。それなのに、艦長が司令部の中に割りこんで、ああすべきだとか、こうしろとかいえる立場ではない。それは職務領域の侵害である。だが、いまの場合は事情がちがう。一艦に乗り合わせているかぎり、一蓮托生であり、死なばもろともである。

艦と二千数百の乗組員の生命をあずかる艦長の責任として、どのように些細な不安でも、とりのぞいておく必要がある。

「よしっ！」

西田は腹をきめると、戦闘指揮所にもどった。

幕僚や幹部たちは、それぞれの部署に散り、先任参謀と航海長だけがそこに残っていた。

「――司令官！」

西田は阿部のそばに立って、そっとささやいた。

「どうでしょう、四水戦司令官との打ち合わせをしておく必要が、あると思いますが……」

遠慮がちな西田の表情を見て、阿部もすぐにピンときたらしかった。

「いや、わしもそのことを考えないわけではなかったが、高間の艦は十キロさきにいる。敵地に入ったいまは、ちょっとむずかしい。そう無理をしなくても、電話でも十分に通じあえるのではないか」

阿部は、それほど重大には考えていないらしく、あっさりそう答えて受けながした。

「それもそうですな」

そういわれれば、たしかに阿部のいうとおりだった。高間少将座乗の朝雲は、前衛の先頭に立っており、かんたんに呼びつけて来てもらう、というわけにはいかないのだ。

〈おれは、すこし神経質になりすぎたかな〉

西田は、内心苦笑しながら、ふたたび艦橋に立って、双眼鏡をとりあげた。

——だが、しかし、ほんとに神経質になりすぎていたのだろうか。

その場はそれですんだが、あとになってみて、こうした意志の齟齬が、艦隊におもわぬ混乱をまねき、重大な失態をもたらす素因になろうとは、阿部も西田も、さすがに気がつかなかった。

比叡運用長の回想

「そう、そうでしたよ。あのときは、すさまじいスコールでしたよ。いや、すさまじい、なんてことばでは表現しつくせない豪雨でしたね。

私は南方の海を、いくどとなく往復し、ずいぶんスコールを体験しているが、あんなにすごいスコールに出遭ったのははじめてでしたね。

あれはスコールではない、滝だ。比叡は、その滝のようなスコールの中を、ガ島へ向かって突進していた。

戦争に錯誤はつきものだというが、あのスコールが、艦隊の運命を狂わせた。錯誤のはじまりは、じつは、あのスコールだったといえるでしょう」

当時、比叡の運用長だった大西謙次中佐は、冒頭にそういってのけてから、遠い日の記憶をまさぐるように、黒縁の眼鏡のおくに光る目を、いくどもまばたかせる。

——そのとき私は、佐賀県唐津市の松浦河畔にある簡素な船宿の一室で、大西元中佐と向かいあっていた。

大西元中佐は、唐津市の出身で海兵五十三期。海軍時代の豊富な経験を買われ、佐賀県競艇協会の理事として活躍してきた。いまは停年で現職をしりぞき、嘱託として、ときどき協会へ顔を出しているというが、いかにも海軍士官出らしい長身白皙《はくせき》の瀟洒な老紳士である。

私が肥前の唐津を訪れたのは、じっとりと汗ばむような夏の午後であった。

唐津は、小笠原長国六万石の城下町。松浦川の河口に屹立する舞鶴城の五層の天守が、入道雲をバックに真夏の陽光に映えて美しかった。

壱岐通いの汽船の警笛が、玄海の潮風にのって遠くから聞こえてくる。私は柄にもなく、古い港街の郷愁にひたりながら、大西中佐の話に耳を傾けるのだった。

「――艦隊の運命を狂わせた魔のスコール。そのスコールが、沛然《はいぜん》とやってきたのは、午後五時ごろでした。はじめは断続的に、どかっと降りだし、十分もすると、からりと霽《は》れあがったりしていたのですが、十時すぎからは、雷鳴をともなった豪雨が、艦隊めがけて襲いかかってきました。

漆黒の闇に、電光形の閃光がはしる。舷側を叩きつける激浪、上甲板に降りそそぐ滝の雨、悲鳴のようなエンジンの唸り。それらの交錯音が、下手くそな狂想曲のように艦をすっぽりと覆いつくしていました。

『ひでえスコールだ！　艦が沈むんじゃあねえのかい』

前部艦橋の見張員は、煮えくりかえったみたいに白く泡だつ巨浪が、グォーッ！と上甲板におしよせ、艦首がぐーっと垂直に上がったり、落ちたりしていくたびに、絶叫のような叫び声をあげていました。

なにしろ、この狂ったようなスコールの中ででも、戦闘配置はとけなかったし、交代要員の兵が、ずぶぬれのまま、自分の持場へいそごうとすると、艦が上下左右にはげしくゆれるので、その廊下の壁に叩きつけられ、ぶざまにひっくりかえる始末でした。

暗黒の海面は、艦首に砕け散る白い波のほかはなにも見えず、左右前後の僚艦の灯すら闇にのまれていました。艦橋の戦闘指揮所は、重苦しい沈黙につつまれていた。

窓ガラスを叩く雨音を聞きながら幕僚たちは、不安を押しころした無表情な顔で、ジャイロコンパスを見つめている。

僚艦との衝突をさけるために、速力は二十五ノットに減速されていました。

『スコールに閉じこめられて、すでに七時間たっている。異常だね、このスコールは』

掌にのせた懐中時計に目をやって、艦長がひくい声でいいました。どうにもやりきれん、といった重い声音でした。

『――十一時か……もうサヴォ島が見えるころだが、これじゃあ、だめだね』

司令官の声に、鈴木参謀が応じていました。

『もう近い距離のはずですが、この雨では確認できません』

『それでは絶望か……』

『さあ……』

かんじんのサヴォ島が見えないとなれば、艦の位置を海図に記入することもできないし、ガ島突入の針路をはかることも不可能、ということになる。

おそらくこの調子では、エスペランス岬やクルツ岬の灯火を発見することもできないでしょう。

『――艦長！　どうするか？』

と、司令官がすくいを求めるように、艦長に視線を向けました。

『――砲撃はまず不可能でしょう』

艦長は最初はたしかにそういいました。しかし、せっかくここまで来ていながら、みすみすひきかえすのも、ケタくそわるかったのでしょう。ふたたびこういいました。

『減速で、もうすこし進んでみましょう。レカタ基地からの連絡も、間もなくはいることでしょうから……』

イサベル島のレカタ基地には、比叡から発進した搭載水上偵察機三機が待機していました。この偵察機が、エスペランス岬とクルツ岬の灯火を確認した上で、比叡に連絡することになっていたのです。

艦長の考えでは、こっちはスコールだが、ことによるとガ島周辺は、晴れているかもしれない——そんな期待を、おそらくはいだいていたのかもしれません。

ところが、十二時二十分。レカタ基地から電報がはいりました。

通信係下士官から受けとった電文を見て、石城通信長が、

『電文をよみあげます。よろしいですか』

といってから、呻くような悲痛な声で、

『——十一時五十分、レカタ基地より発信、レカタ基地雷雨激しく、水上機の発進は不可能なり……』と読み上げていきました。

司令官は唇を嚙み、崩れるように折りたたみ椅子にのめりこんだまま、一言も発しません。

幕僚たちも、『万事休す！』といった面持で、だまりこくっていました。

がくりと肩をおとした司令官の顔を、艦長はじっと見ていました。

『――司令官！』と艦長は、暗い艦橋に目を向けていいました。『レカタがスコールで、飛行機が飛べないとなれば、これまでですな。出直しますか……』

司令官は放心したように、ペンキの剥げかけた天井を見上げていましたが、ややあって、すっくと立ち上がりました。

『西田艦長！　砲撃は中止する、引きかえそう』

『中止？　そうですね、やむをえません』

幕僚たちのあいだに、一瞬、ざわめきの声がおこりました。

『せっかく、ここまで来ながら、みすみすひきかえすとは……』

みな泣きベソをかいたような顔で、たがいに目をかわしあい、溜息をつくのです。……」

ここで『斉動Z』が発動されることになる。

つまり、全艦いっせいに百八十度回頭し、反転して帰路につくのである。

指揮所のどよめきにも委細かまわず、西田は厳とした語調で甲板士官にいった。

「各艦へ伝達せよ！」

「斉動Z発動、ただし各艦が了解するまでは発動してはいかん。了解の返信を受けてのちに、発動するのだ」

最初に、まず注意をあたえる。

「斉動Z」発令の場合、これを各艦に徹底させることが、もっとも重要であった。なぜならば、艦隊のうちの一隻が少しでもはやく舵をとり、回頭に転じた場合、後続の艦と逆方向に走る艦とが、正面衝突する危険が生じるからである。しかも、二十五ノット以上の高速反航ともなれば、速力の二倍となるから避退する間もない、ということになる。

だから、輪型陣をとる各艦を、各個に呼び出して、命令を伝え、全艦が了解したことを確認してから、「イチ、ニッ、サン」と調子をあわせて、いっせいに転舵するのである。

「回頭用意っ！」

「全艦了解したか？」

西田がふたたび声をあげた。

「いいえ、四水戦の前衛の一部は、まだ了解しておりません」

甲板士官が、やきもきしながらこたえる。

「なにをぐずぐずしておる。はやくせんか」

「は、はいっ」

艦隊電話は微出力の短波を使用していたが、スコールに妨害されて聞きとりにくかったのか、前衛の三隻はなんら応答してこないのである。

「四水戦は、いったいどういう気でおるんだ。これでは、『発動』はかけられんではないか」

阿部司令官は眉をくもらせ、せまい指揮所の床に靴音をひびかせながら、歩きまわっている。

西田は、そんな阿部の姿に、ちらりと目をやってから、かたわらの大西中佐につぶやきかけるのであった。

「——運用長！　やっぱり寄せ集めだね。夜戦が売りものの水雷屋ではあるが、まるで呼吸があっとらんのだ」

「は、はあ？……」

と大西は、艦長がなにをいおうとしていたのか、とっさに判断しかねて、曖昧な返事をかえしたが、艦長の表情を見て、内心、ギクリとした。

温容そのものの西田の顔は、かつて見たこともないほどに、すさまじい形相になっていたからである。

大西はすぐにそれと察し、祈るような気持で、念じつづけるのであった。

〈たのむから、はやく了解してくれ、水雷屋さんたちよ……〉

錯誤から錯誤への連続

比叡の命とりとなった錯誤は、このときに起こった。

西田のあのときの危惧は、不幸にして的中したのである。西田が心配していた寄せ集め艦隊の欠陥と弱点が、はしなくも、この狂ったようなスコールの真っただ中で、暴露されたのである。

ひとつの小さな錯誤は、連鎖反応となって、さらに錯誤を生み、急転直下、破局へ向かって突進していくのだった。

その錯誤とは、いったいなんだったのであろうか――。

比叡の前衛をつとめる朝雲、村雨、五月雨の三隻は、二十六ノットの高速で、ガ島に向かって突っぱしっていた。

旗艦比叡は、「斉動Z」を命じてきたが、その後、「発動」の指令をあたえてこない。

〈おかしい？　もう出てもよさそうなものだが、ことによると、うちの艦だけ、発動を聞き洩らしたのではないか〉

朝雲の通信班長は、しきりに首をひねっていた。

このとき、朝雲は比叡の前方八キロの地点にあった。たった八キロの距離であるから、旗艦の電波を受信できないはずはなかった。それができなかったのは、比叡と四水戦との電波の調整が十分にできていなかったからである。

「寄せ集め」の悲劇の起因は、ここにあった。第一の錯誤がこれであり、つづいて第二の錯誤が起こった。

三艦は、比叡の「発動」を了解できないまま、盲目同然でガ島に向かって直進しつづける。

そして、とつぜん前方にあらわれた島影を発見し、すっかり動転した。

島影はなんとガ島だったのである。

〈このまま突進したら、島に乗りあげてしまう〉

高間司令官は色をうしない、愕然とした。

このとき、高間の脳裡にひらめいたのは、『四水戦だけが、発動を聞き洩らした……』ということであった。「斉動Z」から「発動」まで、時間がかかりすぎる。ということは、通信所が、「発動」を聞き洩らし、旗艦以下はすでに反転している——と判断したのだ。

この判断をいそがせたのは、目前に迫るガ島であった。突っぱしりすぎた、ということと、いま反転しなければ島に激突する——という輻輳した心理状態に、高間自身が追い込まれていたことであった。

高間はただちに、「回れ右っ」を命じ、もときたコースを勝手にひきかえしはじめた。

このときより数分おくれて、比叡はついに、「発動」をかけ、百八十度回頭した。

この回頭寸前、二十六ノットの高速で南下する比叡、霧島と、すでに反転し終えた四水戦が、猛烈ないきおいで接近しつつあった。

まさに「危ういかな」である。

が、奇蹟的に衝突だけはまぬがれた。四水戦は、本隊のやや外側のコースを走っていたからである。

ともかく、艦隊はこうして反転を終えた。反転したため、いままで前衛だった四水戦は、こんどは後衛となるはずであった。しかし、主力よりはやく回れ右したために、比叡、霧島との距離はいっきに縮まった。そして、いつのまにか、本隊の横を走りぬけ、はるか前方にとびだしていたのである。

これらの現象は、すべてどしゃぶりの豪雨、しかも、灯ひとつ見えない暗黒の闇の中での出来事であった。

一糸乱れぬ輪型陣はくずれ、隊形もへったくれもない。各艦てんでんバラバラのかっこうで北上をつづけていたのだ。

むろん、比叡の戦闘指揮所では、麾下の各艦がそのような配置にあろうとは思いだにつかぬことであった。

しかし、しかしである。

たとえ隊形がどうであろうと、このまま、反転コースを辿って帰路につけば、なにごとも起きなかったのだ。錯誤は錯誤でなくなり、笑いばなしですんだかもしれない。

だが、ここで状況が急変した。

比叡の悲劇は、この急変によって起こった。隊形の混乱という錯誤の罠、おそるべき罠にはまりながら、である。

反転十分後の零時二十五分――

天と海を鳴動しつづけた、けたたましいスコールはぴたりとやんだ。みるみるプルシャンブルーの空がひろがり、比叡の右上空に、南十字星がひときわ大きく、キラキラと光芒を放って見えはじめたのだ。

「くそっ！　バカにしてやがる」

艦橋にとびだした鈴木先任参謀は、空を仰ぎながら、吐きだすように叫んだ。

「欺されたみたいだ。なんてことだ」

西田は、阿部と顔を見合わせ、笑おうとしたが、頬がつっぱって、とても笑いにはならなかった。

無理もなかった。艦隊は急速に移動するスコールの帯を背負い、しかも、同じ速度で同じ方角に、突進していたのである。

スコールから七時間も脱けだせなかったのは、そのためであった。

まこと、人智では推し量ることのできない天象というべきであった。

そのとき、比叡に、期せずして二通の無電がとびこんできた。

『レカタ基地より発信。レカタ上空の天候回復せり、これよりただちに水上偵察機発進』

あとの一通は、ガ島のコカンボナ観測所からの発信で、

『ルンガ沖および敵飛行場上空天候良好なり』と、砲撃を催促してきた。

苦悩する戦隊司令部

阿部は迷った。

〈進むべきか？　反転すべきか？〉

阿部が迷うのは当然である。神ならぬ身であれば、この重大な局面に立たされて、容易に決断をくだし得るものではない。

苦悩する阿部の顔に、脂汗がじくじくふきだしている。

予想もしなかった猛スコールのために、変針予定時刻は、一時間十分もおくれていた。この遅延時間が問題なのである。

しかし、飛行場砲撃は至上命令であった。

餓死寸前のガ島の陸軍部隊、そして、これを救出するための補給物資や、増援部隊を満載して、ショートランド島付近に待機する輸送船団に、思いをはせれば、艦隊は敢然として突入すべきであった。

たとえ計画から、一時間十分ずれようが、いま突入すれば、ヘンダーソン飛行場を炎上させ、敵空軍の活動を封殺することは可能であった。

しかし、問題はそのあとである。

計画時間がずれた分だけ、とうぜん離脱がおくれる。航空部隊の援護のない裸の艦隊は、夜明けと同時に、敵爆撃機の報復攻撃を受けることは明白だった。

〈このまま決行するか。再挙を期して反転するか……〉

阿部はまだ考えつづける。

が、もはや寸秒たりとも逡巡のゆるされない、ギリギリの線に追いこまれていた。

司令官として、つらいところであった。これほど苦しい立場はないのである。

阿部がどういう裁断をくだすかと、参謀たちは息をつめて、阿部の横顔を盗み見ている。

「——司令官！」

鈴木先任参謀が、しびれをきらして声をかけた。

「すでに、突入の機会はうしなわれた……とみるべきです。このまま、反転しましょう」

阿部は、ちらりと鈴木の顔を見上げた。それから幕僚たちの意見をもとめるように、首をよじまげ、ぐるりと見渡した。

「おことばですが……」

千早参謀が即座に反論した。

「——虎穴に入らずんば虎児を得ず……敵機の反撃は覚悟の上での、突入計画だったはずです。このまま、ひきあげるテはないと思いますが……」

はげしい気迫をこめた千早の語調に、阿部はぴくりと眉をうごかした。

そのときであった。腕組みしたまま、艦橋に立ちつくしていた西田が、小柄な躰をゆっくりと阿部の方へ運んでいった。

「——司令官！　思いきって、つっこみましょう。すべてを、天運にまかせて……」

冷ややかなほど、落ち着きはらった西田の声音であった。

阿部はカッと目を見開いて、西田の顔を正面から見すえた。

「艦長も、そう考えるか」

ギリギリの土壇場に立たされた阿部の鋭い視線を、西田はやんわりと受けとめた。それから、かすかに小さく微笑んでみせる。その西田の微笑を見て、阿部は肚をきめた。迷い迷いながら、やっと、ふんぎりをつけたのである。

「よしっ！　入ろう」

艦隊派の勇将として知られた
第11戦隊司令官阿部弘毅中将

阿部は自分自身にいいきかせるように、硬い、正確な語調でつづけた。

「――再反転せよ」

「ただちに、ガダルカナル島砲撃に向かう」

ついに、決断はくだされたのである。

「砲撃再開！　各艦百八十度、一斉回頭！」

いちだんと気迫のこもった西田艦長の声が飛ぶ。航海長や甲板士官たちの動きが、にわかにめまぐるしくなっていった。しかし、このとき、『斉動Z発動』後、すでに十六分が過ぎていたのである。

「十六分か、だいぶ遅れていますな。ともかくいそごう」

西田はそういってから、微光灯が映しだすジャイロコンパスの盤面に目をおとした。

かくて一斉に反転した艦隊は、針路二百二十五度、速力十八ノットでガ島へと転針する。反転二分後、さらに二十六ノットに増速を命じる。空費した十六分をとりもどすために、危険を承知の増速であった。

荒れ狂う闇夜の海を、二十六ノットの高速で突進する比叡、霧島の姿は、勇壮というよりは、凄絶であり、悲愴ですらあった。

激浪が舷側を襲い、くだけ散るたびに、戦艦独特の巨大な檣楼が、へし折れんばかりに、ぐぐっと左右に傾き、頭から飛沫をあびていた。

突風がうなり、マストに掲げられた中将旗がひきちぎれんばかりにはためいている。艦橋の見張員たちは、吹きとばされそうになりながら、必死に手すりにしがみつき、檣楼が傾くたびに、絶叫にも似た声をあげていた。

それでも比叡はいく

比叡の後方、六百メートルの距離を追尾してくる霧島も、比叡と同じように、巨浪にもみくちゃにされていた。

そびえ立つ檣楼は、いかにも堂々として、たのもしげに見え、比叡見張員の士気を鼓舞してきたのであるが、いまやその三万六千トンの巨艦は、木の葉のように巨浪のまにまに翻弄され、ともすれば大波に呑みこまれんばかりに、波間に見えかくれしている。

「すげえ航海だ！　こんなのはじめてだぜ、見ろよ、霧島の姿を……」

「がんばってくれよ、あとすこしだからな」

比叡艦橋の哨戒に立っていた見張員たちは、背後から迫るように進んでくる霧島の艦影に向かって、思わず、そう声をかけたいほどであったという。

比叡はいく！　霧島もいく！　悪魔のように荒れ狂う闇夜の海を――。

艦隊は、このとき、予定時刻より、一時間二十分遅れていた。たとえ全速をかけて、うしなわれた時間をとりもどしたとしても、せいぜい、二十分前後しか短縮できない。

あのいまわしい、スコールにたたられた遅れは、このときすでに、比叡にとって決定的な致命傷になろうとしていた。

むろん、阿部司令官も西田艦長も、それを百も承知で突入したのである。が、それはあくまでも、砲撃終了後の避退行動にうつったさい、敵爆撃機による空からの報復攻撃を懸念してのことであり、敵艦隊との遭遇戦は、あまり考慮にいれていなかった。

というのは、比叡の前方十キロの海上には、四水戦の朝雲、村雨、五月雨、夕立といった夜戦専門の突撃隊が、前衛として走っているものと信じていたからである。

かりに、敵艦隊が出現しても、これらの突撃隊が、強大な爆発力を秘める六十一センチ酸素魚雷で、かたっぱしから串刺しにしてくれるものと考えていた。

比叡と霧島は、そのあいだに、主砲をもって零式弾を敵飛行場に撃ちこむ。状況いかんによっては、十五センチ副砲十四門を総動員し、宮本武蔵ばりの二刀流戦法で敵艦隊群を叩き潰す。

阿部司令官はそう計算していたのである。

ということは、闇夜とスコールのために起こった二つの重大な錯誤に、阿部や西田はむろんのこと、四水戦の高間少将さえ、気づいていなかったということになる。

比叡が、『斉動Z』を発動したとき、それを聞き洩らしたと判断した高間は、独断で百八十度回頭し、南下してくる比叡とすれちがって、通りすぎてしまった。比叡以下はその直後に反転した。したがって、いままで前衛だった四水戦は後衛となり、比叡のうしろに殿艦となっていなければならないのに、早く回頭した時間だけつっぱしり、比叡より数カイリ前に出ていたのだ。

こうした混乱した隊形のまま、ガ島砲撃が決定され、艦隊の「再反転」がおこなわれたのである。つまり、比叡、霧島の前方に位置し、露払いの役目をはたすべき四水戦が、はるか後方にあることとなり、なんと比叡そのものが、艦隊の最先頭に立っていたというわけである。しかも、比叡、霧島は、前方警戒に四水戦があたってくれている、という安心感もあって、艦船攻撃用の徹甲弾をしまいこみ、花火のような三式弾や零式弾を、弾薬庫いっぱいに、つめこんで突進していたのだ。

錯誤が錯誤を生み、連鎖反応となって、さらに陥穽の輪を広げていく。

こうした錯誤の累積に、さらにもうひとつの誤謬が重なっていた。この誤謬を犯したのは、阿部司令官と、トラック島の連合艦隊司令部である。

じつをいうと阿部は、レカタ基地から発進した水上偵察機からの報告で、アメリカ艦隊がルンガ付近に碇泊していることを知っていた。

知ってはいたが、たいして問題にはしていなかった。重巡二隻をふくめた小艦艇十隻程度であったし、従来からのやりくちから判断してみると、敵艦隊は早朝に泊地に入って揚陸をおこない、日没時になると東方海上へ避退する——という行動をくりかえしていた。だから阿部は、この日の敵艦隊も、夜になれば、いつも通りの常套手段で逃げだすものと判断していた。

ところが、あにはからんや、連合艦隊司令部も、阿部と同じ見方をしていたのである。

ここで話をあともどりさせ、そのことについてすこし触れておきたい。

第十一戦隊がガ島突入のために、インディスペンサブル水道にさしかかったころ、偵察機からの敵情報告が、大和の作戦室にもたらされた。

『――本十二日早朝、重巡三、軽巡二、駆逐艦十隻に護衛された輸送船団が、ルンガ泊地に入港せり。輸送船は六、七隻と見らるるものの如し』

参謀長室で朝食をとっていた宇垣は、この報告を受けると顔色をかえ、飯も放ったらかして作戦室へかけこんだ。

宇垣は、参謀たちに現地の状況を伝え、こうのべた。

「――ルンガ泊地の敵艦隊は、今夜はおそらく避退しないであろう。船団護衛の任務を終えたあとは、ガ島砲撃に向かうわが第十一戦隊の企図を、阻止しようとして、反撃に転じてくるものと思う。その理由として、B17一機が比叡隊と接触していること。また、ショートランド島付近にあるわが輸送船団を、発見したものと推測されるからである。したがって、砲撃計画をいそぎ変更し、これらの敵艦隊に対する方策を、指示する必要があるのではないか」

そして、その対策として、付近にいる第八艦隊の重巡鳥海、第七戦隊の摩耶、鈴谷らに、急遽出動を命じると同時に、比叡、霧島に対しては、飛行場砲撃の弱装薬は艦艇攻撃に不利であり、状況に応じ、適宜な処置をとり得るよう、緊急電を発すべきだ、というのである。

宇垣参謀長のこの意見は、その危険性を十分に察知した対応策であった。場合が場合だけに、幕僚たちは鳩首協議をかさねたが、宇垣の意見は、とりこし苦労で、その必要はないのではあるまいか、ということになり、黒島先任参謀が、参謀たちの意見を代弁して、こういった。

「参謀長のご心配はもっともですが、すこし、思いすぎと思われます。きゃつらは、昼間陸揚げし、夜になると尻尾をまいて退却するのが、これまでの例です。元来、かれらは夜のいくさは不得手ですからな――かりに退却せずに粘っていても、前衛として四水戦の猛者連がいることですし、まあ、その心配はないでしょう」

黒島のことばは確信に満ちていた。

宇垣はそのことばにおされ、それ以上つよく主張しようとはしなかった。

宇垣は、『戦藻録』の中で、そのときの心境を、こうつづっている。

『――本情況判断に対し、彼等よく熟議せるが如きも先任参謀は、敵はいつもの通り夜になれば逃げる。四水戦の前駆にて十分として、これを拒否したため実現にいたらず。これが回答を得たる時機すでに遅く、直接の実行者たる第八艦隊も、多分出撃し善処するならんと想像し、余もまたこれを強く主張せずして過ぎたり――

これ、十数時間後重大なる結果を招来せる素因となれり――』

錯誤が生んだおそるべき陥穽に、阿部艦隊がおちこもうとしていたときだけに、せっかくの宇垣の次善策が、無能な参謀たちの楽観論に張消しにされてしまったのは、惜しい、というより腹立たしいかぎりである。

むろん宇垣には、阿部艦隊の混乱の状況がわかっていたわけではなかったが、偵察機からの情報で、「これは危険だ」と、直感したのである。それだけに、先任参謀の意見を抑え、自説を押し通すだけの勇気がほしかった。また、このときの宇垣の弱気も、とうぜん責められるべきであったが、それ以上に、敵をみくびった幕僚たちの驕慢な態度こそ、問題である。それこそ切腹ものである。

ミッドウェー海戦は、作戦的には、あきらかに日本側が勝っており、八分通り勝利を掌中にしながらも、最後に逆転負けし、世界の海戦史にも例のない惨敗を喫した。この惨めな敗北の素因は、連合艦隊首脳部の驕りにあった。

緒戦の戦捷《せんしょう》に有頂天になり、相手をなめきった「驕慢」さであった。痛恨の二字につきる貴重な戦訓を、つい半年まえに味わわされ、肝に銘じているはずなのに、「夜になれば、また逃げだすさ」と、あまい判断をくだし、一片の懐疑すらさしはさもうとしない思い上がりが、とんでもない結果を招くこととなり、しかもアメリカ艦隊が待ち伏せていることも、そして、前衛であるべき四水戦の突撃隊が、前衛どころか、比叡のはるか後方の、とんでもない地点にいることも知らずに、人智では推し量ることのできない天象に弄ばれ、その天象によって生じた、おそるべき錯誤を孕みつつ、比叡は突進していくのである。それは、破局への進撃であり、地獄への突撃であった。

第四章　勝利なき戦い

近づくアメリカ艦隊

そのころ、キャラガン提督の指揮するアメリカ海軍の快速戦隊は、一本棒の単縦陣形で、ヘンダーソン飛行場の沖合い十キロの海上を、西に向かって全速力で走っていた。

前衛駆逐艦カッシングを先頭に、ラフェイ、スターレット、オバノン。ついで副司令官のスコット少将座乗の防空巡洋艦アトランタ、キャラガン司令官の旗艦サンフランシスコ、ポートランド、軽巡ヘレナ、防空巡洋艦ジュノー等であり、後衛には、アロンワード、バートン、モンセン、フレッチャーとつづいていた。

艦隊の主力は、一万トン級重巡サンフランシスコとポートランドの二隻。ヘレナは重巡級の一万トンという大艦ではあるが、十五センチ砲十五門の備砲で、重巡にくらべ、やや砲力において劣る。アトランタとジュノーは、ともに六千トン。対空攻撃用の十二・七センチ高角砲十六門、四十ミリ対空機関砲三十二門、二十ミリ機銃十六挺と、ヤマアラシみたいに全身を武装しているが、艦体の防御甲鈑はうすいので、砲撃戦には弱い。

駆逐艦群は、オバノン、フレッチャー、モンセンが二千五十トン。残余の艦はいずれも千八百トン級のものばかりであり、もしも砲撃戦となれば、三十六センチ砲八門、十五センチ副砲十四門を持つ比叡、霧島の前では、横綱に挑む幕下力士のようなものであろうと思われた。

このキャラガン艦隊は、もともと艦隊決戦のために派遣されてきた艦隊ではなかった。本来の任務は、ガ島の地上部隊に補給する輸送船団の護衛をすることであった。

キャラガン少将は、リッチモンド・ターナー少将を輸送指揮官とする七隻の船団を護送して、十一月十二日早朝、ルンガ泊地に到着したばかりであった。そして、これと相前後して、B17爆撃機が哨戒に飛び立った。比叡、霧島が南下中、その上空にあらわれたB17というのは、この哨戒機だったのである。

『――戦艦二隻をふくめた有力な日本艦隊が、ガ島に向かい南下中なり』

この報告を受けたターナー少将は、大いにあわてだし、午後六時までに作業を完了すべしと厳命し、とくいの機動力をフルに発揮して、予定通りに完了してしまった。ところが、この荷揚げ作業中、空母から発進したと思われる日本爆撃機十二機が集中攻撃をくわえてきた。しかし、熾烈な対空砲火と、グラマン戦闘機の邀撃にあい、日本機は、駆逐艦二隻、輸送船一隻炎上、という軽微な損害を、アメリカ軍輸送船団に与えただけで避退していった。しかし、火をふいたそのうちの一機の日本機は、旗艦サンフランシスコの檣楼に体当たりして、射撃装置やレーダーを破壊し、数十人の乗員をいっきょに殪《たお》し、米海軍将兵の心胆を寒からしめた。

日本の有力艦隊が南下中であるとの情報は、ハワイにいたニミッツ太平洋艦隊司令長官のもとにも、いちはやく打電された。

南太平洋方面の艦隊勢力の手薄なのを懸念していたニミッツ提督は、すでに戦艦ワシントンとサウスダコタを急行させていたが、時間的にはとても間にあいそうもなかった。

そこでニミッツ提督は、キャラガン少将に対し、「日本艦隊のアンダーソン飛行場砲撃を阻止すべし。いかなる状況にあろうとも、その目的を遂行すべし」と、命じたのである。

阿部艦隊のガ島砲撃が、山本長官の至上命令であるならば、それを阻止すべく出動させたニミッツのそれもまた、絶対的な至上命令であったのだ。

突入してくる日本艦隊が、戦艦二隻をふくんだ強力なものであることを知ったキャラガン少将は、内心愕然とし、しばらくは膝のふるえがとまらなかったという。

キャラガン少将は、悪漢づらをしたターナー少将とは対照的に、ゲーリー・クーパーとグレゴリー・ペックをいっしょにしたような、二枚目の美男子である。

うつくしい銀髪と、澄んだブルーの瞳をしたこの長身のダンディストは、つい最近までホワイトハウスにあって、ルーズベルト大統領づきの海軍情報官をつとめていたエリートである。

しかし、海上勤務の体験にとぼしく、艦隊の指揮統率については、副司令官のスコット少将に一歩ゆずらざるを得なかった。

だが、キャラガンは自尊心のつよい男であり、アメリカ海軍有数のエリートという矜持があった。たとえ弱小艦隊であろうとも、殴りこんでくる日本艦隊をくいとめ、がっちり横綱相撲を演じ、ニミッツ長官の知遇と期待にこたえなければならない。キャラガン少将はそう決意した。

しかし、かれは、日本艦隊に勝てる！　という絶対的な確信を持っていたわけではない。いや、二隻の戦艦を持つ日本艦隊に、重巡がまともにぶつかったところで勝負にならないことは、かれ自身が一番よく知っていた。にもかかわらずキャラガンは、四分六分以上には戦える——という成算を得ていた。

その成算とは、一カ月前のエスペランス岬沖海戦（日本側はサヴォ島沖海戦と呼称）で、圧倒的な勝利をおさめたスコット少将の戦法を、そっくり頂戴することであった。

エスペランス岬沖海戦は、十月十一日の真夜中におこなわれた。

この海戦も、奪取されたヘンダーソン飛行場を使用不能にするために、日本艦隊が殴りこみをかけ、スコット少将指揮の快速部隊と衝突し、凄絶な砲撃戦となったものである。

日本艦隊は当時ラバウルにあった第六戦隊（司令官五藤存知少将）の、青葉、衣笠、加古、古鷹の重巡四隻と、駆逐艦二隻で編成されていた。これに対してスコット艦隊は、重巡サンフランシスコを含めて、巡洋艦四隻、駆逐艦五隻と、兵力はやや優勢であった。

そのスコット艦隊がちょうどエスペランス岬の真北にあって北上をつづけていたとき、軽巡ヘレナの新式SG式捜索レーダーが、ラバウルを出撃してサヴォ島西南十五カイリの地点を南下中の日本艦隊の艦影をとらえた。

闇夜で盲目同様の日本艦隊に対し、スコット艦隊は、確実に日本側の隊形をつかんでいた。

スコット少将は快心の微笑をうかべると、いっせい回頭を命じ、日本艦隊の進撃方向に対して直角になる、いわゆるTの字（丁の字）戦法をとったのである。

すぐる日本海海戦で、東郷平八郎提督がロシアのバルチック艦隊を対馬海峡で迎え撃ち、一挙にこれを殲滅させた、あの有名なT字戦法を用いたスコット艦隊は、先頭を切る旗艦青葉に集中砲火をあびせてこれを撃破し、五藤司令官以下十数名を一挙になぎ倒して、さらに古鷹と吹雪を撃沈、衣笠を中破させた。が、それに対してスコット艦隊は、駆逐艦一隻が沈没、二隻が軽傷を負っただけという、まったくのワンサイドで勝利をおさめ、日本側の企図を粉砕してしまった。

夜戦では、とうてい日本艦隊の敵でなかったアメリカ艦隊も、あらたに開発したSGレーダーによって、大きな自信を持ち、それ以後の海戦をことごとく有利にすすめていったのである。

この日の戦闘の勝利によって、南太平洋海域における連合軍のおとろえかけていた士気は、いっぺんに昂揚され、勝利への希望は大きくふくらみかけた。

〈——おれは勝つ！　絶対に勝つ。スコットでさえ、あれだけの勝ちいくさをしたのだから、

おれにできないわけはない〉

初陣のキャラガン提督は、艦橋に仁王立ちになったまま、胸のうちに呟きつづける。

かれが立っている指揮所のそこは、ついこのあいだまで、スコットが悠揚として立っていた場所であった。そして、その当のスコットは、いま自分の指揮下にあり、アトランタに移乗している。かれは初陣の自分にくらべ、歴戦の指揮官である。そのスコットにとってかわり、艦隊を指揮するとなれば、意地でも負けられない、などと思ったりしていた。

そのとき、参謀長のカシン・ヤング大佐があらわれ、となりに並んで座った。

「司令官！」

ヤング大佐は冗談めかしにいった。

「時計の針はもう一時です。つまり、十三日の金曜日です」

「だから、どうだというんだ」

戦闘開始を、しかも初陣のそれを目前にして、はやりにはやりたっているキャラガン提督に、冗談は通じない。犬みたいに鼻を鳴らし、露骨に顔をしかめて見せた。ヤング大佐は、思いがけないキャラガンのはげしい見幕に、間のわるそうな顔をして、指揮所へひっこんでしまった。

ヤング大佐のいう十三日の金曜日とは、イエス・キリストの最後の晩餐の日で、むかしから船乗りはこの日を忌みきらい、出港を避けるのが習慣になっていた。

しかし、キャラガン提督にすれば、

「――敵は目前に迫っている。戦争に金曜日もへったくれもない。ただ戦い、そして勝利あるのみだ」

ということになる。

だが、いまや闘志の権化になっているキャラガン提督はともかく、ヤング大佐ら艦隊首脳は、そのとき、なんとはなしに不吉な予感をおぼえていたのである。

危ういかな比叡！

午前一時十五分、比叡の艦橋見張員高橋上等兵曹は、右前方の濃い闇のなかに、灯火を発見した。マッチ棒が燃えるような灯の色だった。

「右前方三十二度、灯火発見！」

「測距目標の友軍灯火と認む！」

高橋上曹の声は、昂奮にうわずっていた。

それは、タサファロング海岸で、枯枝や椰子の枯葉に油をかけて燃やしている、わが監視小隊の煙火であった。

「とうとうきたか……」

「ええ、とうとうきましたね」

戦闘指揮所に立ちつくしたまま、阿部と西田は顔を見合わせ、短い会話をかわす。

まもなく二つ目の灯火、クルツ岬の火があかあかと燃えているのが、夜目にもあざやかに見えてきた。

砲撃地点のX点に進入するために、「変針せよ」を示す灯火である。比叡の巨大な測距儀は、陸上の灯火をとらえ、距離測定をはじめる

「――航海長！　八十度変針、針路百三十度」

西田の号令に、航海長が大きくうなずき、

「とーりかじいっ！」と、伝声管に向かって叫ぶ。

操舵命令は管を通じて、操舵室へ伝えられる。

比叡の巨体は、ぐぐーっと右へ傾きながら、大きく左へ左へと回りはじめる。その比叡の曳く航跡に乗って、霧島もまた左へ左へと転舵する。

砲撃地点まで、あと十数分だ。

「艦長！　うまくいった。どうやら、敵はいないようだ」

阿部はそういって、たばこをくわえた。

比叡の前方を警戒する四水戦から、なにもいってこないところをみれば、敵艦隊は、予想した通り、退避したと思うのは当然である。

「そうですな、この調子でいけば……」

うまそうにけむりを吐きだす阿部の顔を見ながら、西田もあいづちをうった。

だが、そのとき、いないはずのキャガラン艦隊は、すぐそこに迫っていたのだ。いや、軽

巡へレナのSGレーダーが、比叡の艦影をはっきりとつかまえていたのである。そして、このとき彼我の距離は、たったの一万五千メートルであった。

だが、比叡はそれを知らない。前衛として、先頭にいるはずの朝雲、五月雨、村雨らの四水戦は、はるか後方にいたのだから、比叡が知らないのはあたりまえである。

午前一時三十分、「――砲戦用意！」の命令がくだった。

〈いよいよ、おれの出番か〉

砲術長竹谷清中佐は、このとき、前檣楼の頂上にある射撃指揮所で、砲撃地点とおぼしき海上の黒い島影を見すえながら、おもわず武者ぶるいした。

「――右砲戦、右二十度、砲撃目標、敵飛行場！」

竹谷中佐の声が、各砲塔にガンガンひびきわたる。

闇の中に砲身を突きだしまま、ピクリともしなかった四基の砲塔は、いまや魔物のようにぶきみに動きだした。巨大な砲身が仰角をかけながら、むくむくと頭をもたげはじめ、虚空の一点をにらんでぴたりと停止する。

砲塔内では揚弾機が回転しはじめ、丸太ん棒を断ち切ったような砲弾が、砲身に装填される。

それは、敵艦の舷側を貫通させる徹甲弾ではなく、花火のような三式弾であった。

キャラガン艦隊がすぐそこに迫っているというのに、である。

「一番砲塔、準備よし」

「二番砲塔、準備完了」

各砲塔からの報告が発令所を通して、射撃指揮所に飛びこんでくる。

竹谷砲術長は、四基の砲塔からの準備完了を確認すると、間髪をいれず西田艦長に報告した。

「主砲射撃用意よしっ」

インターホンからの竹谷の声を聞き終えると、西田は大きくうなずきかえした。

それを見ると、阿部司令官が通信参謀をふりかえって叫んだ。

「通信参謀、連合艦隊司令長官あて打電せよ」

「はっ！」

関野参謀が通信紙をとりあげる。

『――一時四十五分、本艦は敵飛行場射撃開始の予定なり』

「比叡」甲板上の竹谷清中佐。真珠湾奇襲に赴く前の姿

そのとき、時計の針は、三十四分を指していた。つまりあと十一分後に、発動地点に到着し、そこで第一弾が敵飛行場にブチこまれる計算であった。

ところが、このとき一方のキャラガン艦隊は、距離一万メートルに迫っていた。

「日本艦隊発見！」

ヘレナからの報告を受けたキャラガン提督は、艦橋でおどりあがった。

〈Tの字戦法をとる絶好のタイミングだ。見ておれ、トーゴーの編みだした戦法で、トーゴーの後輩どもを、メタメタにしてやる〉

先頭を切るのは駆逐艦カッシング、艦長はストークス中佐である。

キャラガン提督は、そのストークス中佐に向かい、自信に満ちた声で命令を伝えた。

「右に変針せよ！」

「日本艦隊の先頭に向かい、やつらの頭を押さえよ！」

なにも知らず、砲撃地点に向かって南下する阿部艦隊――その阿部艦隊に対して、対馬海峡でバルチック艦隊を、一挙に屠りさった東郷提督必殺の戦術「Tの字」戦法が、いま、キャラガン提督によって、再現されようとしているのだ。

「まさに比叡、危うし！」である。

潰えた勝利の幻想

〈――この戦いはもらった。おれの勝ちだ〉

旗艦サンフランシスコの戦闘艦橋に立って、キャラガン提督は内心ほくそ笑んでいた。

〈スコットのやつ、おれがTの字戦法をとると知ったら、びっくりすることだろう〉

そう思うと、しぜんに笑いがこみ上げてくる。かれはひとりだけで、うっすらと笑った。

この美男の提督が笑うと、右の頬に小指の先がはいるほどの、ふかい靨《えくぼ》ができる。

強力な日本艦隊を向こうにまわしての初陣に、緊張、緊張の連続で、まだ一度も笑顔を見せたことがなかったそのキャラガンが、いまはじめて、その端正な横顔に、自信に満ちた暦をつくったのである。

だがしかし、キャラガン提督の微笑は、すこしはやすぎたようだ。

なぜならばキャラガンは、「日本艦隊の頭を押さえよ！」と、東郷提督のお株を奪った敵前回頭を命令はしたものの、自分の作戦計画や戦法を、各艦の艦長たちに対して納得のいくように説明するのを怠っていたのである。

つまり、阿部艦隊がいくつかの錯誤を犯しつつ、死地に向かって突進していたように、キャラガン提督もまた、誤りを犯していたのだ。

キャラガン艦隊は、敵前回頭の命令が出された直後、大混乱におちいった。それは、司令官の意図をのみこめなかった数人の艦長たちが、旗艦に向かって、問い合わせやら、確認の電話をかけてきたからであった。

一波しかない隊内電話に、各艦からの電話が一度に集中したのだから、たまったものではない。

通話は不能状態になり、わめきちらす各艦の艦長の声が通信室にはねかえり、キャラガン提督の声すらとどかぬ混乱におちいったのである。

たったいま、会心の微笑を浮かべたはずのキャラガンは、凄まじい形相で、「右に変針せよ！　右に変針せよ！」と怒鳴りつづけていた。

が、正直なところ、キャラガン自身、なぜこうした混乱が起こったのか、さっぱりわかっていなかった。

先頭をゆく駆逐艦カッシングは、キャラガン司令官の変針命令で、右へ二直角回頭した。そのとき、突如、二隻の駆逐艦がカッシングの進路をさえぎるように、左から右へ横切っていくのが見えた。

この二艦は、四水戦の夕立と春雨だった。比叡の前衛をつとめるはずの夕立と春雨は、とんでもない位置にいて、危なくぶつかりそうになり、はじめて敵艦隊と遭遇したことに気がついたのである。

おどろいたのは、カッシングも同じであった。ストーク艦長は、二千メートル前方をつっぱしる敵艦を見て、

「とりかじい！　いっぱい！」と叫び、かろうじて衝突をさけた。

そして、「魚雷戦用意」を命じると同時に、キャラガン司令官に、

「敵発見！　魚雷発射ゆるされたし」と、電話を入れさせた。

ところが、隊内電話はまだ混乱状態にあり、いっこうにかかりそうもない。

「くそっ、なにをしてやがるんだ」

ストーク艦長がじだんだふんで口惜しがったとき、夕立と春雨は闇に吸いこまれ、艦影すら見えなくなってしまった。

アメリカ艦隊の二度目の混乱は、この直後に起こった。

先頭のカッシングが夕立との衝突をさけるため、いきなり左へ転舵した。これを見た二番艦のラフェイはあわてふためき、これも左へ舵をとった。三番艦のステーレットもそのとばっちりをうけて、右へ旋回する。つづくオバノン、アトランタも、追突をさけるために、あっちこっちと隊形を乱し、収拾のつかない混乱状態におちいってしまった。

キャラガン提督は、アトランタが左に転舵したのを見るや、副司令官のスコット少将を電話に呼び出して、

「勝手に隊形を乱すとは、なにごとか!」

と、頭ごなしにどなりつけた。

キャラガンのぶざまな指揮ぶりに、業を煮やしていたスコットも負けてはいない。

「隊形の混乱は、おまえさんのせいだ。闇の海が見えねえようでは、艦隊指揮はとれんて……」

とやりかえした。

親分同士の内輪もめの一幕をはさんで、アメリカ艦隊の混乱は、約八分間つづいた。

レーダーによって、いちはやく日本艦隊を発見し、トーゴーの戦法をもって、メタメタにするはずだったキャラガンの勝利への幻想は、この八分間を空費したことで、あっさり消えてしまった。じつにバカげたことではあるが、戦争には、こうした常識外の奇妙なことが、往々にして起こり得るのである。

ところで、一方、阿部艦隊である。

客観的に見て、滑稽に思えるのは、キャラガン艦隊が、そんなぶざまな混乱におちいっていることを、阿部艦隊がまったく気がついていない、という事実である。

もっとも阿部司令官は、アメリカ艦隊は夜になれば逃げだす――と信じきっていたのだから、知らないのは当然といえば当然かもしれない。しかも闇夜の海上であれば神ならぬ身の知るよしもない。しかし、これを神の目から見れば、下界の人間どもの混乱ぶりも、またそれを知らずに射点へ急ぐ別の人間どもも、あわれ滑稽に映じたかしれない。だが、このとき、もしも阿部艦隊がキャラガン艦隊のように、「艦隊の目」を持っていたとしたら、比叡、霧島の巨砲は轟然と火をふき、混乱状態のキャラガン艦隊を、それこそメタメタに叩き潰していたかもしれない。つまり、どっちもどっち、というわけである。

現実には、そのとき比叡は、砲撃準備を完了し、「撃ち方はじめ！」の号令を待って、息をひそめていた。砲撃開始時刻は、午前一時四十五分である。

時計の針は、いまや四十二分を指している、阿部司令官と西田艦長は、無言のまま、じっと針を見つめている。と、つぎの瞬間、通信士官が息せききってとびこんできた。

「――艦長！　敵艦発見の緊急電です」

「なにっ！　敵艦発見だって……」

西田の頬から、すうーっと血の気がひいた。

緊急電は夕立艦長吉川中佐からである。敵の先頭艦カッシングの眼前を、間一髪横切って左へ反転しながら、第一信を送ってきたのだ。

その直後、比叡の前部見張指揮所長鈴木兵曹長からも、敵艦隊発見の報告が入った。

「敵重巡四隻、距離九千、方向左百四十度」

その瞬間、しらじらしい沈黙が、戦闘指揮所を匍《は》ってながれた。

「敵はいたのか……」

阿部の頬は硬直し、濃い口髭が不快げに、ピクピクと痙攣した。

「艦長、これはいったい、どういうことなんだろう？」

西田はとっさに返事ができなかった。

驚愕と動揺は、阿部だけではない。西田も同じであった。

前衛をつとめる四水戦。その四水戦の夕立から、たったいま緊急電一報があったばかりだというのに、敵発見である。しかも敵艦隊は、すでに九千メートルに迫っているのだ。こんなバカな話があってたまるか。

それならば、四水戦はいったいどこにいるのか。どこを、どう走っているのか。

西田はそこではじめて、味方戦隊が重大な錯誤を犯していることに気がついた。つまり、『斉動Z』を発動したとき、四水戦が、「発動」を了解しないまま、独断で反転したと悟っ

敵の総帥、米極東艦隊司令長官チェスター・ミニッツ大将

たのだ。

隊形の混乱は、そのときに惹起し、そして、その乱れたままの隊形で、ガ島砲撃地点に突入してしまったのだ。

前衛であるべきはずの四水戦の姿が見えず、比叡がトップに出ていたのはそのためであった。

西田はいまにして、自分の不安が適中したことを思い知った気がした。四水戦とはまったく馴染みがなく、協同作戦をとるために、十分な打ち合わせをすべきではなかったのか――それができていないことが、なんとなしに不安に思えてならなかったのだが、とんだところで、ボロを出してしまったと、内心ホゾをかむ思いだった。

だが、いまその責任を洗いだててみたところで、どうにかなるわけでもない。また、それを口にすれば、司令官である阿部の責任を追及する結果になる。西田の性格からして、そんなことをいえるわけがなかった。

いや、そんな詮索よりも、敵艦隊発見となれば、大砲に装填した三式弾をどうするか、それが問題である。西田がそこに思いをいたすまで、ひどく長ったらしい時間のように思えるが、じつはほんの十数秒のことであった。

「司令官！　三式弾をどうしますか？」

西田の問いに、阿部は、いっしゅん困惑げな顔をしてみせた。

「艦長の考えはどうか」

「いまからでは、徹甲弾の切り換えは間にあいません。三斉射まで、三式弾で撃つよりほか、仕方ないでしょう」

敵艦隊を眼前にして、モタモタしていたら、一発も撃たないうちに、敵の集中砲火を浴びてしまう。ここは花火のような三式弾でも、目をつむって我慢するしかない。

西田はそう判断した。

「よかろう。それでいこう」

阿部が大きくうなずいた。

この場面で、「もしも」という仮定は、まったく意味をなさない。意味をなさないことに註釈をくわえることは、それこそ無意味である。けれども、あえて付記したいのだ。

敵の総帥ニミッツ提督は、「もしも」という仮説を立ててこうのべている。

『――キャラガン艦隊にとっての幸運は、日本戦艦の三十六センチ砲弾が、徹甲弾ではなく、飛行場射撃用の弾丸であったことである。もしも、比叡、霧島が徹甲弾を用いていたならば、わが艦隊は全滅を免れることはできなかったであろう。したがって、日本艦隊の勝利は不動のものとなり、その使命であったガ島砲撃は成功し、アメリカ軍は重大な危機に直面していたかもしれないのである――』

ニミッツ大将の言のごとく、阿部艦隊にとって、まさに痛恨の二字につきる話である。

これすべて、忌わしいスコールに端を発した、錯誤の連鎖反応による結果であった。

——三式弾を抱いた比叡は、なるほど戦艦にはちがいなかったが、その実力は重巡以下、実質的には軽巡程度の戦力とみるべきであった。

「射撃指揮所、目標かえ！　敵重巡！」

西田の声が、前檣楼の頂上にある射撃指揮所に伝えられる。

竹谷砲術長は、艦長の声を聞いて、あれと、耳をうたぐった。

射撃指揮所は、敵艦の出現にまだ気づいていないのだ。

「目標変更まちがいなしや」

竹谷は念のため、もう一度問いかえす。

艦橋と檣楼上の射撃指揮所とのあいだに、切迫した応答がくりかえされる。

艦　長「陸上砲撃ヲ中止、敵巡洋艦ヲ射撃スル」

「新目標、百三十度、敵巡」

「イマヨリ敵巡ヲ砲射スル」

砲術長「目標ヲ右ニカエ、右四十五度敵巡、一斉射方」

艦　長「砲術長、幾弾目カラ九一弾ガ出ルヤ？」

砲術長「五斉射目以後ヨリ出ル」

艦　長「射撃用意、目測五千、黒イ大キイ方ヲネラエ」

「手前ニ四本煙突ノ敵駆逐艦ラシキモノヲ認ム」

砲術長「砲戦用意ヨシ」

竹谷砲術長は、応答終了後、十字線の入った照準眼鏡をそっとずらしつつ、さらに暗い海面の水平線に目をこらす。

濃い闇に目がなれるにしたがって、ぼうーっと艦影が浮かびあがってきた。いるいる！　漆黒の海上のはるか彼方に十隻にあまる敵艦が、単縦陣型でうごめきながらやってくる。

三式弾とはいえ、開戦以来実戦で主砲を撃つのは、かぞえるほどしかない。しかし、闇夜の射撃訓練は、うんざりするほどやってきていたから、発令所長以下砲員は自信満々、「撃ち方はじめ」の命令を、いまかいまかと待ちのぞんでいた。

大仰角をとっていた八門の主砲は、零距離射撃にそなえ、すでに艦首線と平行した水平位置をとっていた。

待つ時間は長かった。

しかし、満を持してか、まだ砲撃命令はおりない。

比叡はなおも突進する。暗黒の海面を切り刻むように、猛スピードでぐんぐんせまり、六千三百メートルに迫った。

そこで比叡の初弾が放たれた。午前一時五十一分であった。

「照射はじめ！」

「撃ち方はじめ！」

砲術参謀千早少佐の気迫のこもった声がとぶ。

その瞬間、西田が、「うっ！」と呻いた。のめりこむような異様な声だった。

「照射はいかん！」

西田はそう叫ぼうとしたのだ。だが、敵艦に気をとられていた阿部や、先任参謀の鈴木は、西田の声に気がつかない。

西田はそれっきり、口をつぐんだ。口をつぐんだまま、暗い海上に目をやった。キュッと結んだ唇が、心の動揺をあらわすかのように、小刻みに震えている。

六基の探照灯が、いっせいに点火された。青白い光芒が、闇をひき裂き、暗黒の海面をめざとく走った。

強烈な数条の光の帯は、たがいに交錯しながら、その尖端でピタリと敵艦を捉えていた。見えた！　黒一色の空をバックに、白色の光をあびて、アトランタの檣楼と、長い二本の煙突が、ニョッキリと浮かびあがって見えた。

つぎの瞬間、比叡の主砲が火をふいた。八門の巨砲の一斉射撃は、百雷の咆哮のごとく、暗黒の空をゆるがした。

比叡の放った三式弾は、吸いこまれるように、敵巡アトランタの艦橋に炸裂した。おびただしい閃光が、花火のようにとび散って、紅蓮の炎がグォーッ！　とふきあがった。

おどろくべき、正確な射撃であった。

つづいて第二斉射が発射される。ハリネズミのように武装されたアトランタの高角砲や、

米オークランド型防空巡洋艦「アトランタ」。５インチ高角砲16門、40ミリ機関砲16門、20ミリ機銃16梃を装備し、アメリカの防空への意識を窺わせる

ロケット砲は、ヘナヘナに折れ曲がり、副司令官スコット少将以下数名の士官が、いっしゅんにして吹きとばされ、四散した。徹甲弾なら、すでに轟沈しているはずのアトランタは、メラメラ燃えながら、苦しげにのたうちまわっていた。

比叡の甲板に、どっと喚声があがった。だが、探照灯を点火したため、比叡はその巨体を、キャラガン艦隊にさらしてしまった。

隊形を崩し、バラバラになっていた四水戦は、この点火によって旗艦の位置を確認し、隊形の混乱にやっと気がついた。

しかし、その代償は大きかった。キャラガン艦隊にとっては、ねがってもない砲撃目標となったからである。アトランタをやられて逆上したキャラガンは、凄まじい形相で怒号しつづける。

「あの怪物をつぶせ！」

「やつを、叩っ殺すんだ」

キャラガン艦隊の火砲のすべてが、闇夜にあかあかと灯をつけた比叡めがけて、物凄い集中砲火をあびせかけてきた。闇夜に提灯とは、このことである。

探照灯点火のしっぺがえしは、痛烈であった。

惨劇はその直後に起こった。

西田元艦長の告白

ここで比叡の惨劇をまねいた探照灯点火の是非論について、触れなければならない。

千早参謀が、「探照灯点火」を命じたとき、西田は、照射に反対の意志を見せながら、口をつぐんでしまった。一艦の運命を左右する重大な局面にあって、なぜ西田は艦長としての意志を、最後の最後まで行動でしめそうとはしなかったのか。勇気と決断力に富んだ名艦長と、評判の高い西田大佐がである。この点もたしかにひとつの疑問である。当時から、比叡の沈没をめぐっては、謎めいたいくつかの問題がかくされているが、この疑問も、そのひとつに数え上げることができる。しかし、その疑問は、西田が語らないかぎり、解くことのできないものであり、といってまた、第三者が軽率な推理をはたらかせるべき性質のものでもない。

筆者はここで、あの「赤とんぼ荘」の一室で、向かいあって座ったときの西田大佐のことばを想起する。

私が疑問に思っていたそのことは、西田大佐にとって、残酷な質問だったにちがいない。しかし、私は思いきって質問の矢を向けた。

「——照射砲撃の命令がくだされたあのとき、西田さんはなぜ黙っていたのですか……いや、それよりもあの場合、艦長として、どうお考えになっていたのでしょうか？」

西田大佐は困惑げに眉をよせ、しばらく黙りこんでいたが、ややあって顔を上げた。

「——なぜ黙っていたのか、といわれても説明がつけかねる。しかし、あれは私のミスだった。それは、はっきり認める」

そこで大佐は首を左右にふり、なにかを探しもとめるような目をして語りだした。

西田大佐の話はこうである。

「——探照灯の照射は、たしかに比叡のつまずきの原因にあげられる。しかし、照射による夜戦訓練は、平時からつねにやっていた。

夜間における遭遇戦の場合、旗艦が探照灯を点火して敵艦を捉える。これは同時に、敵に自分の位置を察知される不利な点ともなる。しかし、指揮下の全艇艦に、攻撃目標を正確にしめすには、この方法が最善と考えられていた。

太平洋戦争の末期に、レーダーが装備されてから、夜戦の戦法は大きく変化したが、当時はこれが常道とされていたのだ。

しかし、戦争初期のジャワ沖海戦、スラバヤ海戦あたりから、この戦法は中止され、無照射攻撃一本槍に改められた。そのため闇夜射撃の猛訓練をかさね、暗闇でも八十パーセントという命中率をあげるほど熟達し、こと夜戦では、アメリカ艦隊に負けたことがなかった。だから私は、この夜は照射なしの砲撃を実施するものと考えていた。しかも、アメリカ艦隊は六千の近距離に迫っていたので、照射なしでもらくに命中できたはずだった。

それに私は、千早参謀が、照射なしの戦法でいくものとばかり、思いこんでいたのに、突然、照射命令をくだしたので意外に思い、とっさに「撃たれる！」と直感した。

それと同時に、私は私のミスに気がついた。というのは、千早参謀は、ガ島砲撃作戦の寸前に着任したばかりで、夜間照射戦法の変更を承知していなかった。それなのに、この点についての打ち合わせを、十分にしておかなかった――これすべて私の責任であった。

それともうひとつ、照射命令を出したとき、阿部司令官はなにもいわなかった。

参謀は司令官を補佐するのが任務であり、艦長が参謀に命令をあたえたり、あれこれ口をさしはさむことはできない。

司令官がだまっているかぎり、艦長が参謀の言にしたがうのは当然である。

そこで問題となるのは、阿部中将の考え方である。照射砲撃を黙認したのは、敵との距離が接近しすぎていたために生ずる味方同士の撃ち合いを、極度におそれていたためであろうと察せられた。照射すれば、敵砲火の洗礼を受けることは自明である。それを承知の上で、

『旗艦ここにあり』としめしたのであろう。それは、司令部全体の思想であり、千早参謀もまた、司令官のそうした意向を看取して、あの命令をくだしたのであろう。結果的には猛撃を受けることになったが、敵との相対関係、味方艦隊の隊形の混乱。これらの状況を思い合わせれば、照射砲撃もやむを得なかったのではないだろうか」

以上のように、探照灯照射のいきさつについて、西田大佐は、自分の立場を考慮し、その行動を是認する口ぶりであった。

これが西田大佐の真意であったかどうか。私が訪ねた部下の関係者は「さあ？」と一様に首をひねった。

運用長大西謙次中佐は、私の質問にこう答えた。

「私は、あのとき艦橋指揮所にいなかったので微妙なやりとりについては、いっこうにわからない。だが、私たち乗組員は無照射砲撃に、絶対の自信を持っていた。暗夜でも敵艦を見つけるための特別訓練もし、夜行性の獣のように、夜でも目が見えた。だから、とうぜん無照射戦闘をおこなうもの、と考えていた。あれでは、いったいなんのために猛訓練に耐え、鍛えぬいてきたのか。そういう不満は、下士官、兵にいたるまで持っていたのではないか。おそらく西田艦長もそういう考えであったと思う。私は、はじめから最後まで艦長に仕えてきたから、西田さんの性格はよく知っているつもりだ。艦長があなたにいったことは、事実その通りだと思う。西田さんという人は、どのように些細なことでも、他の人の不利になるようなことは、絶対に口にしない人で、廉直ということばは、あの人のためにあるのではないか。私はいまでもそう思っている。西田さんとは、そういう人柄の人ですよ」

ゼロ距離の乱戦

凄愴な惨劇のドラマは、暗黒の海にいつはてるともなく、くりひろげられていた。十二隻のキャラガン艦隊は、持てる火力のすべてをつぎこんで、比叡めがけて撃ちこんできた。中口径砲、高角砲、それに対空機銃の曳光弾までが、火の帯となってガンガン撃ちこまれる。しかも、距離はたった四千メートル。やみくもにぶっ放すやつが、比叡の檣楼といわず、艦橋といわず、ところかまわず命中する。

炸烈する砲弾の破片は、暗黒の闇を切り裂き、白い閃光がとびちって、あちこちから赤い焔が噴騰し、燃えあがる炎は、地獄図のような光景を映しだす。

射撃指揮所、探照灯照射指揮所が、最初に潰された。照射指揮所班長深川少尉が即死し、つづいて作地、清水、坪井と三人の上曹も、砲弾で吹き飛ばされて絶命した。

戦闘開始後三分――

右舷一番高角砲に命中した一弾が、砲身を粉砕し、その破片は吉野一曹、小黒二曹を瞬時にしてなぎ殪した。

つづいて第二弾が夜戦艦橋で、大音響とともに炸裂し、その鉄片が艦橋指揮所を斜めにつらぬいた。このため、艦橋で指揮をとっていた阿部司令官は、顔面をひき裂かれ、両手で顔を覆いながら床にのめりこんだ。

鈴木先任参謀は、頭部貫通銃創で即死、一言も声を発せず、デッキにうつ伏せた。

千早参謀は両手の親指をもぎとられ、副長田村大佐も重傷を負って、その場に昏倒した。

比叡司令部はすでに全滅に瀕し、指揮機能はマヒ状態になった。

「――司令官！　だいじょうぶですか」

艦内指揮をとっていた西田が艦橋に飛びだして、阿部司令官を抱きおこした。

「たいしたことはない。心配はいらん」

阿部は気丈にも、ヨロヨロと立ち上がったが、顔面からしたたりおちる血で、胸のあたりが真っ赤に染まっていた。

「看護兵！」

「看護兵はおらんか」

西田が立ち上がって、ブリッジの方に歩きかけたときだった。

空を切って跳ねあがった破片が、西田の左足をなぎはらった。

低く呻いたまま、西田もまた、くずれるように床に沈んだ。

砲弾の破片は、西田の左足のふくらはぎを、斜めにかすめ、肉をひき裂いていた。

激痛に唇をゆがめ、床にがくりと膝を折った西田は、しかし、すぐに鉄柵にしがみついて、よろりと立ち上がった
「艦長！　応急手当をします。指揮所の中へおはいりください」

看護兵がかけよってきて、西田をかかえあげようとした。

「なに、たいしたことはない。三角布で、かたくしばっておいてくれ」

鼻を衝く硝煙にむせながら、西田はあたりを見まわし、うっ、と声をのんだ。

艦橋は屠殺場であった。殺戮の地獄であった。

先任参謀鈴木中佐の屍《かばね》のそばに、艦橋主任の庄野豊少佐と連絡士官の鈴木忠雄中尉が、血まみれになって絶命している。そして、秋山逸郎、高橋正四の両上曹、それに大場重誼一曹が、手足をふきとばされ、ただの肉塊となって転がっていた。

だれのものともわからぬ肉片が、艦橋の鉄柱や壁に、ペタリとへばりついて、異様な血のにおいが、むっと鼻をついた。

たったいま、元気な声をはりあげていた若者たちは、いっしゅんにして骸《むくろ》と化し、戦闘指揮所は寂として声がない。

探照灯照射のしっぺがえしは、あまりにも熾烈であり、無残であった。すでに前檣楼の下部一帯は猛煙につつまれ、紅蓮の炎の中に、西田の立っている艦橋だけがくっきりと黒いシルエットをえがいて、闇に浮かび上がっている。

奔騰する比叡の焔は、キャラガン艦隊にとって、絶好の砲撃目標となった。

素っ裸の比叡に向かって、敵艦八隻の全火砲が放射状に火網をはって、めちゃくちゃに撃ちこんでくる。

先頭のカッシングは、千五百メートルの距離に迫って魚雷をブッ放し、二十ミリ機銃の銃撃掃射をあびせてきた。

が、さすがに戦艦である。命中した三本の魚雷は、はじきとばされ、水面にはねあがってしまった。しかし、近接銃撃の効果は絶大だった。副砲、高角砲座にとりすがっていた砲員は、この奇襲攻撃にバタバタなぎ倒され、たちまち数十人が殺傷されてしまった。

ただひとり指揮所に残っていた西田は、炸裂する銃弾の中に身をさらしたまま、凄まじい形相で、怒号しつづけていた。

「高角砲！　右の駆逐艦を狙え！」

「副砲！　正面の駆逐艦に目標を変えっ！」

比叡が初弾を放ってから、わずか三分――のあいだに、戦闘はおそるべき速さで、刻々と変化しつつあった。

西田の眼前に、くりひろげられている闇夜の戦闘――それは、近代海戦の常識を超えた中世紀の海戦さながらの、悽愴苛烈な戦いを再現していたのである。

敵味方入り乱れ、舷々相摩した接近戦は、暗黒の海面に混乱の輪を広げ、トラファルガル海戦を地でいったような乱射乱撃の殺戮戦が展開されていた。

比叡に突進したカッシングが魚雷を放ちながら、間一髪右に転舵した。その直後、二番艦ラフェイが猛烈な勢いで、突っこんできた。

ラフェイも、カッシング以上に勇敢だった。比叡の舷側すれすれに接近しつつ、二十ミリ機銃と一インチ砲で、比叡の艦橋めがけて撃ちかけ、なおも多数の砲員をなぎ倒した。

比叡の右舷の機銃群はことごとく破壊され、高角砲も鳴りをひそめていた。

しかし、比叡の反撃は強烈だった。

副砲による水平射撃で、ラフェイの後部艦橋に、四発の命中弾をたたきこんだ。

ラフェイは火を噴きながら、右に反転して離脱をはかったが、積載していた爆雷が、誘発爆発を起こしたからたまらない。大音響と同時に、青白い閃光が闇をひき裂き、巨大な火柱が沖天高くふきあがった。

艦体は逆立ちになったまま、二百八十名の乗員もろとも、重油の煮えたぎる海面に、ひきこまれるように沈んでいった。ちょうどそこが、比叡の艦尾からわずか数百メートルの地点だっただけに、火の粉が花火のようにふりかかってきた。

艦長日誌による被弾状況

一方、比叡もそのとき満身創痍、蜂の巣のように穴だらけになっていた。厚い甲鈑でおおわれた主砲塔は、重巡の二十センチ砲の直撃弾をハネとばし、びくともしなかった。

しかし、艦橋、射撃指揮所、高角砲台、機銃台、電信電話室といったように、装甲のない露呈した個所は、すべてスクラップのように、破壊しつくされていた。

三式弾を二斉射し、アトランタを火ダルマにした主砲が、三斉射目を撃とうとしたとき、檣楼最上部の測距儀板がうち砕かれ、射撃指揮所から各砲塔につながっている電線回路が、切断されてしまった。このため、指揮所からの指令は遮断され、一斉射撃は不可能になった。残された手段は、各砲塔の独立射撃いがいにない。前艦橋から各指揮所に通ずる電話線も寸断され、伝声管も役に立たなくなっていた。だから、西田には各部署の被害状況をつかむすべがなかった。

戦闘開始五分後の一時五十分——

各部署からの伝令が、「被害報告」をよせてきたが、いずれも絶望的な報告ばかりであった。照射指揮所は、すべて破壊しつくされ、重軽傷四名を残し、班長深川少尉以下二十八名全員戦死。副砲指揮所はガスが侵入し、発令所長湯川与三大尉ら十名が戦死。第一副砲予備指揮所は渥美久大尉ら十二名が戦死、重傷十名。高角砲台は戦死三十三名。重軽傷二十五名。機銃群はもっとも被害が多く、戦死五十七名、重軽傷三十三名をかぞえ、機銃の使用にたえるもの一門もなし、という惨たるものであった。

西田艦長の戦闘日誌によると、比叡の被弾状況は、つぎのごとくである。

——戦闘開始後わずか五分にして、比叡はキャラガン艦隊の主砲弾八十五発の命中弾を受けた。

〈命中個所〉	〈弾数〉	〈被害状況〉
見張指揮所	2	トモニ右舷ヨリ貫通見張長以下戦死五
副砲指揮所	2	両舷ヨリ各一弾命中副砲長戦死

檣楼配線室	4	右舷ヨリ四発命中中火災ヲ生ズ
作戦室	2	左舷ヨリ二発命中中火災ヲ生ズ
夜戦艦橋	3	左舷より命中死傷者多数
艦橋配線室	3	右舷ヨリ一弾命中中火災、左舷ヨリ二発命中
下部見張所	2	左舷ヨリ二弾命中三名戦死
通信電池室	2	左舷ヨリ命中天井外側ヨリ貫通夜戦艦橋ニ至ル海水管を破リタルタメ海水電池室ニ流下電池不能トナル、他ノ一弾ハ第二電話室ヲ破壊ス
通信指揮室	3	右舷暗号室ヨリ入リ炸裂、第一電話室ヨリ指揮室ニ入リ、トモニ炸裂ス
航海科主倉庫	1	右舷ヨリ貫通シ炸裂火災ヲ生ズ
前部電信室	1	左舷ヨリ貫通配電盤破壊サル
第十兵員室	1	右舷側ニ命中最上外板ニ亀裂ヲ生ジ漏水
右錨鎖車	1	制動部ニ命中甲板ヲ貫キ兵員病室前ニテ炸裂小火災ヲ生ズ
一番砲塔	1	円形支基ニ命中セルモ被害ナシ
二番砲塔	2	一弾ハ左照準孔付近ニ命中照準孔開閉不能トナル、一弾天蓋後部ニ命中セルモ被害ナシ
三番砲塔	2	一弾ハ左後方排気孔ト覆鈑ノ間ニ命中一弾ハ天蓋ニ命中炸裂セル

		モ螺子ホボユルム程度
四番砲塔	1	円形支基ニ命中セルモ被害ナシ
一番高角砲	1	盾ヲ貫通炸裂砲員多数戦死
一番給薬室	1	右舷ヨリ命中炸裂多数戦死
二番高角砲	1	囲ト盾ヲ貫通砲破壊死者多数アリ
三番高角砲	1	右舷ヨリ命中兵器人員ヲ損傷ス
三番給薬室	1	右舷ヨリ命中、四番高角砲薬室付近ニテ炸裂砲員多数死傷ス火災発生
野菜庫	1	命中弾ニテ半壊
銃員待機所	1	被弾ニヨリ火災ヲ生ズ
第一水雷科倉庫	1	右舷ヨリ貫通、海水「タンク」ニ至リ炸裂、タンク及ビ海水管破壊、海水流出ニヨリ、第一、二、三、四缶室天井ヨリ流下スルニ至ル
鍛冶工場	1	右舷命中炸裂格納中ノカーバイトニ引火、火災ヲ生ズ
機関科油庫	1	右舷ヨリ貫通カーバイトニ引火
後部無線室	2	左右両舷命中スルモ盲弾ナリ
中甲板五区	1	左舷特ム士官室ニ命中一番砲塔装甲ニテ炸裂通風管ヲ大破ス
第三下士官室	2	舷側装甲ヲ貫通炸裂弾片ハ四缶煙路ニ及ブ中甲板九区消防主管及

		ビ第二下士官室内、四缶「ビルジ」排出管ヲ破壊、第二乾物庫浸水ノ因ヲナシ、一酸化炭素発生セリ
六番砲廊	2	八番砲側ニテ舷側装甲ヲ貫通、砲尾装薬ヲ誘爆火災発生、サラニ反対舷七番砲側ニ至リテ炸裂同砲廊ヲ破壊火災ヲ生ズ、死者多数
運用長室	1	中甲板線上一メートルニ命中炸裂
航海長室	1	中甲板線上三十センチニ命中炸裂
通信長室	1	中甲板線上一・五メートルニ命中隔壁ヲ破リ副長室ニ及ブ
長官公室	1	右舷ヨリ入リ隔壁ヲ貫キ、長官室ノ左舷側ヨリ出デ、各舷側破孔ヨリ浸水
下甲板十八区	1	二九〇番ビーム付近右舷下甲板線上一メートルニ命中炸裂舵取機室等通風諸装置ヲ大破シ、下甲板十八区及ビ舵取機室、舵柄室浸水シ操艦不能ノ因ヲナス
各部主砲指揮所	2	右舷ヨリ貫通破壊サル

このほか、八隻の敵艦隊があびせてきた高角砲、機銃弾を合わせれば、おそらく一万発はくだるまい、と思われる。まさに、想像を絶する乱打乱撃戦であった。

敵艦隊混乱す

しかし、比叡は不死身であった。敵艦隊の十字砲火の洗礼を受け、火を吐きながら、比叡はキャラガン艦隊の単縦陣のド真中を突破し、敵の針路の向こう側に艦首をつきだしていた。キャラガン提督必殺のTの字戦法は崩れ去り、支離滅裂の隊形となってしまった。

ラフェイにつづく三番艦スターレットは、ラフェイの仇討ちとばかり、比叡に向かって突撃を開始した。四番艦オバノンもスターレットにつづいて、追跡にうつった。

スターレットは銃撃をくわえつつ、魚雷発射点をもとめて、ぐんぐん接近してきた。

このとき、比叡の放った十五センチ砲弾が、スターレットの後部に命中し、操舵操置を粉砕した。舵をやられたスターレットは、チンに一撃をくらったボクサーのように、あっちによろけ、こっちにふらふら、危なっかしい足どりで、海面をのたうちまわっている。

あとにつづくオバノンは、スターレットの千鳥足を見てびっくりした。右に舵をきったかと思うと、こんどは左に方向転換し、ぶっつけまいとして必死になり、同じようによろけ回っているうちに、いつのまにか、比叡の左舷前方千メートルの地点で、ひょいと鉢あわせしてしまった。

炎につつまれながらそそり立つ比叡の巨大な檣楼を眼前に見て、マーカス艦長は仰天した。僚艦スターレットが、ノックアウトされたのを目撃しているだけに、「やられる！」と直

感したのだ。が、窮鼠猫をかむの譬えのごとく、マーカス艦長は捨てばちのくそ度胸をきめ、

「あいつを撃ちまくれ」と、燃える比叡を指さして叫んだ。

オバノンは全火力をあげて、猛然と撃ちかかっていった。なにしろ、千メートルという近距離で、しかも目標はバカでかいのだから、目をつむって撃っても、どこかに命中する。機銃弾は火の帯となって、比叡の上部構造物に炸裂し、蒼白い火花を散らした。その弾片が、艦橋に立ちはだかる西田の周囲に突きささり、バケツの底を叩くように、ガンガン鳴りつづけている。

西田と航海長の志和中佐は、あまりの激しさに、思わず顔を見合わせた。

すでに比叡の機銃陣地の大半は、潰滅状態におちいっていたので、ただ撃たれっぱなしのていたらくである。

それでも、副砲指揮所長代理の安田大尉が、「つぶせ！　つぶせ！」と、右第一、第二副砲台に指示をあたえたが、相手があまりに近づきすぎているため、俯角いっぱいで、砲撃することができない。つまり、オバノンは期せずして、比叡の死角にはいっていたわけで、巨砲にモノをいわせる戦艦も、こうした接近戦となると、われとわが巨体をもてあまし、一方的に撃ちまくられる形にならざるを得ない。

マーカス艦長はますます気をよくし、比叡と同航しながら、さらに魚雷攻撃のチャンスをねらって迫った。

そのときであった。キャラガン提督が、突如、「撃ち方やめ」を命じたのである。

「なんでやめるのだ。敵は目の前なのだ」

闘志満々のマーカス艦長には、キャラガン提督の砲撃中止の命令が、納得できなかった。だから、しぶしぶ砲撃は中止させたが、二本の魚雷をつぎつぎにブッ放してから、全速で比叡の舷側を、駆けぬけていった。

「右舷三十度！　雷跡発見！」

見張員の声が、砲声のあいまをぬって、西田の耳をなぶった。

操艦術にかけては定評のある西田である。艦首を左に流して、かろうじて一発はかわしたが、八秒おいて突進してくるつぎの一発は、どうすることもできなかった。

魚雷は右舷のバルジを爆砕し、水雷防御隔壁区画をつきやぶり、機械室付近に命中したが、応急処置により一部の浸水をみた程度で、ことなきを得た。

ところで、キャラガン提督は、なぜ、かんじんなときに、砲撃中止の命令をあたえたのか。それについて、述べなければならない。

初陣の提督は、まったく予想もしない乱戦混戦に、すっかりのぼせあがっていたのである。かれが脳裡に描いていた必殺の秘策――アドミラル・トーゴーが編みだしたTの字戦法は、味方艦隊への趣旨の不徹底から、ご破算になってしまい、おまけに僚友スコット副司令官をうしなって、いささか逆上気味であった。

そんなやさき、比叡の主砲で艦橋を納骨堂のようにされたアトランタが、あかあかと燃えながら、なお集中砲火を浴びているのを、双眼鏡で見てとったのである。

しかもアトランタが撃たれている砲弾は、自分の乗っている旗艦サンフランシスコが放っていることに気づいたのだ。

つまり、同士討ちをやっていたというわけである。

スコットは虫の好かん、いやな野郎だったにはちがいないが、同士討ちまでするテはない。

〈こいつは、いかん〉

キャラガンは苦虫をつぶしたように、顔をしかめながら、

「撃ち方やめえ！」と、大声でどなりとばした。

ところが、その声が艦内電話で、そのまま各艦に伝わってしまったのだから、滑稽である。

阿部司令官も、この作戦では、錯誤の連鎖反応から、徹頭徹尾ツキに見放されていたが、キャラガン提督も阿部以上に、まったく勝運にそっぽを向かれっぱなしだったのだ。しかも、誤ったこの命令が、結果的にはキャラガンの命とりになったのだから、なんとも気の毒な話である。

＊

ところで、キャラガン提督の「撃ち方やめ」の命令がくだされたとき、比叡は戦場からの離脱をはかり、左へ大きく変針していた。

だが、このとき、すでに比叡は舵をやられ、速力が急速に落ちはじめていたのである。

艦尾の水線付近に命中した二十センチ砲弾が、直径一メートルほどの大穴をあけ、そこから浸入した海水が、舵取装置の電動機に故障をおこさせ、行動の自由を奪いかけていたのだ。

キャラガン提督にしてみれば、敵の総大将の首級をあげる絶好のチャンスだった。

そこで追いうちをかけるべく、二十センチ砲をいっせいに撃ちかけた。

その直後、比叡につづいて迫ってきた霧島が、サンフランシスコの右舷に姿を見せはじめた。サンフランシスコは、霧島と比叡の中間に、はさまれるかたちとなった。

おりしも夕立が、軽快な足どりで、サンフランシスコの背後にスルスルとすべりこみ、パッと探照灯を照射した。まさに夜間砲撃の教科書を、そのままうつしたような背景照射であった。

比叡と霧島の副砲が、くろぐろとしたこのシルエットめがけて、カサにかかって撃ちこんだ。

夕立もそれにくわわり、三方から、間断ない十字砲火を浴びせかければ、サンフランシスコは上部構造物を粉砕され、狂ったようにのたうちまわった。

キャラガン提督、ヤング参謀長ら艦隊首脳は、いっしゅんにしてなぎ倒され、一片の肉と化してしまった。わずか二時間前、ルンガ泊地を抜錨したとき、カシン・ヤング大佐は、ひとりはやり立つキャラガン提督に、皮肉をこめた微笑を向けた。

「司令官、今日は十三日の金曜日ですよ」

だが、血気の若い提督には、ヤング大佐の皮肉は通じなかった。

『──十三日の金曜日』は、キャラガン提督や、ヤング大佐にも、そして、アメリカ艦隊にとっても、いまわしい厄日であったのである。

重巡サンフランシスコは、灼熱の炎を吹きあげて燃えていた。

屑鉄置場のようになった艦橋のあちこちに屍体が散乱し、うち砕かれて折れ曲がった三連装の砲身に、だれのものとも判別のつかない軍服の袖がペタリとへばりついていた。

破壊されるだけ、破壊しつくされたサンフランシスコだったが、それでも沈没しなかった。命中魚雷と水線下の被弾がなかったことで、奇蹟的に命脈をたもつことができたのである。

それでも比叡は死なず

比叡と霧島が、サンフランシスコに猛撃をあびせている最中に、戦列を乱してとんでもないところを走っていた四水戦の突撃隊と十戦隊の水雷部隊が、ようやく戦勢を建て直して、壮絶な魚雷戦を演じていた。

キャラガン艦隊では、すでにアトランタがスクラップ同然の廃艦となって、戦列外におちていた。バートンは夕立の魚雷で轟沈、ラフェイは比叡の副砲でやられ、誘発爆発をおこして轟沈、スターレットも比叡の一撃で舵がとれなくなり、列外に去った。

残るのはカッシング、オバノン、ジュノー、ポートランド、ヘレナ、アロンワード、モンセン、フレッチャーの八隻である。

夕立、村雨、雷などが獲物をもとめて突撃を開始するや、キャラガン艦隊も、猛然と反航に転じ、高速ですれちがいながら、交互に魚雷を放ちあった。

十数条の雷跡が、暗黒の海面で放射線をえがいて交錯し合う。

どの艦がどれを狙って放ったのか、判別さえつかぬほど、ごちゃごちゃに入り乱れ、せまい海面は、ウェーキの渦が重なりあって、白く煮えたぎっている。

このめまぐるしい混乱の中で、暁が中央水線下に雷撃を受けて、瞬時に轟沈した。

紅蓮の炎が斜めに宙を走ったとき、カッシングがやられ、つづいてモンセンが、ヨレヨレになって渦の中からはいだした。

防空巡洋艦ジュノーも、雷撃を受けて列外に下り、アロンワードも猛火につつまれ、気息えんえんの態であった。

戦史にも稀な、乱打乱撃戦は、四十分を経過してようやく終わりを告げたのである。

比叡が第一弾を撃ったのが、午前一時五十分。そして、正二時には、戦いはクライマックスに達し、二時三十分に砲声は熄《や》んだ。

この間、わずかに四十分であった。時間にしたら、たしかに四十分にすぎなかったけれども、その四十分の死闘の裏側には、敵味方をふくめてここに参加した人々の、さまざまなおびただしい懐疑や不信や対立や、はたまたどろどろとした人間同士の暗黙の確執が渦をまいて経過しており、さらにはその上に、恐怖と不安と興奮とが重なり合っていたのである。しかし、いまやそれらは、この四十分の死闘の中に、影も形もなく埋没して、やり切れぬむなしさのみが、あたりに沈んでいた。

西田は、砲声の熄んだいま、そのむなしさを、じっと心に受けとめていた。安らぎはなく、苦悶がその顔にあった。西田は、ふと疼痛のようなものが、まるで心のうずきのように左足のふくらはぎの部分からはい上がってくるのを感じていた。

この苦闘の模様を、当時比叡の主砲発令所長であった柚木哲少佐（海兵61期）は、つぎのように回顧している。

『――戦闘開始から、まだ十分ぐらいしか経っていなかった。突如、敵の駆逐艦が一隻真正面から接近しつつ、機銃を撃ってくる。こっちはよけられない。あわや衝突と思ったが、わずか二、三百メートル前方を左に転舵して通過していった。

敵ながらあっぱれなやつだ。おそらく魚雷を発射したのだろうが、命中はしなかった。

「発令所長、三番砲塔から電話です」

主砲の射撃指揮系統を寸断され、手も足もでない格好の私が電話につくと、砲台長がかすれた声で、

「前艦橋が大火災だ、艦橋は全滅らしい。君は生存者の中の先任者になる。はやく上がって、指揮をとってくれ」といった。

「よし、わかった」

元気よくこたえてはみたものの、発令所の上の方は火災で煙が充満し、危険で出るに出られない。

電話で砲塔長に海上の様子をたずねると、砲側照準で撃とうと思うのだが、敵か味方か

判別が困難だという。

「では、おれがいって撃ってやる」

私は防毒マスクをつけ、煙の下を四つん這いに匍いながら、やっと上甲板に出た。艦橋に上がって艦長の様子を見ようと思ったが、なにしろ炎と敵の銃弾が飛び交い、とても昇れそうもなかった。それで、やむを得ず、主砲の第二予備指揮所でもある後甲板の、第三砲塔にもぐりこんだ。

この暗闇で、舵が故障ならば、仕方があるまい。とりあえず、右舷と左舷の推進器を、前進後進させて、なんとか沖に出よう。機関室に連絡してみると、機関はぜんぜん故障はないという。

それならなんとかなると、私は早速、機械操舵をはじめた。

「右前進強速、左後進微速」

つまり艦は、面舵一杯で止まったまま動かないので、右舷の推進器を前進、左舷のけつを反対に後進に回して、艦をよじ向けるようにして、なんとか直進させた。

速力は遅いが、仕方がない。やっと艦首を北方に向け、サヴォ島の東側を通って三ノットぐらいの速度でノロノロ動きだした。

すると機関室から電話がかかってきて、

「前艦橋からも、操舵の号令がかかっている。いったい、どれがほんとなのだ」

と、息まいている。

「だれの声だ？」

「航海長か、艦長らしい」

「――らしいではない。すぐたしかめてくれ」

「艦長、航海長はぶじだ」

「そうか、艦長は健在か」

私はほっと肩で息をし、胸をなでおろした。砲術長は応答がないので、おそらくはだめかもしれない。

しかし、西田艦長がぶじだとわかれば、どうしても艦橋へいき、連絡をとらなければならない。

私は砲塔をぬけだし、上甲板を前部へ向かって走った。

銃弾が足もとをかすめ、パシッパシッと側板にはねかえる。

ふと見ると、あたり一面、屍体がごろごろしている。血がながれているため、足がヌルヌルし、いくどかころびそうになった。煙突は文字通り蜂の巣のように弾痕が刻まれ、なお燃えている前艦橋から、生き残った兵たちが、マントレット（弾丸除け）のホーサーを解いて下にたらしそれに伝わって、つぎつぎに降下してくる。

煙の中をくぐって、やっとの思いで、艦橋に辿りつく。ここも、相当ひどくやられており、先任参謀や、信号下士の屍体が折り重なるように床にころがっている。

その中で、西田艦長の形相は凄まじいばかり、あの温和な親しみぶかい平素の顔とは、似ても似つかぬ怒りの表情をたたえ、各戦闘指揮所との連絡に声を枯らしていた。

私は声をかけるきっかけをなくし、しばらくはその場に立ちすくんでしまった。

航海長は、艦橋の伝声管がぜんぶやられてしまったので、すぐ前にある司令塔の屋根の上に出て、悠々とあぐらをかき、仮設の伝声管を操舵室からひき、ふだんと変わらぬ声で、操舵の指示をあたえていた。

——やがて空がほのかに明るくなってきた。悪夢のような夜が明けはじめたのだ。あたりの海上には、もう敵も味方もいない。

ただ、西北の海上に敵の大巡らしいものが一隻、行動不能におちいったまま、停止しているのが見えた。

あとでわかったのだが、これは重巡ポートランドだった。

ポートランドは死んだふりをしたまま、まだ生きていたのだ。そして、昨夜から燃えつづけていた夕立に向かって、六発の命中弾をあびせかけて撃沈してしまった。

夕立の生存者は、すでに僚艦五月雨に移乗していたので、艦内はからっぽだった。

艦橋でこの光景を見守っていた艦長は、烈火のごとく怒り、ただちに砲撃を命じた。

主砲の三十六センチ砲が、むくむくと砲身をもたげはじめる。

射撃指揮所は使用できないので、各砲塔は独立射撃をすることになった。

砲撃は三式弾ではない。艦船用の徹甲弾であるから、すごい威力だった。

四斉射砲撃によって、ポートランドはあっけなく沈んだ。

だが、私は快哉すら叫ぶ気にはなれなかった。
ヘンダーソン基地を発進した、あたらしい敵を迎えねばならなかったからである――』

そのとき、西田は檣楼の戦闘艦橋を降り、下部司令塔の天蓋の上に立って、上部甲板の消火作業を見守っていた。

消火班の活躍で、上甲板の火はもうほとんど消えかけていたが、野積みにしてあったカーバイトは、まだ燃えくすぶり、異様な臭いをあたりにまき散らしていた。

「艦長！　舵をやられたというが、どんな状況かね」

焼けただれたタラップを上がってきた阿部が、そういって西田に声をかけた。

「あっ！　司令官、だいじょうぶですか？」

西田は阿部の姿を見て眉をひそめた。

顎の肉をひき裂かれた阿部は、顔面を繃帯でつつみ、目と鼻だけをのぞかせていた。

比叡の惨たる光景が、骨身にこたえるのか、阿部の容貌はすっかり変わりはて、くぼんだ目だけが、ひどくギラついて見えた。

「――西田君！　すまん」

阿部は西田だけに聞こえる声で、短くいった。

「――司令官！　私は……」

そこで西田は絶句した。

西田がなにをいおうとしているのか、このとき阿部には、わかりすぎるほどわかっていた

第五章　悲劇への序曲

惨劇のあとのしじまに

砲声の絶えた暗黒の戦場は、いま、ぶきみなほど、ふかい静寂の中にあった。かろうじて生き残ったキャラガン艦隊の二、三隻は、闇にまぎれて遁走したらしく、比叡の周囲に艦影はなかった。

しかし、はるか水平線のそこここに、アトランタ、ポートランドら数隻の敵艦が、まだ沈みきれず、燃えていた。それは、鬼火のようでもあった。

闇がふかいだけに、そのあたりだけが、ポッと、夜空をほのあかく染めていた。

西田と阿部は、司令塔の天蓋の上に立って、硝煙の匂いの消えた暗い海面を、じっと見つめていた。

向かいあって立っている両者のあいだに、会話はなかった。すでに、会話のない、沈黙の時間が、ながいことすぎていた。

〈それにしても、この静かさはどうだろう〉

耳もとでバケツの底を、ガンガン叩きつづけたような、あの気狂いじみた乱射乱撃戦——四十分におよぶ凄絶な殺戮戦が、たった数分前まで、この海面でくりひろげられたという事実が、西田には信じられない気さえした。

〈戦争とは、なんとむなしいものなのか〉

そんな感慨が、ちらりと脳裡をかすめる。

戦いの終わったいま、西田はそれだけ心の余裕を見いだしていた。

しかし、軍医の制止をふりきって治療室からぬけだしてきた阿部は、そうはいかなかった。

阿部はそのとき、表面は冷静をよそおいながらも、内心呆然自失にちかい、心理状態においこまれていたのである。

阿部をそうさせたのは、惨たる比叡の光景と、おびただしい戦死者の屍体から発散する、血と肉片の嗅いであった。

「艦長！」

阿部がついに繃帯の顔を西田に向けた。

「はあ！」

「いや、いいんだ」

阿部は詫びるような眼差しで、しばらく西田を見つめていたが、なにを思ったのか、そのままくるりと西田に背を向け、ラッタルを降りはじめた。

後部上甲板の火は消えていたが、檣楼の下部付近は、まだ、黄色い炎が野火のようにチョロチョロと燃え、消火班がホースで水をかけているのが、影絵のように見えた。

阿部はラッタルの途中で足を止め、上甲板から、艦首の方を見回した。

そこには地獄のような光景が、くりひろげられていたのである。

砲身の折れまがった高角砲。主砲の砲塔にひっかかって、揺れているボロボロの軍衣。血ぬられた甲板に、陸揚げされたマグロのように転がっている無数の屍体——それらのものみなが、燃える炎がゆらめくたびに、まるで妖怪かなにかのように、くろぐろと映しだされ、阿部の胸めがけてぐいぐいと迫ってくるのである。

すべてが死滅してしまったような、ふかい静寂の中で、比叡の艦首が突っ切る波頭だけが、夜目にも白く泡立って、舷側をかすめ去っていった。

〈——すまん、ゆるしてくれ〉

阿部はだれかに念じずにはいられない気がし、そっと目を閉じた。

〈不覚だった。おれは、不覚だった〉

キャラガン艦隊との闇夜の撃突戦は、阿部艦隊の快勝であった。むしろ、ワンサイドといってもいい勝利であった。

しかし、阿部の心境は、敗残の将のそれのごとく、みじめであった。

——比叡が初弾を発射してから、わずか三分。敵の集中砲撃によって、司令部はいっしゅんにして全滅。阿部も重傷を負い、指揮権を西田に委ねるはめになった。

そこまでは記憶していた。だが、そこからあとの記憶は、完全に中断されていた。そして、意識をとりもどし、正常な状態にもどったとき、すでに戦闘は終わっていたのである。

その戦闘が、いかに野蛮きわまる、すさまじい殺戮戦であったのか、阿部は知らない。いや、知るすべもなかったのだ。

戦列を離れたことは、不可抗力であった。戦争であるかぎり、それはとうぜん起こり得ることであった。だが、いまの阿部にとって、それは理屈にすぎない。

阿部の意識と無関係のように、戦闘がおこなわれ、そして終わっていた。それが、阿部にはどうにもやりきれないのであった。

指揮官としての面目、武人としての矜持いずこにありや――そんな感情が、傷ついた阿部の肉体を虐げ、はげしく責めたてていたのである。

大いなる運命のいたずら

阿部はラッタルを昇ると、ふたたび西田の隣りにきて立った。

「西田君！」

阿部は暗い目を向けて、西田にいった。

「――私の不用意から、陛下からおあずかりした艦を傷つけ、多くの部下を殺してしまった」

西田は、たまりかねてこたえる。

「司令官、敵艦隊はいなかった……と判断したのは、私も同じです、私の判断があまかったのです。それらは、すべて艦長である私の責任です」

「ちがう、それはちがうのだ。西田君……いま、そのことをあれこれいい合っても、意味ないことかもしれん。しかし、責任の所在だけは、このさい明確にしておく必要がある。判断のあまかったのは、このわしだ……」

気色ばんだような阿部の語調に、西田はとまどいし、口をつぐんだ。

ホゾを噛むような、味気ない思いの中で、阿部はいまにして悔いていた。

——レカタ基地からの情報で、敵艦隊がルンガ泊地に碇泊していることは知っていた。知ってはいたが、かれらは従来どおり、日没時になれば東方海上へ避退する。

頭からそう思いこみ、この敵の在泊艦隊に対して、まったく警戒の念を抱かなかった思慮の浅さを、どう説明したらいいのであろうか。むろん、それは四水戦が前衛として、露払いの役目をはたしてくれている、という安堵感と信頼感とがあって、それに影響されていたであろう。

ところが、スコールによる隊形の混乱という、まったく予想もしないアクシデントによって、四水戦は前衛どころか、とんでもない位置にいたために、この悲劇を招いてしまったのである。

しかし、だからといって、いまさらそれを嘆いてみたところで、司令官としての責任を、免れ得るわけではない。すべては、おのれの配慮のなさと、粗雑な神経が、このような結果を招いてしまったのだ。レカタ基地からの情報を受けていたからには、せめて敵艦隊に対する、ひとかけらの懐疑をさしはさんでさえいたら、錯誤が生んだあやまちを、未然に防ぐことができたかもしれないのだ。

阿部はそのように自己批判し、おのれの愚かさを嗤《わら》った。

嗤いながら、阿部はすぐに現実にひきもどされた。

キャラガン艦隊は叩き潰したが、すでにガ島を砲撃する余力も時間も、わが艦隊には残されていない。とすれば、ヘンダーソン基地の米軍機が、なんら痛手を受けることなく、温存されているのであるから、わが方が報復爆撃を受けることは、時間の問題と見なければなるまい。

「西田君！ 残念だが、避退しよう」

「やむをえんでしょう」

西田は、無念そうに上唇を噛んで、大きくうなずいた。

つまり、砲撃戦闘終了十五分後、比叡は戦場離脱のため左回頭し、北西へ針路をとった。

比叡につづいて霧島も左回頭し、そのまま北上を開始した。

西田はこのときまで、比叡の舵故障をそれほど重大に考えてはいなかった。

ポートランドの放った二十センチ砲弾を、一発くらったくらいで、致命傷を受けるとは、思ってもいなかったのだ。

比叡の上部構造物は、キャラガン艦隊の猛攻を受けて、くしゃくしゃに破壊され、高角砲や機銃群は焼けただれて、アメのようにひんまがってささくれだち、スクラップ置場と化していた。

けれども、それはあくまでも見かけだけであった。主機械は快調に作動していたし、汽缶室も正常にはたらいていた。主砲砲塔も弾痕がなまなましかったが、牢固たる防御甲鈑は、数十発の命中弾にもビクともせず、独立砲撃で十分に斉射ができた。

天下無敵の豪艦大和のテスト艦として、三次にわたる改装をほどこし、近代式戦艦に生まれかわった不沈性を、みごとに立証したのである。

西田は、比叡の不沈性を信頼し、その不死身ぶりに、おのれのすべてを賭けていた。海に浮いている以上、どのような強艦でも、いつかは沈むのである。世に不沈艦というものは、ありえない。不沈戦艦とは、虚空の形容詞であって、堅牢無比というイメージを強調した誇称にすぎないのだ。太平洋戦争のはじまる少し前の昭和十六年九月初旬。艦長として比叡に着任したとき、その偉容さに目をみはり、〈――死ぬときは、この艦といっしょだ。比叡と運命を共にすることができれば、武人として、最高の栄誉ではないか〉と、青年士官のように、胸をふくらませた西田であったからだ。

＊

それがいま、キャラガン艦隊の猛烈な集中砲火をあび、袋叩きにされながら、なお、超然としている比叡を見て、虚空の形容詞が、まんざら「虚空」ではないことを、西田はあらためて知らされた気がしたのである。

だが、その比叡は、転舵回頭を終えて、北西に転針しはじめたころから、急速にスピードが落ち、舵がながされだした。艦尾に命中した、たった一発の砲弾——しかも、それは不発弾であったのだが、この一弾が、不運にも比叡の命とりとなり、艦長西田正雄大佐の運命を、大きく狂わせることになったのだから、皮肉といえばあまりにも皮肉にすぎる。

想えば第十一戦隊のガ島砲撃作戦は、悪魔に憑かれたように、徹頭徹尾、ツキに見放されていたといえようか。

第一回に敢行した栗田健男中将の金剛、榛名で編成した第三戦隊が、武運にめぐまれ、ツキにツイていたのと、あまりにも対照的であった。

第十一戦隊の場合、第一の蹉跌は、ケタ外れの物凄いスコールであった。そのスコールによって隊形が混乱し、ガ島突入のタイミングを逸した。そのために、戦う相手ではなかったはずのキャラガン艦隊に遭遇してしまった。

錯誤はさらに錯誤を生み、予想しない探照灯を照射したことによって、第二の蹉跌を生じ、悲劇の要因をなしてしまった。

しかし、これとてもキャラガン艦隊を潰滅させ、一応の勝利をおさめたのだから、それなりの戦功は評価されていいはずであった。

けれども、第三の蹉跌となった舵故障は、それらのものを一切フイにしたばかりか、比叡と西田に、決定的ともいえるダメージをあたえることになったのだ。

戦場離脱をはかる比叡は、サヴォ島の南で半円形をえがいてゆるく旋回し、さらに東岸ぞいに北上しつつ、ついに停止してしまった。

操舵不能におちいった比叡は、不運にもアキレス腱を切ってしまったのである。

いかに無敵のボクサーでも、ひとたびアキレス腱を断ちきられては、威力を秘めるストレートパンチも無力と化し、赤児同然となるのは、あたりまえのことである。

アキレス腱を切られた比叡の武運の拙さは、同時に西田の輝かしい過去の業績と、すでに半ば約束されていた「大和艦長」と「提督」との椅子を、情け容赦もなく奪い去ってしまったのだ。不運というべきなのか、はたまたツキに見放されていたというべきなのか――これをいい尽くすべき言葉とてない。

「比叡」舵取機室付近

比叡が、サヴォ島沖に向かって、反転航行にうつった直後。運用長の大西中佐が、舵取室の被害状況を報告するため、タラップを昇ってやってきた。

「艦長！　残念ですが、舵取室の損傷は意外に大きく、応急修理は不可能です。できるだけのことはやってみたのですが……」

端正な大西の顔は、汗と油でくしゃくしゃに汚れ、軍服もぐっしょり濡れていた。

「だめか……だめなのか」

離脱の望みを、なおつないでいただけに、西田の失望は大きかった。

大西が伝えた報告は、こうであった。

敵重巡の放った二十センチ砲弾は、防御甲鈑のほどこしてない、艦尾の水線すれすれの個所に命中し、下甲板十八区画に浸水をもたらしていた。そして、破孔から浸入したこの海水は、通風管を破り、右舷舵取機室と舵柄室になだれこみ、両室は満水状態になり、使用不能となった。

このため、左舷舵取機室の電動機も停止してしまった。送電がストップしたとなれば、人力による操舵以外に艦を進める方法はない。

七人の操舵員によって、なんとかここまで艦を動かしてきたが、やがて左舷舵取機室にも浸水がひろまり、操舵員の在室が不可能となったため、ついに舵取機室を放棄し、間一髪脱出してきた、というのである。

西田はしばらく考える顔をしていたが、すぐに腹をきめ、阿部にいった。

「司令官、お聞きのとおりです。舵取機室がやられたとなれば、比叡の離脱はまず見込みなし、と見なければなりません。比叡一艦のために、僚艦を道連れにするわけにはいかんでしょう」

「ふうむ、霧島と四水戦らを帰投させよ、というのかね」

阿部は腕を組みなおしながら、首をひねってみせた。

「そうです。いまなら、まだ十分に時間がありましょう。離脱は可能ですよ、敵機の爆弾の洗礼は、比叡だけでたくさんです」

「つまり、比叡にオトリの役をさせるつもりなんだな……」

西田の悲痛な心意気に、阿部は喉をつまらせた。

西田が比叡とともに、死を決意したのはこのときであった。

むろん、比叡艦長として着任したときから、その覚悟ができてはいた。しかし、ただむやみやたらに、死を急ぐべきではなかった。

問題は、現実に死と対決し得る時期の選択であった。

艦の運命は、つまりは乗組員全員の運命である。その生殺与奪の権は、艦長が握っているのである。一艦の最高責任者が艦長であるかぎり、それはとうぜんのことであった。

けれども、艦長の誤った判断のために、艦を沈めたり、部下を徒死させてはならない。そのため、艦長たるものは、冷静に情勢を分析し、悔いのない処置を講ずる「十字架」を背負わされているのだ。艦長が艦と運命を共にするのは、とうぜんであるとしても、部下の生き方を考えてやるのも、また艦長としてとうぜんの責任であった。その「責任」をとるべき時期が、いま、やってきたのだ。

西田はそう考えていたのである。

「ありがとう！　艦長……」

阿部もまた、比叡がこの重大な危機を突破できないことを、肌で感じとっていた。

そこで、後につづく霧島の岩淵艦長に対し、阿部司令官の命令が達せられることになった。

『――本艦は操舵不能におちいれり。貴艦は本艦と別行動をとることとし、直ちに該地よりの離脱をはかられたし』

＊

比叡と霧島の交信がかわされているあいだも、西田はなおも大西と、舵取機の修理について話し合っていた。

「夜が明ければ、敵機はやってくる。離脱はできないまでも、敵の爆撃や雷撃を避け得られる程度に、艦を動かせんか。どうかね、大西君、なにかうまい方法はないか」

「そうですね」

大西は黒縁のメガネを光らせながら、じっと考えこんでいる。

「主機関は、ぜんぜん異状はないのです。現在でも二十九ノットは出せるわけですから、――舵は面舵をとったまま、停止している。しかし、こいつはもうあてになりません。浸水口を防いで排水しないかぎりは……。ただひとつ考えられるのは、板材で応急舵をつくり、こいつを上から垂らして代用にすれば、すこしは動くかもしれません。どっちにしろ、破孔閉塞作業と二段がまえでやってみましょう」

「たのむ！　闇夜で作業がしにくいだろうが、すぐにとりかかってくれ」

大西のことばに、元気をとりもどした西田は、従兵のはこんできた握り飯に、ようやく手をつける気になった。

黒ゴマをまぶした握り飯は、まだ温味が残っていた。掌いっぱいに米粒のぬくもりを感じたとき、〈おれは、まだ生きている。こうして生きているのだ〉ふいに、そんな実感が、ずしりと胸に落ちてきて、なんとなしにやさしい気持になっている自分を感じていた。

——西田大佐は、『比叡戦闘日誌』の中で、このときの状況を、つぎのように誌《しる》している。

『——前夜十時、スコールの中で乾パン二個を口中にせしのみ。戦闘中まったく空腹を忘れていただけに、従兵のとどけし二個の握り飯、その美味なること、けだし、山海の珍味も遠くおよばずの感しきり。生あることを、改めて知りしものなり。

運用長大西中佐の報告、悲観的にて失望甚し。

被弾個所は、参謀長公室下部の水線付近なりし。このため、舵取機械室用の通風筒、給排気筒ともに破壊さる。

さらに、両舷舵取機械室の通風孔より浸水。右舷舵取機員は電話室の浸水により、腰部までつかり、電路ショートせるをもって、接断器を断ちきり、操舵員二名は上部に避退す。左舷舵機員は、浸水と同時に補機部指揮所に、状況を報告せり。

左舷電源を切断されしため、電源を右舷に転換せり。

ついで海水、接断器を浸しショートしはじめたため、ここも接断器を断ち、EF弁を閉鎖して、人力操舵可能なるごとく、油圧管の切替えをおこない、舵柄室に避退する。

かくのごとくして、浸水しはじめてより約五分にして、室内満水状態となれり。

なお、舵柄室においても、風路、電源貫通部、舵頭付近における舷隔壁等より浸水せるをもって、五十トン排水ポンプを使用し排水につとめる。

排水作業二時間、十三日午前四時にいたり、浸水に応ずるための電源遮断にともない、ポンプ電源も断たれ、ポンプは停止する。このころより浸水とみに増加す。

舵柄室に避退せる在室員（舵機員二、操舵員二、後部注水管制所員四、計八名）は、人力操舵をおこない、約十度あて操舵し、なお、操舵可能であることを、艦橋もしくは司令塔に知らしめようとつとめるも、電話不通なりしため、外部との連絡とれず。

このころより、浸水いよいよ激しさをくわえ、身辺の危険を感じ、ついに舵機室との間の防水扉をひらき、舵機室に導き、水準の降下したる隙をみはからい、防水蓋をひらいて辛くも脱出に成功せり。

舵柄室にありて、これを指揮せる桑原兵曹の、沈着冷静にして、且責任感ある行動は見事にして、大いに範とすべし。

おもうに、帝国海軍の支柱となるは、このように平素目立たぬ、下士官の存在であり、かれらの地味な努力こそ評価すべきものなり――』

話は前後するが、阿部司令官と西田艦長が司令塔の天蓋の上で、会話をかわしていたとき、比叡は五ノットまで速力が落ち、サヴォ島に向かってノロノロ走っていた。

この航行は、じつは桑原兵曹と六人の操舵員の死を賭した人力操舵によるものであった。

桑原たちは操舵室にとじこめられ、外部との連絡が遮断されてしまったので、どのような状況下で比叡が北上していたのか、まったく不明であった。したがって、桑原兵曹の脱出後の状況報告によって、はじめて真相が、西田にもたらされたのである。

桑原兵曹の決死的な行動は、比叡自沈の悲劇の裏面に秘められた一篇の挿話でもあった。

舵柄室もまた奮戦す

桑原実兵曹はセーラー出身。比叡に五年以上も乗り組んでいるベテラン下士官で、いわば比叡生え抜きの歴戦の猛者だった。

色が浅黒く、肩幅のひろい、がっしりした躰つきのこの男は、平素はおとなしく、無駄口ひとつたたかぬ武骨者然としていた。

その桑原は、戦闘が開始された午前二時、当直員として、舵柄室に詰めていた。

舵柄室は中甲板の真下にあたっていたから、壮絶な砲撃戦がはじまっても、外部の様相はまったく見ることができない。

主砲が斉射されるとき、艦体がピリリと小刻みに揺れるから、「あっ、いま、ぶっ放したな」と思うだけで、砲声すら遠くに聞く程度で、完全に外界から遮断されていた。

したがって、敵の砲火によって艦橋が燃え、上部の構造物が蜂の巣のように、めったうちに破壊されていることなど、思いだに浮かばなかった。

「だいぶ、派手にやっているらしいぞ」

「ちきしょう！　それなのに、こんな穴ぐらみてえなところに、おしこめられて、わりのあわねえ商売だぜ」

当直の兵たちは、艦体がぐらぐらと揺れるたびに、身をこらし、戦況の成り行きに、あれやこれやと、思いをめぐらせていた。

戦闘開始後、どのくらいの時間が経過したのか、はっきりした記憶はなかったが、舵柄室の近くで猛烈な炸裂音がし、隔壁の厚い鉄板が、びりびりと震えた。

「命中弾だ、やられたぞ！」

「浸水したらおれたちは、脱出不能だ」

兵たちは、すさまじい衝撃音にキモをつぶし、一瞬、逃げ腰になるほどであった。と、そのとき、間髪を入れず、

「バカ者、落ちつけ、一発や二発の直撃弾で沈むような艦じゃあねえんだ」

と、桑原兵曹の一喝が飛んだ。

ふだんは、むっつり屋で、なにを考えているのかわからないような桑原だったが、さすがに筋金入りだけあって、こういうときにも落ち着きはらっている。頭ごなしに一喝をくらわせると、「ほまれ」をとりだして、悠々と火をつけた。

いまの一発で舵柄室は孤立し、八人が閉じこめられたことは確かだった。いまなら、まだ脱出はできるかもしれない、とかれは思った。

しかし、舵柄室を放棄して逃げるわけにはいかない。被弾のため、電動操舵が不可能になった場合、艦は重大な危険におちいる。あくまでここで頑張り、人力操舵に切りかえなければならない。それが操舵員の任務なのだ。そう考えた桑原は、おびえる部下を叱咤しながら、人力操舵の準備と浸水個所の防水作業をはじめた。

それと同時に、艦橋指揮所に被害報告のための電話連絡をとった。しかし、電線回路が切断されたのか、不通になっていた。

〈さあ、よわったぞ。こうした場合、どうすればいいんだ〉

桑原は舌打ちしながら、しばらく考えた。舵は面舵をとったまま停止の状態になっている。

〈そうだ、まずこいつを中央に戻しておかなくてはいかん〉

桑原は手の空いている四人の兵をあつめ、ヨイサヨイサとかけ声をかけながら、舵を中央の位置にもどしはじめた。舵を真ん中にさえしておけば、機械に右前進、左後進をかければ、艦はしぜんに左へ回ることになる。

比叡の舵は、坪数にすると約五坪ほどもある巨大な鉄の板である。艦のスピードと、その抵抗による力を支えながら、向きを変えようというのだから、人力操舵とひと口にいうが、たいへんな労力を必要とするのだ。

「ほれ、がんばれ！」

「もうひといきだ！」

全員が顔を真っ赤にし、全力をふりしぼって、じりじりと舵をよじまげる。

いったんは停止し、大きな弧をえがいて左に回っていた艦が、ゆっくりと位置をかえ、やがて直進しはじめた。つまり、取舵をとっていた比叡が、西北にまっすぐ進みだしたのは、桑原兵曹の適切な処置が、効を奏したからである。

ところが、人力操舵に渾身の力をふりしぼっている最中、無情にも電動機室を浸した海水が、舵柄室に奔流となってなだれこんできた。しかもその濁水は容赦なく水量を増し、膝から腰、さらに腰から胸のあたりまで、こっこくと迫ってきた。

「班長！　このままだと、おれたちは溺死してしまう！」

兵たちはハンドルをつかんだまま、蒼白な顔に唇をブルブル震わせている。

「そうだ、おれたちはここで死ぬかもしれんのだ」

桑原はそういってから白い歯を出し、わざと笑ってみせた。しかし、笑いながらも桑原は考えていた。もしも舵が中央にもどり、そのまま固定していれば、ここで死んでも、死んだだけの値うちはある。艦と二千数百名の乗組員の生命を、救うことができるのだから、というようなことを、である。しかし、死んでしまえば、手からハンドルは離れてしまう。離れれば舵はながれてしまう。真ん中に舵をもどしても、固定できない以上は、死んでも流れるし、脱出しても流れるのだ。それならば部下の生命を救うために、脱出を考えるべきではないか。

桑原がそう考えついたとき、海水は肩をひたし首のあたりまで迫っていた。みな水をのむまいとして、無意識に爪先を立てて、ハンドルに上体をおしつけた格好で、首をよじまげている。

「おい、みんな、脱出するぞ。これ以上はむりだ」

そうはいったものの、いったいどうやって脱出するというのか。

桑原は首をよじまげ、室内をぐるぐる見回してみた。中甲板に通ずる脱出口までいくには、隣りの電動機室の隅についている鉄梯子を昇るよりほかに方法はない。

舵柄室と電動機室の天井の高さは、おそらく同じとみていいだろう。だとすれば、電動機室の海水も、ここと同じ高さまで、迫っているはずであった。

ここから電動機室の鉄梯子まで、約十五メートルはある。その中間に二つの部屋を仕切っている扉がある。この位置から水中を潜って扉をあけ、隣室へとびこむ。そして、鉄梯子まで泳ぎつき、梯子をかけのぼってハッチをあけ、中甲板に脱出する——口でいうのは簡単だったが、それを実地にやってのけるとなれば、水練の術にたけた忍者でなければとうていできる業ではない。

〈やっぱり、ここでオダブツか〉

だが、桑原は、死の瀬戸ぎわに追いつめられながら、おどろくほど冷静であった。

桑原はそのとき、電動機室と舵柄室の広さの相違に気がついたのである。つまり、いま自分が閉じこめられている舵柄室の方が、電動機室より四坪ほど広いことを、思い出した。

ということは、二つの部屋を仕切っている扉をあけた場合、電動機室の海水が舵柄室になだれこむ。すると、広い分だけ許容量があるから、水位が下がるのではないか。

この場合、海水が奔出している破孔の大きさが問題であった。もしも破孔が操舵室のそれより大きければ、浸水量はそれだけ多く、水位が下がるという望みは、断ちきられることになる。

つまり、扉をあけてみないことには、どちらとも断定できないというわけだ。いってみれば、イチかバチかの賭けであった。

〈よしっ！　賭けてみよう〉

桑原はそう腹をきめた。

重油をふくんだ海水は、すでに首のあたりまで迫り、ギラギラした重油特有のいやな匂いが、ツーンと鼻をついた。

「おい、みんな、おれのいうことをよく聞くんだ。いいか」

桑原は、臭い海水をのまないよう、背のびして顎をつきだしながら、七人の男たちの顔を見回した。

「電動機室のドアをあけ、鉄梯子まで泳ぐんだ。水の圧力で、ドアはかなり重いぞ。力を合わせて、いっきにドアをあげる。あいたらすぐに飛び出せ、若い者から順番にいけ」

「じゃあ、班長はしんがりですが。それじゃあ、おれたちが困るなあ」

三浦上等機関兵が、したり顔でいった。

「バカヤロウ！　つまらんことに気をつかうな。マンホールの上に出たら、一刻もはやく分掌指揮所へ報告しろ。舵柄室、電動機室満水、舵はながれました……とな」

桑原は、あらっぽい口調で指示しながら、

「さあ、いこう！　イチ、ニッ、サンで、ドアをあけるんだ。ハンドルは同時に放せ」

兵たちは、いっせいにドアの方へ泳ぎだし、ドアのノブをつかんだ。それから、力いっぱいドアを手前にひきよせる。その瞬間、油臭い海水が鉄砲水のように、どどっとながれこんできた。

賭けは勝ったのだ。桑原の思惑通り、電動機室の水位はすこしずつ下がりはじめた。

「それいけっ！」

逆流する海水に、ドアがはじかれないように、懸命に桑原が押さえる。

七人の兵は、逆巻く水の中を飛沫をあげて、鉄梯子に突進した。

兵たちが、つぎつぎに鉄梯子にしがみつき、上へ上へとのぼりはじめる。

七人目の兵が梯子にたどりついたとき、桑原ははじめて、ほっと息をついた。

〈これで全員が助かった……よかった。ほんとによかった〉

そう思いながら、桑原も梯子に向かって泳ぎだした。泳ぎながら、舵柄室の方を振り返ってみた。自分の大切な職場である舵柄室は、すでに天井まで海水につかり、予備電源の薄暗い灯が、泡立つ水面をにぶく映しだしていた。

桑原は辛うじて鉄梯子にしがみついた。そのとき、〈これで比叡もおしまいかな〉ふっとそんな気がした。するとふいに、喉もとに熱いものがこみあげてきた。

第六章　艦長の決意

生きていた敵重巡

南海の夜明けは早い。午前四時をすこしまわると、水平線のあたりが、かすかに白みはじめ、墨を流したような暗黒の海面は、しだいに紺青の色をふかめていく。

海は凪いでいた。

その海でつい三時間前、二十数隻の鉄の塊り同士が、舷々相摩した壮絶な乱撃戦がおこなわれたことが信じられないほど、熱帯の海は静謐であった。

その静かな海面は、いますこしずつ明るさを増しつつあった。黒いヴェールを一枚一枚はがすように海上が明るくなるにしたがって、暗夜の戦闘で傷ついた艦艇の群れが、そこここに醜い残骸を見せはじめるのであった。

サヴォ島の南五マイルの地点で、駆逐艦夕立がかすかに白い煙を噴きあげていた。轟沈した暁の艦影は、もはやどこにも見当たらない。

夕立からわずか三マイル東方に、カッシングが横たわり、さらに四マイル北方に、モンセンが左舷に傾いたまま、かろうじて浮いていた。

さらに、ルンガ岬に近い海上に、艦尾がくの字型に折れまがった重巡ポートランド、軽巡アトランタが、気息えんえんの態でうずくまっている。

そして、フロリダ島西北方の海域には、ただ一隻、仲間から離れたアロンワードが見る影もない姿を波間にさらしていた。

どの敗残艦も全滅したのか、移乗し終えたのか、乗組員らしい人影とて見えない。

それは、兇暴な破壊による死滅の世界であった。皮膚の色の異なる人間同士が、人情とか慈悲とかといった感情をすべて放擲し、ただ野獣の闘争本能だけをむきだしにして戦った、虚しい殺戮のはての残骸でしかなかった。

四時二十分を過ぎたころであった。

艦体がへし曲がり、スクラップ同様になって、死滅したはずの重巡ポートランドが、とつぜん息をふきかえした。

比叡の主砲で、こてんぱんに撃砕され、息の根をとめられたと思ったこの重巡は、まだ生きていたのだ。おそるべき強靱さを秘めたヤンキー魂というべきであった。

ポートランドの二十センチ砲が、やにわに鎌首をもたげたと見るや、十マイル前方で白煙をあげている夕立にむかって、つるべ撃ちの砲撃を開始したのである。

昨夜の雷撃戦で勇戦敢闘した夕立は、敵の魚雷を二発くらい、浸水はなはだしいため、乗組員が五月雨に移乗した後、そのまま放棄されていた。

その夕立がねらわれたのだ。夕立は六斉射の砲撃を浴び、泥舟のようにあっけなく沈んだ。ポートランドの砲声は、死んだみたいに眠りこけていたサヴォ島の海を目覚めさせ、二十マイルはなれた比叡にまで聞こえた。

——西田艦長は、そのとき司令塔に通じるラッタルを、ゆっくり登っていた。登りながら、にぶい砲声を遠くに聞いた。

西田にとって、もっとも恐ろしいのは、夜明けであった。夜が明ければ、ヘンダーソン基地のアメリカ軍機が、キャラガン艦隊の仇討ちとばかり、飢えた禿鷹のように比叡に襲いかかってくるのは明らかであった。で、敵機の来襲前に、なんとしてでも舵の修復を終えさせなければならない。舵さえ復旧しておれば、敵の雷爆撃はなんとか回避してみせる。

そう思った西田は、わざわざ艦橋を降り、修理に当たる現場の部下たちを激励し、ハッパをかけてきたところであった。

砲声を耳にした西田は、ピクリと眉をよせ足を止めたが、すぐに司令室まで駆け上がり、本能的に双眼鏡を目に当てた。精巧なレンズに、拡大された払暁の海の白っぽい光景が映った。濃い緑のサヴォ島の島影を右に、夕立の黒い艦影が見えた。至近弾が艦の周りで、いくつも水柱をあげている。と、つぎの瞬間、一条の火炎がグォッと噴き上がり、炎といっしょに、夕立は沈んでいった。だが、砲撃はまだつづけられているらしく、ときどき、水平線のあたりで、ピカッ、ピカッと、鋭い光が走った。その閃光によって、ポートランドの位置が確認された。

屈辱に似た怒りが、西田の脳裡をめまぐるしく掠めた。たとえ放棄したとはいえ、友軍の艦艇が目前で撃沈されたとあっては、黙ってはいられない。

〈やっこさん、まだ、生きておったか……〉

柔和な風貌の西田の目に、殺気めいた光が、みなぎっている。

「砲撃用意！」メガホンを口にあて、西田は怒号した。

「目標、ホノルル型敵損傷重巡、右十八度」

「各砲塔独立射撃っ！」

主砲の巨大な砲身がニョッキリと頭をもたげ、ぐっと大仰角をかける。砲弾はこんどこそ、正真正銘の徹甲弾である。昨夜の砲撃戦では、花火のような三式弾しか撃っていないから、巨砲の威力と真価を発揮したとはいえない。

「撃ち方はじめ！」一番砲、二番砲が轟然と火を噴いた。

波頭ひとつない、鏡のような熱帯の朝の海は、比叡の放つ砲声に揺れ動き、にわかに波立ちはじめるのであった。

かくてポートランドの周辺には、巨大な水柱が上がり、この不屈の敵艦もまた、比叡の四斉射の砲撃が終わったとき、すでにその黒い影を、そこから消していた。

第一波の敵機来襲

ポートランドを撃沈した直後のことである。傷ついて動けない比叡の身を案じて、駆逐艦雪風が接近してきた。

舵取機室の修復いかんによっては、第十一戦隊司令部を、雪風に移さなければならないことになろうと、幕僚たちはそう考え、北方へ退避しつつあった雪風を、急ぎ呼びもどしたのである。

一方、比叡の舵の修理は、はかばかしくはなかったが、それでもすこしずつ進捗していた。

水線下の破孔はいがいに大きく、直径一メートル半ほどの大穴があいている。まず、この穴を遮防しなければならない。それで兵員用の毛布数十枚が用意された。その毛布をまるめてうまく穴に押しこみ、浸水を防ぐ。

泳ぎの達者な十人ほどの兵が、フンドシひとつで海中にとびこみ、舷側にへばりつくような格好で、まるめた毛布を順序よく破孔に押し入れる。水中に潜っての作業だから、困難さは想像を絶した。

穴が塞がると、こんどは満水になった舵柄室と電動機室を、排水ポンプでかいだす作業がはじまる。舵柄室さえ排水できれば、桑原兵曹がやってみせた人力操舵をおこなえば、主機械は三十ノットを出せるのだから、米空軍の爆撃からのがれることは可能だった。

一方では、工作班の手によって、木の枠をくんだ応急用の舵がつくられていた。箱型のこの応急舵は、凧の原理を応用し、艦尾からロープで吊ることによって、直進舵に役立たせるためのものであった。

午前五時、修理班の血みどろの活躍で、遮防作業は完了し、ようやく排水にとりかかった。

「艦長！　いよいよ排水作業が開始されます」

掌航海長の坂本松三郎大尉が、ラッタルを駆け昇ってきて、西田に報告する。

「そうか、成功したか」

西田は安堵したように、肩で大きく一呼吸いれた。

ところが、である。

作業がはじまって、ものの五分とたたぬうちに、敵雷撃機六機が、上空に、ぶきみな機影をあらわした。

「総員戦闘配置につけ！」

戦闘ラッパが鳴り響き、砲員たちが横っ飛びに上甲板を走り、高角砲座や機銃にしがみつく。

敵雷撃隊機は、比叡の左舷後方から波状に侵入を開始するや、四百メートルの高度から、つぎつぎに魚雷を放った。

西田は、指揮所の天蓋に仁王立ちになったまま、海面に白く泡立つ魚雷の航跡を、はったと睨みすえ、「前進一杯！」「右舷機前進」「左舷機後進」などと、連呼しつづけている。

面舵をとったままの比叡は、それでも猛烈ないきおいで、大きく円を描きながら、海面をぐるぐると回り、つぎつぎに魚雷を回避していく。だが、敵四番機と五番機の放った魚雷が、つづいて比叡の中央部に向かって、ぐいぐい突進してきた。船体をねじるようにして、先の三本の魚雷を回避した直後だけに、こんどは避けきれるかどうかわからない。

上甲板の将兵たちは、固唾をのみ、息をつめて、泡立つ航跡を見守っていた。

そのときである。左舷でたった一門だけ健在だった第一番機銃が、直進してくるこの魚雷めがけて、狂気のように連続弾を浴びせかけた。

だが、二本の魚雷はなおも近づく。舷側まで、あと二百メートルほどに迫った。そのとき、凄まじい炸裂音がして、二本の魚雷が飛散したのである。

甲板のあちこちから、どっと喚声が上がった。

かくして、第一波の敵の魚雷攻撃はあざやかにかわした。だが、この戦闘で、比叡は、せっかく成功した遮防も、回避のために前進をかけ、高速で走り回るたびに、後部に波がもりあがって舷側をたたき、ついには、破孔を塞いでいた毛布が流されてしまった。

はじめから、またやり直しであった。舷側から半身をのりだして、破孔をのぞいていた大西運用長は、げんなりした顔になったが、すぐに気をとり直し、修理班に集合命令をかけた。

司令官、比叡を降りる

五時二十九分、第二波の艦爆九機が、ふたたび比叡を襲撃した。が、西田は冷静そのものであった。第一回目の回避のときと同じように、「右舷機前進」「左舷機後進」をかけ、海面を回りながら、つぎつぎに放たれる魚雷を、きれいにかわしていった。

この光景を、司令塔の上で、はらはらしながら見守っていた阿部は、内心うなった。

阿部も西田と同じ水雷科出身であったが、とてもこの真似はできないと思った。

阿部は、このとき、トラック島に碇泊している大和に、山本長官を訪ねたときのことを思い出していた。

阿部が着任の申告をすませると、山本が冗談めかしにこういった。

「阿部君、君の乗る比叡はいい。西田がいるからね」

西田は操艦にかけてはピカ一だ。西田の乗っている艦なら、安心して艦隊の指揮をとることができる——山本はそういいたかったのであろう。

西田のあざやかな手ぎわを見て、阿部はあらためて山本長官の言葉を、噛みしめるのだった。

敵機が飛び去ったすぐあとである。

通信参謀の関野少佐と、砲術参謀の千早少佐が、ラッタルを登ってきた。

「どうも困りました。せっかく遮防が成功したと思ったのに、いまの空襲で、元の木阿彌です」

「これでは、イタチゴッコになりそうです。どうでしょう、司令官。このさい、司令部を雪風に移してはいかがでしょう。比叡の通信機能は、まったく失われている状況ですから、適切な指令をくだすことができません」

関野、千早の両参謀がかわるがわるそういって、雪風への移乗を進言した。

「そうだなあ……わしも、そのことを考えてはいたのだが……」

阿部は曖昧な口調でこたえて、ちょっと考えるような顔をした。

「お考えになることはありません。敵機は、すぐにまた、きっとやってきます。いまが移乗するチャンスです」

「では、そうするか」

阿部の決断によって、雪風にカッターをさしむけるよう信号がおくられた。

阿部が司令部移乗の決断に踏みきったのは、じつはそれなりの理由があったのである。

というのは、比叡が進退に窮している、という報告は、すでに長良を通じて、トラック島の連合艦隊司令部にとどいていた。

宇垣参謀長は、長官にことの顚末を報告し、指示をあおいだ結果、近藤信竹中将の第二艦隊隷下にある第二十七駆逐隊を応援に出動させる一方、阿部司令官に対し、『比叡救難作業の指揮に当たるべし』という、長官の特別訓令を発したのである。

阿部の幕僚たちがいうように、通信装置が破壊され、無言の比叡に乗っていたのでは、長官訓令の任務を遂行することはできない。

つまり、阿部の雪風移乗は、とうぜんの措置であり、なんら責められるべき余地はない。

しかし、阿部の心の内部には、ためらいがあった。うしろめたさであった。半身不髄の状態で苦闘する比叡を、置き去りにしていくことへの心苦しさであった。場合が場合だけに、いま比叡から退艦することは、二千数百人の将兵の士気に影響することは確かである。「司令部は臆した。半身不随になった比叡をみかぎって、とっとと逃げだしたのだ」将兵たちは、そのように感じとるにちがいない。それが、阿部にはやりきれなかったのだ。

やがて、雪風のカッターが、比叡の舷門に横づけになった。が、一度は決断したはずの阿部も、なかなか司令塔を降りようとはしなかった。

「司令官！　さ、はやく」

幕僚たちが、そばから阿部をせきたてる。

「二回目の遮防作業がすすんでいるのだろう。いましばらく、様子をみよう」

阿部がそういったとき、みかねたように西田が、歩み寄ってきた。

「司令官！」

西田はいつもと変わらぬ顔でいった。

「敵機がこないうちに――遠慮はご無用です。比叡はこの西田にまかせていただくとして、司令官もしかるべき手段を講じてくださるよう、おねがいします」

「そうか、ありがとう。艦長にそういってもらうと、わしもいくぶん肩の荷が軽くなる」

いたわりのこもった西田のことばに、阿部の表情もいくぶんやわらいだようであった。

五分後、比叡にかかげられていた中将旗が降ろされ、かわって雪風のメインマストに、ひと回り小さい将旗があがった。

第十一戦隊司令部の雪風への移乗は、案の定、一部の若い士官たちの憤激を買った。根は純真だが、血の気の多い連中だけに、移乗の理由がどうであろうと、「比叡を見捨てた」と頭から単純に思いこんでしまうのである。

戦死者の屍体に、毛布をかぶせてまわっていた砲術科の分隊士たちは、遠ざかっていくカッターを見送りながら、くやしそうにわめいた。

「くそっ！　へっぴり腰の司令部野郎めっ、戦死者をほったらかして、逃げおった……」

すると、同僚の少尉が調子をあわせて叫んだ。

「なんだい……ふだんはえらそうに、参謀肩章をひけらかしているくせに、あぶなくなると、スタコラ逃げだしやがる。それでも男かっ！」

西田は、司令塔の上でその声を耳にした。ふたりの士官の声が大きかったので、上まで筒ぬけに聞こえてくるのである。

涙ぐんでさえいるその声を聞いたとき、西田の頰の肉が、ぴくりと動いた。

「おい、そこのふたりっ……」

司令塔から、半身を乗りだして、西田はぐっと睨みすえた。

「はーっ！」

ふいに艦長の姿を見つけ、士官たちはしゃちこばって敬礼したが、頰は蒼白になっていた。

「貴様たち、士官にあるまじき、軽率なことをいうな」

「司令官には司令官の考えがあり、司令部には司令部の立場というものがある。相手の立場になって考えたら、そういうことはいえぬはずだ。わかるかっ！」

「はいっ！」

西田の一喝は鋭かった。語調はきびしく硬い表情を動かそうともせず、若者たちをねめまわしている。だが、そのくせ、目元は笑っていた。微かではあるが、優しい光がそこにあった。

海と空の死闘つづく

阿部が雪風に移乗したすぐあとの、午前五時四十八分ごろである。

第二十七駆逐隊の照月、夕暮、白露、時雨の四隻が、ショートランド島付近から到着した。

「応援部隊が来たぞ！」「ありがたい！　これで修理に本腰がいれられる」

比叡の甲板に、明るい歓声があがった。

だが、一方、アメリカ軍の雷撃機は、比叡の遮防作業の進捗状況を、まるで見すかしてでもいるかのように、あとひと息というときに、きっとやってくるのであった。

そのたびに作業を中止し、主機関を始動させねばならないから、破孔閉塞はさっぱりラチがあかないのだ。それだけに駆逐隊の来援は、比叡の乗員にとって救いの神のように思えた。

阿部司令官は、照月らの四隻を、比叡の周囲に遠巻きに配置させ、対空砲火の火網によって比叡を守らせる一方、照月による曳航を考慮していた。

しかし、三万六千トンの巨艦に、数百トンのおまけの水を呑んでいる比叡を、二千トンそこその駆逐艦が曳っぱれる道理がなかった。

そこで阿部は、避退北上中の霧島を緊急電で呼びとめ、「——比叡曳航のため、いそぎ反転せよ」と命じた。

比叡がオトリ役をひきうけてくれたおかげで、死地を脱した霧島ではあったが、比叡が重囲におちいったとなれば、助太刀にいくのが仁義である。

霧島の岩淵艦長はただちに反転にうつり、三十ノットの全速で、もときたコースをふたたび南下しはじめた。

だがしかし、比叡が武運つたなく、徹頭徹尾ツキに見放されていたように、この霧島もまた、ツキにそっぽを向かれ、悲運の終焉を迎えることになる。

それは、二日後の十一月十五日のことであるが、比叡救援のため南下中の霧島は、午前九時二十分ごろ、マライタ島とフロリダ島の間をぬけ、インディスペンサブル水道にさしかかった。もとよりそこは、比叡と霧島にとって、鬼門の水道であった。いや、第十一戦隊の運命を狂わせた〈魔の海域〉であった。

なぜならば第十一戦隊は、ガ島突入の寸前、この地点で狂気のようなあの猛スコールに閉じこめられ、隊形を崩してバラバラになり、ついに、悲劇のドラマを演じてしまったからである。

霧島は、いま忌むべきその海域にさしかかった。さいわい天気は快晴で、海も凪いでいた。前夜のときのように、バカげたスコールはなかった。が、スコール以上に恐るべき悪魔が、そこにキバをむきだして待ちかまえていた。敵潜水艦である。

進航する霧島は、そのとき右舷に対して、直角に突進してくる三本の雷跡をみとめ、ただちに「取舵一杯」で、からくも二本を回避したが、最後の一本が艦尾近くに命中した。

あわや！　と思われたが、魚雷は不発に終わり、霧島はあぶなくことなきをえた。

『われ、敵潜水艦の攻撃を受けるも被害なし』

岩淵艦長から雪風の阿部に、無電が発せられた。阿部はその電文を見て顔色を変えた。

アメリカ潜水艦は、ほかにも多数潜伏しているものと思われた。だとすれば、駆逐艦の護衛なしでの単艦航行は、非常な危険を伴うことになる。

比叡をやられたうえ、霧島まで失うようなことがあっては、それこそしわ腹を搔っさばいたぐらいではおいつかない。そう判断した阿部は、折り返し返電を発した。

『比叡曳航の任務を解く。霧島は再反転北上し、第二艦隊に合流されたし』

霧島による比叡曳航の計画は、かくして、あえなく挫折するにいたるのである。

＊

さて、こうしたやりとりがかわされているあいだにも、ガ島の米軍機による比叡攻撃は、間断なく繰りかえされていた。なにしろ、ヘンダーソン飛行場と比叡との距離は、四十二キロしか離れていないのだから、たまったものではない。アベンジャー雷撃機隊が、攻撃を終えて帰投すると、間髪をいれずワイルドキャット、ロッキード戦闘機隊が、銃撃掃射に舞いあがってくるという具合で、午前九時までに、六波、延べ四十八機の波状攻撃を受けた。だが、比叡は、魚雷、爆弾とも、まだ一発の命中弾も受けなかった。

むろんそれは、西田の操艦指揮の卓抜さに負うところもあったが、アメリカ機は対空砲火をおそれ、ただいたずらに投下していくばかりで、その伎倆は拙劣であった。

業をにやした敵は、九時と九時半の二度にわたって、「空の要塞」とうたわれた、巨大爆撃機B17十五機をくりだして、比叡に対する集中爆撃をくわえはじめた。

比叡を護衛する駆逐艦群が、猛烈な対空砲火を撃ち上げれば、比叡の機銃も負けてはならじと火をふく。

上空はたちまちどすぐろい弾幕におおわれて、陽光をさえぎり、あたりは夕暮れどきのように暗く、凄愴さをくわえていった。

異様なのは西田艦長であった。B17の集中爆撃とワイルドキャットの艦尾からの低空銃撃を受けながらも、司令塔の上に仁王立ちになったまま、自若として避けようともしない。眦《まなじり》を決し、唇をへの字に結んだまま、いっかなそこを動こうとはしないのだ。甲板から見ると、まるで浅草寺の入口にある仁王の彫像みたいに見える。

司令塔には、坂本大尉と、信号兵の二人しかいなかった。

「艦長っ！　危険です。塔内に入ってください」

たまりかねた坂本が、かけよって西田の腕をひっぱった。

「バカな、当たりゃせんよ」

そんな押問答をかわしているとき、上空にワイルドキャットがあらわれた。ずんぐりとした胴体の不格好なその戦闘機は、見かけによらず軽快だった。対空砲火を避けつつ反転するや、猛スピードで檣頭すれすれに襲いかかってきた。キーン！　鋭い金属音と同時に、ダダダーと機銃掃射をくわえてくる。

だが、西田は悠揚たる顔つきで、機影を見上げながら、

「そうら来たぞ！　はやくかくれるんだ」

と、巨漢の坂本を両手づきでおしやり、それでも自分は逃げようともしない。

そんな西田の姿は、「当たってくれ」と、祈っているように、坂本には思えるのであった。

〈艦長は、ここで死ぬ気でいる。死のうと思っているのだ。だが、死なせてなるものか〉

坂本は、胸の奥にこみ上げてくる激情を、じっと噛みころしながら、この艦長のために、おれはなにをなすべきかと考えていた。

乗員の苦闘も虚し

比叡の苦闘の状況は、トラック島の司令部に、逐一報告されていた。

午前七時三十分、宇垣参謀長から阿部司令官に対し、つぎのような指令がとどいた。

『比叡の舵機損傷について長官の憂慮ふかし。このさい曳航手段として、駆逐艦照月を艦尾

側方に曳航舵（適宜速力及び舵使用）の作用をなさしむるを有利と判断す』

わかりやすくいえば、タグボートが親船の腹に張りついて、岸壁に誘導するように、比叡の艦尾に駆逐艦をぴたりと横づけにし、舵の身代りになって、同速同航をおこなえば、走ることができるのではないか、というのである。

雪風の艦橋で、比叡のなりゆきを見まもっていた阿部は、宇垣からの電文を受け取ると、

「いわれるまでもなく、わしもそれを考えたが、こう敵の空襲が激しいと、とも倒れになるおそれがあるからな」

と苦悩の色を浮かべていった。

しかし、せっかくの艦隊司令部からの助言であるから、ともかくもやってみようということになり、比叡と照月に向かって手旗信号が発信された。

『——照月は比叡の被曳航艦となり、操舵回頭を試みよ』

比叡の右舷三キロの地点で、対空警戒にあたっていた照月は、信号交信によって、比叡への接舷位置をとるための変針をはじめた。

そのとき、またもや艦爆九機、B17六機が上空に殺到してきた。

比叡は対空火器を総動員し、ポンポンと銃弾を撃ち上げながら、狂ったように海面を回りつづけた。しかし、このときばかりは、さすがの西田も避けようがなかった。

B17の投じた一弾は飛行甲板（カタパルト付近）を貫通、軍楽器室で炸裂し、二メートルほどの大穴をあけた。また、他の一弾は、士官烹炊室、搭乗員待機所、第一下士官室付近に

落下し、黒煙を噴き上げたが、消火班の活躍で延焼を防いだ。

この程度の被弾で、参るような比叡ではなかった。しかし、この攻撃で、第三回目の遮防作業は、またもやおじゃんになってしまった。

まったくいたちごっこである。敵弾回避のために、高速運転をし、その敵機が去るとエンジンをとめて作業にかかる。破孔が塞がり、排水を開始すると、またも敵機がやってくる。そこで高速運転をはじめる。塞いだはずの破孔は、またパックリと口をあける。

これでは、何回くりかえしてもキリがない。作業員はヘトヘトになり、油でドロドロになった床にひっくりかえって、ぜいぜい喘ぐばかりである。

大西運用長が司令塔にやってきて、この状況を西田に報告した。

「よし、わかった。ごくろうだが、もう一度、やってみてくれ。たのむ」

そういったときの西田の顔は、かつて見せたことがないほど、沈痛な表情であったという。

「掌航海長、おれは腹をきめた。ガ島に乗り上げるぞ」

そのとき、ふいに、西田がそう叫んだ。

坂本は、太い首をよじまげ、西田の顔をまじまじと見つめた。

「比叡を陸岸に乗り上げ、浮き砲台にして、飛行場を焼きはらう」

凄まじい形相で、きっぱりした口調でそういいきってから、西田は不敵な微笑を浮かべた。

こんどの作戦以来、はじめて見せた西田の笑い顔だった。

予想もしていなかった戦法に、坂本はいっしゅん毒気を抜かれ、呆然としていた。

だが、西田は冗談でいっているのではなかった。比叡が救えないとなれば、むざむざ海底に沈む手はない。比叡の糧秣庫には、二千俵の白米と雑穀千俵。そのほか干し野菜、罐詰類二千人分が収納されている。ガ島の陸軍部隊は、餓死寸前の状態にある。どうせ沈むなら、日本軍の勢力下にある海岸に擱座し、積んである米を腹一杯食わしてやりたい。八門の主砲は健在であるし、弾薬も豊富に貯蔵されている。敵の航空基地をいまこそめった撃ちに砲撃し、比叡と共にいさぎよく散ろう。部下たちも最後の死場所を得たと、きっと喜んで従ってくれるに相違ない。

「掌航海長、雪風に対し発信をたのむ」

坂本を呼んだ西田の表情は、もういつもの顔にもどっていた。

「はっ！　なんと打ちましょう」

「本艦の修理は見込みつかず、これより座礁の目的でガ島に向かいたし、進入地点を指示されたし。それでどうか……」

「はっ、わかりました」

信号兵として海兵団に入団し、海軍生活三十年にして大尉に累進した坂本は、こと信号にかけては、海軍きっての超ベテランで、掌信号長も兼務していた。

坂本の手旗信号によって、司令部との交信が開始された。

雪風の阿部は、西田のガ島乗り上げ計画を知らされて、しばし絶句した。放胆といえば、あまりにも放胆すぎる。無謀だ、とも思った。けれども、冷静に考えると、それもやむを得ないと判断した。

今回の作戦のそもそもが、ガ島砲撃の目的であり、山本長官の至上命令でもあった。それが、度重なる錯誤によって目的を達することができなかったのだから、放棄寸前にある比叡に、死花を咲かさせてやってもいいのではないか――阿部は最終的にそう考えたのである。優柔な性格の阿部が、即座にそう踏みきったのは、護衛艦艇のあい次ぐ損傷があったからである。

敵の空襲部隊は、空母が接近しているらしく、艦載機の数がしだいに増し、攻撃も熾烈の度を加えつつあった。雪風、白露、時雨が、つぎつぎに被弾し、被害がますます増大するばかりであったから、阿部としても、このへんで結着をつけねばならなかった。

阿部は西田に対して、ただちに返信を送った。

『貴官の意志を尊重し、座礁を了解す。進入地点は、ガミンボ付近とせよ』

受信した坂本は、通信紙に文字をはしらせると、西田の方へ小走りに駆け寄った。

「艦長！　ガミンボ付近です」

「ほう！　ガミンボの海岸か」

ガミンボは、ガ島北岸タサファロング海岸の、クルツ岬とコカボナの中間にあった。そして、最大目標であるヘンダーソン飛行場まで、わずか二十四キロの距離にすぎなかった。

「敵飛行場まで、二十四キロ……か」

海図と航空写真とによって集成したガダルカナル島の地図に視線を落としながら、西田はひっそりとつぶやいた。くうかくわれるか――死を賭したガ島への乗り上げである。しかし、西田の表情のどこにも、暗い翳りはなかった。

阿部と西田の距離

『比叡をガダルカナル島のガミンボ付近の海岸に座礁させる』

西田艦長の意志が、全乗組員に達せられたのは、午前八時二十六分であった。

比叡は、それから四分後、ゆっくりと転舵し、艦首をガミンボの方向に向けた。このとき、比叡の遮防作業は一応完了し、排水作業がはじめられていた。

「その後の、排水の状況を報告せよ」

「排水の状況いかんによって、ガミンボへの全力航行にうつる」

西田は、現場指揮をとる大西運用長へ、伝令を走らせる。

九時三十分――

「排水作業、順調に進捗中」の報告がはいった。

「よし、ご苦労！　こんどこそ……」

西田がそう思った直後、またしてもB17九機が、巨大な銀翼を光らせながら、上空に殺到してきた。

「戦闘開始っ！」

高角砲、機銃群が機影に向かって、猛然と火を噴き上げる。

〈なんということだ。せっかく突入態勢ができたというのに……〉

坂本はつらくて、西田の顔を正視するにたえない気がした。

西田はこのときも、巧みな操艦によって攻撃をかわしたが、五分後、こんどは六機のB17が襲ってきた。が、この攻撃も、ことごとく回避し、命中弾なし。まさに不死身の比叡であった。

だが、二波のB17が去ったとき、大西運用長が、精も魂も尽きはてた、といった顔で、ラッタルを昇ってきた。

「――艦長、元の木阿彌です。いまの高速回避のため、遮防の毛布も、鋼索のロープも、バラバラに切断されてしまいました。こう、連続の空襲をくらったんでは、遮防作業はもう見込みもありません。ガ島乗り上げは、もはや不可能です」

西田の前で報告する大西の上体は、たよりなげに、ゆらゆら揺れている。

「――運用長！」

そういったきり西田はことばを失った。無理もない――と思う。第一回の遮防作業がはじまったのは、午前三時十分である。そして、それから六時間を過ぎようとしている。そのあいだ、敵機の熾烈な空襲を受けながら、一刻も休むことなく、どうどうめぐりの作業を指揮してきた大西であった。

指揮官の大西がこんなに参っているのだから、油くさい海水につかって作業をつづけている兵隊たちが、どれほどの苦しみをなめ、疲労しきっているか、西田には痛いほど想像がついた。

〈——飛行機がほしい！　上空に友軍機がいて、掩護さえしてくれていたら〉

熱帯のはげしい陽ざしの照りつける空を仰いで、西田は思わず天に祈る気持だった。このときほど、航空部隊の協力をほしいと思ったことはなかったという。だが、いまそれを天に祈ったところで、はじまらない。ことは寸刻を争う問題なのである。

「運用長！　たのむ、もう一度、もう一度だけやってみてくれぬか」

心を鬼にして西田は、拝むような気持で大西に命じた。

「はい、やってみましょう」

大西はまた同じことをいい、同じ思いを抱きながら、ラッタルを降りていった。

＊

大西の姿が上甲板から消えると、西田は坂本大尉を呼んだ。

「掌航海長、司令部宛発信をたのむ」

「はっ！」と、
坂本は通信紙をもって、西田の方へ走った。

「いいか……」顔を雪風に向けたまま西田は目を閉じている。

『——遮防成功せるも、ただいまの雷撃回避による高速のため、再び浸水す。しかしながら、なお全力をあげて遮防作業続行中なり』

この信号が発信された午前十時、またしてもB17六機と艦爆九機が、入れかわり立ちかわり、息つく暇もなく、爆撃を開始してきた。

はじめのうちこそ、対空砲火を恐れ、拙劣な攻撃をくりかえしていた敵機ではあったが、このころから、しだいに正確さを加えてきた。

そのため、比叡は、上甲板の各所に、B17の投下した十数発の爆弾が命中し、まっくろな黒煙を噴き上げていた。第二、第三、第四と三つの缶室がやられ、破壊されたボイラー室から熱湯が噴出し、十数名の機関兵が一度に斃された。

破孔から奔流となって流れ込む海水は、下甲板十八区からしだいに範囲をひろげ、各室の隔壁を浸しはじめた。比叡の艦体は、このとき右へ七度の傾斜を見せながら、跛行《はこう》する巨人のように、海面に輪を描いていた。苦悶する比叡のこの光景を、雪風の司令塔で見ていた阿部は、ついにたまりかねて艦橋へとびだした。

「ガ島へ突入するどころか、もはや決断せねばならんな」

千早、関野の両参謀は、阿部の胸中を察し、黙然と声をのんでいた。

十時三十五分、阿部はついに、比叡の放棄を決意した。

「参謀っ！　西田艦長に発信せよ」

そいだようにこけた阿部の頰が、ひくひと微かに痙攣した。

『――空襲のあいまをみて艦を停止せよ。人員をすみやかに収容し、艦を処分す』

司令部からの交信を受けた坂本は、すぐ通信紙に書きこんで、西田のところに持っていった。

「なにっ！　艦を処分する？……そんなバカな、比叡は動ける。比叡はまだ走れるんだ」

西田は絶句し、つぎに怒号した。目をむき、荒々しい足どりで、ぐるぐると歩き回った。

「――承服できん、絶対に……。掌航海長、返電を打つんだ。いいか……」

西田は早口にまくしたてる。

『乗員収容は、いましばらく見合わされたし……』

そこまでいいかけて、西田はまた絶句した。

坂本は顔を上げ、西田の方を、ちらりと盗み見た。黙したままうつむいている西田の顔は、坂本には哭いているように見えた。

十一時十五分、阿部は、照月、時雨、白露、夕暮の各艦長に、最後の命令をあたえた。

『各艦は総短艇を派遣し、比叡の人員を収容せよ……』

西田にとってそれは、あまりにも無情な、苛酷な仕打ちであった。

第七章　四面楚歌

発見された「西田メモ」

西田の退艦と比叡の処分をめぐって西田と阿部とのあいだに、微妙なギャップが生じたのは、このときからである。

このギャップに油をそそいだのが、ネコの目のように二転三転した連合艦隊の曖昧な命令であった。それがあとあとまで尾を曳いて、西田の運命をいっそう悲劇的なものにした。

西田はそのことについて、いっさい弁明もしなかったし、公式の発言もしていない。だから、今日まで真相を極むべきすべがなかった。

ところが、この問題についてふれた西田のメモが、三十二年ぶりに発見された。西田大佐の死後、長男の正人氏が遺品を整理していたさい、ぐうぜん見つけたものである。

この『メモ』は、『海軍』と刷りこんだ赤罫の便箋十二枚に、鉛筆でこまかに走り書きしたもので、その文面から推すと、おそらくは山本五十六長官に提出すべき戦闘報告書の草稿ではなかったか、と思われる。

日付から推測すると、比叡の自沈後、雪風に移乗してトラック島に到着し、山本長官に報告のため大和を訪ねたときに認《したた》めたものと思われる。

この『メモ』は、比叡自沈にいたるまでの真相をあますところなく語った貴重な資料であり、これによって秘められていたナゾの部分が、はじめて解明されることになった。

西田正人氏のご好意により、『メモ』の全文をつぎに掲げることにする。

十一月二十日、大和、愛宕にて

『――十二日の夜戦及び十三日の総員退去に至るまでの情況は、第十一戦隊司令官より、すでに報告せられた通りである。艦長として、戦闘指導適切を欠き、艦に重大なる損傷を受け、応急その効を奏するを得ずして、帝国海軍作戦上最重要なる任務を有し、且今日まで各種の光栄ある任務に服したる陛下の御艦比叡を、連合艦隊司令長官閣下の御訓示にそむき、艦を見棄てついにこれを沈没に至らしめた。

また、忠勇なる多数の部下将兵を徒死せしめたその罪は、死を以ってするも、償い得ず、ただ恐懼《きょうく》に堪えざるものなり。

「比叡乗組員の収容と処分についての所見」

①十時三十五分「乗員ヲ収容シ処分ス」
右命令を受け、あまりの意外に感じ、司令官のご意志いずれにあるやを知るに苦しめり。当時の状況は、早朝より反覆雷爆撃を受けるも、魚雷一本も命中せず、爆弾は二、三発命中するも被害いうに足らず。缶室浸水せるものありしが、排水使用の見込みあり、機械また完全にして、ただ問題は舵機室の浸水のみ。

これを調査した結果、下甲板第十八区被弾浸水により、通風筒及び通風弁破損し、舵機室に浸水せしこと判明。直接舵機室被弾によるものにあらざること、おおむね確実なり。したがって、極力下甲板第十八区の遮防排水に努めつつあり。

しかしながら、敵機の雷爆撃回避のため反覆高速を使用する結果、作業しばしば障害を受け第二回遮防作業一時成功せるも、排水中再び失敗したるをもって、さらに第三回作業を下令せしところにして、応急及び敵機撃攘とその回避のほかに余念なきときに、右の命令を受け、実際あまりの意外さに、ただおどろけり。

小官このとき「乗員収容を見合わされたし」との信号発信せんとするも、咄嗟に適当なる文案浮かばず、また、信号の方法に困惑し、そのままとせり。

この受信を信号（文字不明）夜戦艦橋より怒鳴りしため、耳に敏感な乗員はこれを知り、みずから艦内一部に伝播せり。

しかし、小官は、遮防成功が第一と考え厳命をくだす。なお、遮防の見込つくまでの時間の余裕を得るつもりにて、駆逐艦照月を曳航の件再考ありたき旨信号す。

②「退去準備ヨケレバ知ラセ」

再び司令官より命令あり。

GF司令長官（註：山本長官）御訓示の次第もあり、本艦の状況はまだ退去を考えるごとき状態にあらず。極力応急に努めたきにつき、再考ありたしとの旨一筆し、第十分隊長をして雪風に持参せしめんとす。

③十一時三十八分「総員退去セヨ」

司令官より三度目の命あり、各艦より短艇来る。とりあえず御真影のみ奉安することとし、その他の書類など内密に準備すべきを副長に命ず。

第六分隊長小倉益敏大尉を艦橋に呼び、司令官命令による艦長の苦衷を伝えるため、雪風に使者として行くべきを命ず。

その要旨は「第三回遮防作業実施中にして、あらたに作成せし防水要具おおむね完成し、これが成功せば舵機室排水の見込み十分あり、一時間ぐらいになんとか見込みつく見通しにて、それまで総員退去命令は、御猶予ありたし」ということであった。

さきに第十分隊長に託したる一筆は、第六分隊長の雪風に赴く際の艇指揮者に、これを携行せしむ。

第六分隊長、間もなく帰艦し、

「一時間で見込みがつくなら、全力をつくしてやってみることである。しかし、見込みがなくなったときは、駆逐艦の曳航は不可能になったと思え」との司令官の言を伝えり。

朝方よりの雷爆撃の回避は、艦長、航海長の伎倆に非ず。本艦の自然の回避にして、艦長、航海長はたんに速力を令したにすぎず、それにて十分回避の目的を達しあるため、大丈夫、魚雷命中などなしと思わしめたり。

なお、魚雷、爆弾が何発命中しようと、これがため比叡が沈没することはあり得ず、もし最悪の場合、沈没の気配濃厚になってからでも、総員退去は遅くはないと考え、小官としては最後を共にするまでのことと、至極平静な考えであった。

かかるとき、突然に思いもよらぬ司令官の命令①が来たので、まったく面くらい、どう考えても信号での意見具申はできないと思った。そのうち②の命令が再び届いた。

「なあに、最後まで頑張るのだ」

と堅い決意でいたのであるが、そうしたことを思考中にも、司令官の命令を無視し、違反しているような気がしてきた。このため若干平静を欠き、判断にも影響を及ぼすようになった。

③の命令が来るに及んで、一層自己の置かれた立場が、苦しく感じられてきた。しかしながら、比叡を預っているのは艦長である小官である。ゆえに、自分の最善と思うことを行なうべきだと考え直し、第六分隊長を派遣することを決意したのである。

しかし、やはり内心、なんとなく司令官に楯ついているように思えてきた。二度ならず三度までも命令を受けながら、これに違反しているという考えが交錯するにいたった。

これは、比叡護衛の警戒駆逐艦に、敵機の命中弾や至近弾がしきりに落下したこともあり、相済まぬ、という気持にさせられたことが、多分にあったことも事実である。頑として動かなかった司令塔の天蓋からおり、後甲板に向かったことも、現場の部下を激励するためであったが、多少焦慮した結果であり、艦長としてもっとも大切な、操艦、敵機撃攘回避などを、おろそかにしたものであったと悔いている。

この間、爆撃を受け回避せざりしため、命中弾三発を被ったのである。

「遮防成功ス、タダイマヨリ排水ヲ始ム、浸水多量ニツキ、排水ニハ長時間ヲ要スル見込ミ。状況ハ刻々報告ス」

遮防作業の終了報告を受けたとき、ただちに司令部に発信し、これで比叡を必ず救ってかえれると、愁眉をひらいた明るい気持で、再び夜戦艦橋に移動せり。

十二時三十分——

運用長大西中佐来りて報告あり。

「排水始めたるときは快調に進みしが、二段ぐらい引いてからは、排水はにわかにおとろえ、いささかも進捗せず」と——。思うに漏水個所のあるやもしれずとの疑いを強くする。

十二時二十五分——

敵爆撃機、雷撃機十数機来襲せり。「前進一杯」を命じたるも、実際は前進原速を令するのみ。これは夜戦艦橋と司令塔天蓋との連絡不良のためなり。これがため、前部揚錨機室右舷及び、右舷機械室前部に魚雷各一本命中、爆弾飛行甲板に命中す。

小官、夜戦艦橋にありしため、機械に右の通りの誤りありたるほか、防御砲火の指揮も適切ならず、右副砲の指揮官、さきに戦死せるためか、砲火の威力乏しく見えたり。

舵機室排水の見込み、ついに立たず、右舷機使用不能、機械をもってする操艦まったく不能となる。艦がまだまだ敵機の雷爆撃に耐え得ることには自信あるも、司令官に猶予を乞いたる時間もすでに経過し、艦の状態は当時より一層不良となれり。かくなれば、いまは司令官の命に従うほかなし。自らは艦と運命を共にし、乗員を退去せしむべしと考えたり。

われひとりのみ艦に残らんとしても、部下が残させてくれぬのは当然で、あまりにも浅墓な考えなりしを、悔ゆるも及ばず。

御下賜品と勲章のみは遺品としたく、航海士に託して、持ち出させたり。

その後司令官より、「艦長に話したきことあり、ただちに雪風に来たれ」との伝言あり。退艦は最後にするも、一切は司令官に一任するほか詮なし。

退艦の途中、二回空襲あり、一回は友軍艦攻上空に来たり、これを攻撃す。雪風に収容せられたる後、ＧＦより「比叡ノ処分待テ」の命あり。されば、ただちに比叡に帰艦すべきことを申し出しが、これは許されず、ついにそのままとなれり。

憶うに、あの程度の雷爆撃ならば、比叡は十分に堪え得て、決して沈没するものに非ずと、今も固く信ずるものなり。

にもかかわらず、これを見棄てて、沈没せしめたるを思うとき、ただ、痛恨きわまりなく、上陛下に対し、そして、艦上に殪れし戦友諸兄に対し、死をもってするも償い得ざる大罪を犯し、まことに申訳なく、ただ恐懼に堪えざるものなり』

早すぎた離艦への疑問

『西田メモ』と照合して、もう一度、話を前にもどしてみる必要がある。

阿部が司令部を移すために、雪風に移乗したのは、アメリカ軍機の二度目の爆撃が終わった、午前五時四十分ごろであった。

半身不随となり、しかも通信装置のすべてを破壊された比叡にいたのでは、比叡救出の指揮がとれない、という幕僚の進言もあり、西田もまた移乗をすすめた。

周囲の状況から推して、これはとうぜんの処置であったろうと思われる。結果論になるが、あとで考えれば、阿部の移乗時間は、やや早すぎたきらいが、ないでもなかった。

つまり、阿部は比叡から早く退艦したことによって、比叡の舵取機室やその他の損傷個所の状況を、正確につかむことができていなかった。

司令官みずから現場の状況を確認しないまでも、幕僚を派して確かめさせるべきであった。

この点を完全に把握しないままに、移乗してしまった。ところが、通信機能を失った比叡と司令部との交信は、手旗信号にたよるより以外に方法はない。

簡単な応答ならば、手旗信号で通用するが、すこしこみいった内容となると、通じるどころの話ではない。

『西田メモ』にもそのことが触れてある。

艦の生死に関する重大な要項を、手旗信号によっておこなうことなぞ、およそ不可能であった。

だから、艦内にあって、修理可能と判断した西田の考えが、雪風の阿部に伝えられるはずがなく、そこに大きな齟齬が生じるのは、けだし当然であった。

『西田メモ』には、このくいちがいがはっきりと示されている。

しかし、阿部の目から見れば、比叡はあきらかに「見きりどき」であった。

敵機の空襲は激化する一方で、雪風も艦尾に損傷を受け、浸水をはじめている。

比叡はガ島へも突進できず、グルグル回っているだけである。たのみの霧島も、救援を断念させて再反転を命じた。

まさに四面楚歌である。

となれば、なんらかの形で、比叡を処置しなくてはならない。

阿部が「総員退去」を命じたあと、連合艦隊司令部に、比叡の処分に対しての訓令を求めた。それは午後四時であった。

請電は、つぎのような内容である。

『乗員千六百名を収容し、まさに処分せんとするとき、GF電命令に接したるところ、被害大にして傾斜浸水増加しつつあり、曳航の望みなく、明日の敵の攻撃にたえ得べからず。且つこれがため、かえって損害を増大するおそれあるをもって、処分の許可ありたし。

なお、駆逐艦各艦は至近弾により、それぞれ相当の損害ある状況なり。これに対しいずれかの処置を、すみやかに決定されたし』

悔いを残したGF命令

ぎりぎりのところへ追いつめられた阿部の電文は、大和艦上の連合艦隊首脳のあいだで、ちょっとした波紋をまきおこしていた。

その日の夕刻、山本長官、宇垣参謀長、黒島先任参謀以下各幕僚が、作戦室に集まった。

ことがことだけに、出席者の顔色は冴えず、だれもが浮かぬ面持であった。

さっきから阿部の電文に目をやっていた宇垣の表情は、沈痛そのものであった。その宇垣の脳裡には、壮行会のときの阿部の終始黙しがちな姿が、ちらついてはなれないのである。

「少々無茶だね、こんどの作戦は……。栗田が成功したからって、そうそう柳の下にドジョウはいないよ」

あのとき、阿部は冗談めかしに宇垣にいったが、その顔は強《こわ》ばり、語尾はかすかに震えをおびていた。阿部のいうとおり、ドジョウがいないどころか、とりかえしのつかない深傷を負ってしまったのだ。

その深傷を負った比叡の善後策を練ろうというのだから、宇垣の心は重かった。

「ぼつぼつ、はじめよう」

山本長官に催促され、宇垣が口をひらいた。

「——第十一戦隊の窮状からすれば、ことは緊急を要するわけで、早急に結論を出したい。そこで比叡に対してとるべき処置として、三つの点があげられる。すなわち、

一、曳航するか。

二、放置するか。

三、味方の雷撃によって処分するか。

以上の三項目であろう。

さきに駆逐艦による曳航を指示したが、阿部司令官からは、不可能という返事がきている。

となると、つぎに考えられるのが、第二の手段であろうと思われるが、各自の意見を、述べてほしい」

通信参謀の和田中佐が、「万難を排しても曳航すべきだと思う」と、主張しただけで、ほかの幕僚たちは、第

連合艦隊参謀長宇垣纒中将。最後の特攻出撃を敢行し自爆

二の手段をとるべきだと、同意見を述べた。

その理由としてあげられるのは、比叡の位置からすれば、わが基地航空隊の行動圏内にあり、付近にはわが艦隊が行動していること。さらには、今夜と明日の二回、敵飛行場を砲撃する予定であったし、相当数の敵機を制圧し得る望みがあったからである。

その結果、長官の採択を得て、

『比叡は「放置」することにし、潜水艦一隻をもって昼間の警戒に当たらせしむ』

という、長官命令を発令したのである。

会議を終えた宇垣が、参謀長室へひきあげ、一服していると、山本長官が宇垣の部屋へノコノコと入ってきた。

「――長官！　電話をくだされればよろしかったのに」

宇垣は恐縮した顔になった。

山本は、元来が気さくな性分だから、思いついたことがあると、自分の方から、どこへでも平気で出向いていく。いかにも山本らしかった。

「――長官、なにか？」

「うーん」

山本は腕組みしたまま、しばらく部屋の中を歩き回っていたが、やおら立ちどまると、心に決めかねていることを口にするような調子で、ゆっくりと口を開いた。

「参謀長、どうしたものかな……。おれはさっき命令にはサインしたが、放置しておくと、どうも敵機に撮影される恐れがある。アメリカはプロパガンダにかけては、ずばぬけているからな。恥の上塗りされたんじゃあ、かなわん……」

「向こうにしてみれば、おあつらえむきの宣伝材料というわけですか。こいつは考え直してみる必要がありますな」

宇垣もこれには同感であった。もしも、半身不随の比叡のみじめな写真が、アメリカの新聞に掲載でもされて、海外に流されるようなことにでもなれば、国民の士気に影響するところ大であり、比叡一艦の損失どころの話ではなくなるのである。

「それでは、前の命令を取り消し、処分するよう打電しなおしますか」

「そうしてくれ」

宇垣はすぐにその旨の電文を作案し、通信士官に打電を命じた。すると、そのすぐ後に、黒島先任参謀がすっとんできた。

「参謀長、あれは困ります。前の電報の通りにしていただきたい。つまり『処分するな』のままにしておいてほしいのです」

「ほう！　で、その理由は……」

「比叡を放置しておけば、敵機の攻撃は比叡一艦に集中されましょう。ガ島増援の輸送船団は、そのあいだ、敵機の空襲からまぬがれることができます。つまり、敵機の攻撃を、すべて比叡一艦に吸収させるのです」

宇垣は黙ったまま、黒島のハゲあがった、ひろい額を見上げていたが、その目は不快げな色を帯びていた。が、黒島はかまわず、つづけた。

「——比叡は、まだ浮いています。浮いている以上は、動けんということはないはずでしょう。どっちにしろ、比叡の沈没は、時間の問題です。この際、戦艦一隻を失うことを、確認すべきです。そして、沈没するまでの時間を、可能なかぎり戦局に寄与させるべきが、ほんとではないですか。敵が宣伝に使うとすれば、すでに写真は撮っていると思いますがね」

「君のいうことは、わからぬでもないが、それは理屈だよ。阿部司令官や西田艦長の立場も、考えてやらんことには……」

宇垣はむっとした顔でそういい放つと、ぷいと横を向いた。すると、山本が、

「そうだ、先任参謀のいうことに理がある。それでは、前文のままにしておこう」

と、さっきの意見を、あっさりと撤回した。

前にもふれたが、黒島は、真珠湾奇襲作戦を立案した山本のブレーンのひとりで、山本の知恵袋といわれた戦術家であり、山本は黒島の才智を高く評価していた。今回のガ島砲撃作戦も、前述の通り黒島が立案したものであり、黒島と同期の西田は、はじめてこの作戦計画を聞かされたとき、「貴様、正気でいっているのか」と、色をなして怒ったという。緻密な頭脳と、温厚な性格で知られる西田が、このときばかりは、怒りを露骨にあらわした。西田が怒ったのは、あまりにも無謀な作戦だと思ったからである。

その西田が、いま、サヴォ島付近の海上でめったうちにされ、スクラップみたいになった比叡艦上で、血みどろになって戦っているのというのに、黒島は、いったいそれをどう考え

ているのか。連合艦隊司令部の〈頭脳〉ともいうべき黒島から見れば、局面を好転させるための手段とあれば、なりふりかまわずそれに没頭するという気持は、それはそれでわからぬではない。また、そうあるべきかもしれない。西田は黒島と海兵の同期生であり、気心の知れた仲間でもあった。

もちろん、戦争に個人的な感情など不必要であり、そんな甘いものではない。しかし、黒島の考えはあまりに打算的であり、功利的であった。

「長官！　それでは比叡がかわいそうですよ」

宇垣はそういって反対したが、山本の決心も今度は変わらない。長官が決断したとなれば、それ以上口をはさむ余地がない。宇垣は、内心おもしろくなかった。

このことについて、宇垣は、『戦藻録』の中にこう誌している。

『――三人でいろいろ話し合ったが、長官は自己の意見を翻して、そのまま、ということに決定した。おかしな雲行きとなるも、いずれにするも大事には非ず。

大局は同じなり。ただそこに気分の問題あり。先を見込みて恥の上塗りとならざるの窘《たしな》み。

中将たる司令官（註：阿部のこと）の意志を汲み、長官の立場において、その責を引受くるの心情及び、敵機に委せて機密暴露のおそれを果たすこと、なからしむる用心あることなり。

先の見えざる主張は、理屈に偏して、これらの機微の点を解し得ざるものなり。何人も、助けんことの一念において、変ることあるべからず。

かかることありてのち、第十一戦隊司令官より電あり（十九時三十分頃）。
「比叡は損傷のため、缶は四機とも使用不能、前部揚錨機室浸水使用不可能、傾斜浸水増加しつつあり、重ねて処分方ご配慮を乞う」

従来、損傷艦の処分において、ほぼ軽率なるにあらずと思う節、なきにしもあらず。これ、日本人の気質として、自らの手において処分し、これを最後まで見届けたき心理と、往々にして生存者収容艦が、早く敵機の横行海面を離脱せんと欲するの用心とに存するものと認められる。

本件について過般（十一月一日）の長官の訓示において、特筆しおきたるところ、各指揮官の頭にもっとも深く記憶しあるは、疑う余地なきと信ずる。

しかも、長官命として「処分するな」に対し二度の電請を乞う司令官の心理意見は、これ尊重に足るものであろう。

いわんや、その心の裡にいたりては、まったく涙なきをあたわず。命ずる者は強きを可とするも、また自ら、その立場にある場合を考察せざれば、いわゆる将の命令たるにあらず。

これらのことは、指揮官の経験を積み、はじめて体得し得るところなり。

いずれにせよ、第二艦隊先任参謀、海大教官当時、高速戦艦の重要性を主張し、これらの高速化の実現と、その用法に関与してきた一首謀者として、改造の最後艦にして、もっとも理想化された比叡を失うは、誠に遺憾千万痛哭に堪えざるものあり』

まことに宇垣の心情、酌みして尽きざる一文である。宇垣にしてみれば、黒島の非情、冷酷さが、腹にすえかねたのかもしれない。「比叡」が恥の上塗りになったところで、たいしたことではない、とうそぶく心理。現場の司令官が、どうにも手のつくしようがないからこそ、「処分したい」と再三いってきている。それを受けて、「責任はとってやるから、適当に処置しろ」といってのけるぐらいの責任感と心構えが、あってしかるべきであろう。理屈ばかりこねて、そういう感情の機微を、すこしもわかろうとしない。とくに、宇垣の神経にさわったのは、比叡の救出に、最後まで努力すべきが道理なのに、もう沈んだも同然で、後は時間の問題だなどと、ぬけぬけほざいている無神経さ、であったろう。

〈これでは、阿部や西田が浮かばれないではないか……〉

宇垣は、このとき、山本長官や黒島大佐の考え方についていけない距離感を、ある寂しさをもって、味わっていたのではあるまいか。

冠せられた汚名

西田艦長が、比叡から退艦したのは、正確にいえば、十一月十三日の午後三時四十分である。そして、この〈退艦〉が、文字通り西田の運命を決定づけたのであった。なぜ「運命を決定づけた」かというと、ときの海相嶋田繁太郎大将は、後日、西田の予備役編入の理由として、つぎのような点を指摘しているからである。

「艦長として、艦の最期を見届けていないのは、浅慮であり、艦長たる任を全うしていない」

「比叡からの退艦ぶりは、武人らしくなく、心にひるむものがあったことは、免れ得ない」

いったい、嶋田はなにを根拠にして、「退艦ぶりが軍人らしくない」と、裁断したのか。現場にいて、その光景を目撃していたわけでもないのに、奇怪な話もあるものである。ということになれば、何人かの口によって嶋田の耳に告げられた、ということになる。それでは、だれによって、どういう経路をへて、嶋田に告げられたものなのか。この点が問題である。西田大佐は、このへんの経緯については、いっさい口を閉ざして語らないし、それに類する事柄の一片だに書き記したものもない。

筆者も、大佐の存命中、この点について、いくどか質問を試みたが、ついに、最後まで聞きただすことはできなかった。すでにいくども述べたように、西田は、己れを律することには、愚直なまでに几帳面で、およそ自己弁護めいた発言をすることを、いっさいしない人であった。とくに自己の発言によって、他人を誹謗したり中傷する結果になることを、なによりも恐れ、絶えず気づかっていた。古武士の気風に徹した廉直な性格の所以であろうか。

だから、問題が核心に触れれば、触れるほど、かたくなに口を閉ざし、名前をあげることを避けていたのである。いや、そうとしか考えられない。

筆者は、ここであらためて、横尾製麺工場の一室で、白い粉にまみれた作業服姿の西田元大佐が、腸をふりしぼるようにして叫んだ激しい語調を、想起するのである。

「――艦長たるものは、艦が沈んだとぎ、生きてはいけないのだ。艦と運命を共にすることのできなかったものには、一言も抗弁は許されるべきではないのだ。たとえ、どのような悪罵や誹《そし》りを受けようと、ただ、甘んじて受けるよりほかはないのだ」

嶋田の裁定が下され、西田の予備役編入が発表されたとき、山本五十六は激怒し、命令の撤回を求めるため、宇垣を使者として海軍省へ派遣したという。

「比叡一艦を失うより、西田ひとりを失う損失のほうが、はるかに大きい。戦いは、あと何年つづくかわからないのだ。西田の能力を、爾後の戦力に役立たせることを考えるのが、真の用兵ではないか」

山本は、そう所懐を述べ、嶋田への伝言を宇垣に託したのである。

だが、山本ら艦隊派とソリのあわない嶋田は、狭量であった。「一度おりた裁定は、覆すことはできない」と、山本の進言を、にべもなく却下してしまった。

このへんのくだりは、あとで述べるとして、ひとまず話をもとにもどそう。

＊

ところで、問題の「退艦」であるが、それでは西田の退艦はどのようにしておこなわれたのであろうか。

嶋田をはじめとする海軍部内の首脳が、「武人らしくない退艦ぶり」ときめつけた事象について、もう一度、考察してみる必要がある。

まず、本章の冒頭に紹介した西田メモを振り返ってみると、西田は、退艦前後の状況を、つぎのように誌している。

『――舵機室排水の見込み、ついに立たず。右舷機使用不能、機械をもってする操艦まったく不能となれり。艦がまだまだ敵機の雷爆撃に耐え得ることに自信あるも、司令官に猶予を乞いたる時間もすでに経過し、艦の状況は、当時より一層不良となれり。かくなれば、いまは司令官の命に従うほかはなし。

自らは艦と運命を共にし、乗員を退去せしむべしと考えたり。

われひとりのみ、艦に残らんとしても、部下が残させてくれぬのは当然で、あまりにも浅墓な考えなりしを、悔ゆるも及ばず。

――その後、司令官より、「艦長に話したきことあり、ただちに雪風に来たれ」との伝言あり。退艦は最後にするも、一切は司令官に一任するほか詮なし。退艦の途中、二回空襲あり。雪風に収容せられたる後、GFより、「比叡ノ処分待テ」の命あり。されば、ただちに比叡に帰艦すべきことを申し出しが、これは許されず、ついにそのままとなれり――』

この『西田メモ』は、山本長官に提出した『比叡報告書』の草稿であることは、前にも説明したとおりである。

山本に提出した報告書であれば、とうぜん海軍省にも、コピーぐらいは回送されていたにちがいない。しかし、これでは前後の状況に触れているだけで、どのようにして「退艦」したのか。また「退艦」にあたって、部下たちとどういうやりとりをかわしたのか、そのときの客観的な情況について、すこしも述べられていない。あまりにも簡潔すぎ、具体性に欠けているのは、西田の性格のしからしむところかもしれない。が、このメモを額面どおりに受け取れば、阿部にせっつかれ、「はい、そうですか」と、やすやすと短艇に乗船したようにしか、受け取れないのである。「部下が残させてくれぬ、云々」とあるからには退艦をめぐって、部下とのあいだに、とうぜんひと悶着あったことは、想像にかたくない。

いずれにしろ、海軍首脳部は、冷酷ともいえる非情さをもって、西田を栄光の座からひきずり下ろし、葬ってしまった。

だが、西田がほんとに卑怯者であったかどうかは、「赤レンガ」の建物の中で、葉巻をくゆらせている高級軍官僚よりも、比叡の乗組員のほうがよく知っているはずである。中でも終始、形影相寄るが如く、西田のそばにあった掌信号長坂本松三郎大尉こそ、西田の汚名をそそぎ得る重要な証言者であった。

比叡自沈の真相と、西田大佐の悲劇の起因を追求していくと、事件の核心はすべて、この一事に潜在していることが、はしなくも窺うことができるのである。

第八章　掌航海長の告白

ある一つの対面

昭和五十年二月のはじめであった。私は坂本松三郎元大尉に会うため、北国津軽を訪れた。青森は雪であった。朝の駅頭は、白一色におおわれ、粉雪が霏々と舞っていた。駅前の広場からメイン・ストリートに通ずる道路の両側には、かきよせられた雪が、背丈よりも高くつまれ、駅から吐きだされる勤人の黒い行列が、その雪の山のあいだに、陸続と吸いこまれていく。

人々の吐く息の白さと、雪を踏みしめる靴音が、異様な活気に満ちあふれ、雪国の陰鬱な街並を想像していた私を、しばしとまどわせるのであった。

その日の夕方、私は青森港の桟橋に近い或るホテルのロビーで、坂本元大尉と会うことにしていた。坂本氏は、現在、青森市で、「緑と花の町づくり推進市民協議会会長」「衛生都市建設促進会会長」などの肩書を持ち、青森市のあたらしい都市づくりに、情熱をつぎこんでいる有力者だと聞いていた。それだけに、公私ともに多忙な人であった。

坂本氏があらわれるまでの二時間、私はホテルの窓から、眼下にひろがる北国の街並を、あきることなく眺めていた。すっぽりと雪に埋まったひくい家並の向こうに、青森港の突堤と、雪にけぶる黝《あおぐろ》ずんだ海がひろがっている。

やがて、クリーム色の瀟洒な連絡船が、霧笛をひびかせながら、突堤の彼方に巨大な姿を見せはじめる。私は、しめった夕暮れの空気をふるわせて聞こえてくる、ものかなしげなその霧笛の音に、北国らしい詩情をさそわれ、気障りな表現をすれば、エトランゼのような気分になりかけていた。

するとそのときであった。ロビーの入口の方から、黒のオーバーに、毛のトルコ帽をかぶった巨漢が、ゆっくりと近づいてくるのが目にはいった。まだ面識はなかったが、私にはひと目で、この人が坂本氏であることがわかった。歩く姿勢が、いかにも海軍士官らしく、スマートで洗練されていたからである。

私が立ち上がると、坂本氏もすぐにわかったらしく、微笑を浮かべながら、

「いやあ、どうも……たいへんお待たせしちまって」と津軽なまりのアクセントでいった。

「比叡」掌航海長の坂本松三郎大尉。航空学校教官時代

「おいそがしいところを、ほんとに恐縮しています」

「いや、お手紙で、用件はよくわかりましたが、私の話が果たしてお役に立つかどうか、心配です。しかし、私がこの世で一番尊敬する西田艦長のことですから、私の知っているかぎりのことは、なんでもおこたえしますよ」

坂本さんは、西田艦長と同年の明治二十七年生まれだというから、もう八十歳になるはずだった。しかし、背はしゃんとのび、皮膚もつやをおびているし、声も若々しく、とても八十歳とは思えなかった。聞けば、体重はいまも七十キロを越すという、堂々たる巨駆の持ち主である。

私は岸壁の見えるロビーの一隅で、坂本さんの話に耳を傾けた。

坂本さんは、三十数年まえの遠い記憶の彼方にある話を、まるで昨日のことのように、実感をこめて語った。熱っぽい語調で、ときには目じりに涙すらにじませながら、長いあいだ胸奥に鬱積したものを、いっきに吐きだすかのごとく、語りつづけるのである。

「——西田艦長を、軍神の座からひきずりおろしたのは、じつは、この坂本なのです。私は、艦長の生命を惜しむあまり、無理やりに艦長を比叡から退艦させてしまったんです。そのために、あんなみじめな結果になってしまった……。この三十年間、私は西田艦長に対し、相すまない、という気持を抱きつづけてきたのです」

意外とも思える坂本大尉の告白であった。西田大佐や他の士官の方たちからは、一言も聞いたことのない話が飛び出したから、私はいっしゅん、あっけにとられ、しばらくは話の接ぎ穂を失ったように、坂本さんの顔を眺めていた。

打ち明けられた真相

以下の話は、掌航海長兼信号長坂本松三郎大尉の語る、西田艦長比叡退艦の真相である。

「――比叡の通信機能が、敵の砲撃でまったく破壊され、マヒ状態になっていたことは、すでにご承知のことと思います。そのため、雪風艦上の司令部と西田艦長との交信は、すべて手旗信号にたよるほかはありませんでした。しかも、その手旗信号は、信号長である私自身が行なったのですから、艦長の苦しい胸のうちも、阿部司令官の焦躁ぶりも、直接、肌で感じとることができました。司令官からの退艦命令は、たしか三度、受信したと記憶していま す。艦長はそのつど、『いま、しばらく延期されたい』と返信し、なかなか納得しなかったのです。

阿部司令官が退艦を催促してきた理由は、いくつか挙げられますが、なんといっても敵の飛行場が近いため、波状攻撃を免れることができなかったためと、夜襲を受ける懸念があったこと。おまけに、各艦の燃料が欠乏しはじめたこと。それに、これ以上頑張っても、比叡や、護衛部隊の乗組員の疲労が増加しており、条件が悪くなる一方であったからです。

司令官の再三の退艦勧告を受けたときの艦長の顔は、まったく悲痛そのもので、私は正視することができませんでした。

私は、比叡に乗り組んで以来、二年近くも艦長のそばにいた関係で、だれよりも艦長の心の動きを敏感に察知できる立場にあったのです。正直いって、艦長は比叡と運命を共にする気でいましたし、その機会を待っておられるようでしたが、『総員退去』については、阿部司令官と西田艦長の考え方に、かなりのへだたりがあったことは事実です。

　司令官が第一回の退去命令を発信したのは、午前十時三十五分です。そして、じっさいに艦長が退艦したのは、午後三時四十分ですから、それから五時間以上、なお司令塔に頑張りつづけていたことになります。

比叡の修理復旧に、最後まで確信を持っていた艦長も、度重なる司令官の督促を無視することができなくなり、ついに十二時四十分、『総員上甲板集合』をかけたのです。艦内電話は不通になっていましたので、艦長の命令は、伝令兵をもって各部署に伝えるほかはありませんでした。

この時点で、比叡の破損状態はどんなことになっていたかというと、

一、二号五十トン「バルジポンプ」室浸水。

二、五号五十トン「バルジポンプ」室浸水。

三、右舷「バルジ」注排水区画被弾、および被雷により、前部破孔浸水排水不能。

四、後部注排水管制所浸水。

五、左舷「バルジ」重油タンク満載および、左舷注排水区画注水しありて他に注水区画な

し。

六、鍛冶工場大破、熔接工場大破。

艦の状態

排水量　四二六〇〇トン

平均吃水　一〇・六四〇メートル

浸水量　四六七〇トン

傾　斜　右七度

予備浮力　一二一五〇トン

ということでした。

なるほど、比叡の上部構造物は、ハチの巣のように破壊しつくされ、無残に焼けただれてささくれだち、艦体も右に傾きかけていました。だが、それは見かけだけのことで、艦の内部はそれほど傷んではいなかったのです。浸水は増大しつつありましたが、浸水個所周辺の隔壁を外から補強し、他に波及しないように処置すれば、予備浮力は一万トン以上もあることですし、まず、沈没の心配はなかった。だから艦長は、『大和のテスト艦として、数回にわたって改装した比叡だ。そう簡単には沈みやせん』といって、私に笑いかけてさえいたくらいです。艦長が、比叡の修復に、このようになお自信をつないでいたのは、主機関が快調に作動していたからだと思うのです。『比叡戦闘詳報』の中でも、このことが裏書されており、私の手元にあるコピーにも、げんにこう誌されています。

『――戦闘開始後から最後の被害までの十数時間、その間、両舷同時に、または片舷宛、前進後進一杯を使用すること、五十数回に及び、極めて激甚なる操縦をおこないたるも、主機械、缶はむろんのこと、関係各補機も克くこれに耐え、十分にその信頼性を発揮せり。また、これに応ずる関係諸官兵員の、運転操作も見事におこなわれ、いささかの不安なく、雷爆撃回避上、絶大なる効果あらしめたり。

発砲、被弾、被雷、至近弾等の激震、激動を受けること数十度に及ぶも、諸機械非常装置の作動極めて良好にて、運転を継続し得たるは、実に幸いであった――』

このような状態であってみれば、艦長としても、おいそれと艦を捨てる気になれないのは、当然のことだと思います。しかし、問題は、舵取機械室の遮防でした。

敵機の間断ない雷爆撃を回避するたびに、せっかく塞いだ破孔口がやぶれ、いくたびか水泡に帰してしまいました。が、艦長はそれでもあきらめず、遮防作業の続行を命じていました。こうした応急処置をつづけさせたのは、夜を待ちのぞんでいたからなのです。夜がくれば、敵機の攻撃も中止されるであろう。それまで、なんとかもちこたえられれば、遮防に本腰を入れることができ、したがって、一度はあきらめたガ島への乗り上げも、可能となってくる。

艦長はそう計算し、比叡の司令塔に頑張りつづけていたのでしょうが……。

その艦長が、総員退去を決意したのは、『機械室全滅』という誤った報告が、とどいたからです。それは、遮防が成功して、排水作業が開始されて間もない十二時二十五分のことです。爆撃機、雷撃機十数機の攻撃を受けたさい、右舷機械室前部に魚雷が命中した。しかし、この魚雷は不発で、舷側をへこませただけで、爆発しなかったのです。ところが、このとき、B17の投下した爆弾数発が、飛行上甲板で炸裂し、黒煙を噴き上げた。この火は消火班の活動ですぐに消しとめたのですが、このときに、ちょっとした混乱がおこった。爆弾の炸裂と魚雷の命中が同時だったので、上甲板にいた士官のだれかが、魚雷によって機械室がやられたものと早合点し、『機械室が全滅したらしいぞ！』と、大声をあげたのです。敵機の猛烈な銃爆撃を浴びながら、応戦、退避、消火作業と、全員が血眼になっている真最中でしたから、それを冷静に確認している余裕もない。そのため、『全滅したらしい』ということが、『全滅』という過去形で、艦長に報告されてしまったのです。

だれによって、どう知らされたのか、あの混乱の中では確かめようがなかったのですが、とにかく上甲板にいた者から、つぎつぎにリレーされて、私たちの立っている指揮所に報告された。

戦闘中の混乱は、ときとして、常識では考えられないような錯覚を生みやすいもので、それが往々にして、とんでもない結果をまねくことにもなります。あの場合が、そうでした。結果論になりますが、『機械室全滅』の報が届いたとき、それを確認する手段を講ずべきでした。だが、それができなかったのは、不運というしかない。なにしろ、あのとき、司令塔には、艦長と私しかいなかった。艦長は最高責任者として、司令塔を動くわけにはいかないし、艦を操縦する指令を下さなければならない。また、司令部とのやりとりもある。私もまた、艦長の目と耳の役目をはたす任務上、艦長のそばから、寸刻といえども、離れることができない。もしも、あのとき、副長か航海長がいたならば、全滅したという機械室や缶室の状況を調査できたはずですが、副長は重傷を負って治療室に収容されており、航海長も舵取機械室の修理にあたっていて不在でした。

しかし、それにもまして残念でしたのは、伝令兵の手落ちです。『総員退去』の艦長命令を伝えるため、艦内各部署へ走った伝令が、もしも気転のきく者だったら、全滅した機械室が、なお健在であることを艦長に報告していたであろうと思われるのです。

ところが、二人の伝令兵は、ただ艦長命令を機械室に伝えただけで、実際の状況を報告しなかったのです。けれども、だからといって、伝令を責めるのは酷ですな。伝令は、艦長の命令を正確迅速に伝えることだけが任務だったからです。

いずれにしろ、あのときはツイてなかった。そう、なにからなにまでが、ですね」

坂本氏はそういってから、大きな躰を窮屈そうに折りまげ、もうすっかり冷えきってしまったコーヒー茶碗をとりあげる。窓の外には、いつのまにか濃い闇がたちこめ、最終の函館行の連絡船が、船室の黄色い灯の列を、暖かそうにまたたかせ、その灯影を海面におとしながら、ゆっくりと港外へ出ていくところであった。

お許し下さい、艦長！

しばらく窓外に視線を投げていた坂本さんは、幾本目かの煙草に火をつけると、私の方に首をよじまげるようにして、なおも話しつづける。

「——機械室全滅の知らせを受けたとき、さすがの艦長も、顔面蒼白になりました。阿部司令官の命令を、ガンとして受けつけなかった艦長は、これで万策つきた、と判断したようでした。

敵機の銃撃を頭上に受けながら、顔色ひとつかえず、けいけいたる眼光で、眦をけっしていた艦長は、力ない声で、『そうか、全滅したのか……もはや、これまでか』と眩きました。そしてついに、『総員退去用意』の命令を下したのです。そのときの艦長の顔は、別人のように静かな表情をしていましたな。怒りの感情もなければ、かなしみの色もなかった。いや、むしろ、やすらぎに似た安堵の色さえ浮かべていた。

『——艦長は死ぬ、死ぬ気なんだな』

私は直感的に、そう感じましたね。そして、つぎの瞬間、私は天の啓示のように、艦長を死なせてはならない、どんなことがあっても、救いださなければいけない、と感じとったのです。これだけの人物を、そうやすやすと殺してたまるか——そんな使命感のようなものが、ムラムラとわきおこってくるのを覚えたのです。

むろん私は、艦長の同期生である蒼龍艦長柳本柳作大佐のことは知っていました。紅蓮の炎につつまれながら、従容として艦と運命を共にした柳本艦長の最期は、壮絶きわまりなく、軍神と仰がれるに足る武人であったことは承知していました。けれども、西田艦長は、そうさせてはいけないと思ったのです。日本海軍のために、いや、日本のために、といい直すべきでしょう。死ぬことだけが武人の道ではない。生きるだけ生きのびて、国家のために働いてほしい。私はそう願うあまり、万難を排して艦長の死を阻止しようと考えたのです。

そこで私は、副長に会うために、艦橋を降りて治療室へ走った。

ところが、田村大佐は、治療室にはいなかったのです。大佐は左肩胛部と、左大腿部に弾片を受け、かなりの重傷と聞いていたんですが、『この危急のときに、寝てなんかおれぬ』と、軍医の制止をふりきって、出ていったというのです。

中甲板のラッタルを登って、後部上甲板に出ると、その田村副長が数人の兵を指揮しながら、戦死者の屍体に毛布をかけてやっているのが、目にはいりました。

『副長！　ここにいらしたのですか』

私は副長のほうへ歩み寄って、いいました。

『副長、総員退艦用意の命令が出ましたが、艦長を、艦橋から降ろしてもいいですか！』

副長は無言のまま、返事をしない。いいとも、いけないとも、いわない。目をギラギラさせ、凄まじい形相で、私をにらみつけているだけなのです。

『こいつは、だめだな』私は副長の説得をあきらめ、前部上甲板へ向かいました。

するとと副砲の近くに、分隊士の大寺三郎中尉の姿が見えました。大寺中尉は剣道五段の猛者でその精悍ぶりは、艦内にも鳴りひびいていました。

『大寺中尉！　いよいよ退艦らしいが、艦長を収容したい。協力してほしいのだが……』

私がそういうと、中尉は眉をしかめ、ちょと考える顔をしたが、

『そうだな。おれたちは兵学校で、そういう教育を受けてきた。気持の上では艦長を救いたい。死なせてはならん、と思う。でも、おれにはできない。艦長の気持も尊重してあげねばならんしな……しかし、あんたたちならできるだろう。やってみてくれ』

特務士官の大尉と、兵学校出身のガンルーム士官の、意識の相違とでもいうべきでしょうか。

『そうですか、じゃあ、私はやりますよ。いいですな』

『いいですよ、艦橋から降ろしてさえくれれば、後は、おれたちでなんとかする』

大寺中尉のことばを聞いて、私はほっとしました。もしもあとで叱られても、おれは兵隊上がりの士官だ。そういう教育を受けていないのだから、正しいと思ってやったまでのことだ、とつっぱねれば、いいわけは立つ——私はそう考えたのです。

すでに時間は正午を回っており、強烈な熱帯の太陽が、真上から、じりじりと照りつけ、甲板に反射する熱気が、ムンムンしていました。

あちこちに転がっている屍体から流れる血が、甲板に糸のように筋をひき、足の踏み場も

ないほど、こまかく四散した肉片は、コールタールのかたまりみたいに、ドスぐろく変色し、カサカサになっていました。死後五、六時間たった遺体は、熱気にあてられて、早くも異臭を放ちはじめ、嘔吐をもよおすほどで、上甲板の凄惨な光景は、それやもう、お話にならないほどです。

爆撃でやられた火災は、さいわいにも鎮火し、延焼の心配はなくなっていました。

私は、ふたたび戦闘指揮所にもどりました。艦長は、さっきと同じ姿勢で、天蓋の上に立っていました。そこで私は艦長にいったのです。

『艦長、ひるめしどきですが、なにか召し上がりますか』

『そうだな。最後だから、なにかうまいものを食おうか。艦にあるもので、いちばんうまいものを食わせてくれ』

艦長はそういって微笑を浮かべました。

ふだんは食いもののことなど、いっさい口に出したことのない艦長ですが、その艦長が、いちばんうまいものを、といった。この世の名残りに、という気持であったことはたしかです。

その最後の昼食の献立は、白いめしに、牛肉の大和煮、たけのこの煮しめ、たくあん三切れにコップ一杯の冷えたカルピスでした。

食事の終わったころでしたが、ふたたび司令部から信号をおくってきました。

『——各艦艇の燃料残り少なし。乗員の退艦を急がれたし』

私が通信紙にしたためた司令部命令を、艦長に示すと、

『よし、それでは総員を、艦橋の下に集合させろ』と、艦長がいいました。

艦長は、艦橋から降りる気はないらしいのです。しかし、艦橋の下は死体が累積して、足の踏み場もないほどで、総員集合は、とても無理です。そこで、私は、上甲板のあたりをのぞきながら、艦長にいいました。

『艦長、艦橋の下はだめです。戦死者の屍体を、踏んづけるわけにはいきません。ホトケさまを片づけないことには、集合は不可能です。でも、四番砲塔の付近なら、集合の余地がありますから、あそこまでおいでくださるよう、おねがいします』

艦長を司令塔から降ろすことだけを考えていた私は、とっさにそう判断し、後部の第四砲塔を集合場所に選んだのです。そして、伝令兵を呼び、『総員、後甲板に集合せよ、艦長最後の訓示あり』の命令を伝達させたのです。

ところが、艦長は首を横にふって、

『掌航海長、おれは艦橋を降りるわけにはいかん。訓示はここでやる、メガホンをつかって、ここからやる』といいだしました。

私は内心あわて、いそいでつけたしました。

『艦長、それはむりです。いくらメガホンでも、ここからは聞こえません。それに最後の訓示ですから、総員の顔が見えるところで、やってください。最後ですから、お願いです』

私は、『最後』というところに力をこめて、そういいつづけました。

それに艦長は、昨夜からの戦闘で声を出しつづけていたので、すっかり喉をやられ、ガラガラ声になっていました。だから、いくらメガホンを使用しても、艦橋から全員に訓示をしたところで、聞こえるわけはなかったのです。

艦長は私のことばをどう受け取ったのか、司令塔に立ったまま、後部上甲板に集合しはじめた乗員の姿を、黙念として眺めておられた。そのすぐあとでした。私は従兵に命じて、艦長のあたらしい制服、それは純白の第二種軍装でしたが、一揃を用意させて、第四砲塔の上に置くように指示したのです。トップクラスの艦長ともなるとたいしたもので、軍服だけでも夏冬あわせて、十五、六着ぐらいが、艦長室に用意されていたのですが、私はそのうちでも、いちばん上等なやつを選ばせてから、艦長を迎えにいった。

『艦長、用意ができました。総員集合を終えましたので、第四砲塔までご足労をお願いします』

艦長は、ひとたび艦橋を降りてしまえば、もうもどることはできないと察知していたらしく、『坂本、おれは、やっぱりここを降りるわけにいかん。ここでやらせてくれ』というのです。

『艦長！』私はあらためて、艦長の姿を見なおしました。たった一夜で、艦長の躰は、ひとまわりも小さくなってしまったように見えました。激しい心労が、艦長をそのように変貌させてしまったのかと思うと、私ははげしく胸をつかれました。いっそ艦長の思いのままにさせてあげるべきか。ちらっと、そんなことを考えたのですが、私はわざと冷ややかにいったのです。

『艦長、そのようなことをおっしゃっては困ります。部下たちも、あのように、艦長の降りてこられるのを、待っているのですから……』

が、艦長は動こうとしない。『もはや問答無用、実力行使以外にない』と、私はそう腹をきめました。『艦長！　御免』と叫んで、艦長の小柄な躰を抱き上げようとしたのです。

『なにをする！　坂本、はなせ！』

艦長は、コンパスに両手でしがみつくと、足をバタつかせて大暴れにあばれました。

『おい、志田、山本、手をかせっ！』

私は近くにいた水兵を大声で呼び、暴れ狂う艦長を、背後から羽交いじめにしました。水兵たちは、はじめ何事が起こったのかと、キョトンとしていましたが、すぐにことの次第を了解すると、左右からどっと艦長に抱きついた。そして、円柱のコンパスに、がきっとくいこませている艦長の指を、一本一本はがすようにしてもぎとると、わっとばかりに抱え上あげたのです。

『はなせ、はなさぬか、貴様らっ！』

三人の男に頭上高く抱え上げられた艦長は、なおもふりほどこうと、小柄な躰をくねらせ、狂ったようにわめきつづけていました。私は艦長の悲痛な声を、頭の上で聞きながら、『艦長！　お許しください』と、祈るような気持でした」

第九章　運命の退艦

むなしき告別の辞

比叡の掌航海長兼信号長であった坂本松三郎元大尉の話はつづく。

「あのとき、私は艦長を死なせてはならない、このような立派な武人を、みすみす殺してはいけない。ただそのことだけを考え、暴れまわる艦長を抱え上げ、上甲板まで運んだ。私としては、よかれと思ってやったことだったのです。正しいと信じてやったのです。

だが、それがどんなに悲しい結末になり、艦長の運命を狂わせることになるのか、あの切迫した状況の下で、私はそこまで思いをめぐらせる心の余裕など、なかったのです。

とにかく、艦長を抱え上げたまま、強引に第四砲塔付近まで運びました。

そこで艦長を降ろすと、用意しておいたあたらしい軍服に、着替えてもらった。艦長もここまで運んでこられては仕方がない、と思ったらしく、砲塔のかげで、血に染まった戦闘服をぬぎはじめたのです。

第四砲塔下の後甲板には、乗員がびっしりと並んでいました。七、八百人はいたでしょうか。汗と脂で汚れた顔に、目ばかりギラギラさせて、艦長の訓示を待っていました。

機械室や缶室など、機関科の兵隊たちは、戦闘開始いらい、艦底にはいったままで、上部構造物がどのように破壊されているのか、知ることができなかった。だから、めちゃめちゃに潰された副砲や、焼けただれてへし曲がった機銃群や、そこここに寄せ集められた屍体の山を見て仰天し、おどろきの声をあげていました。

『こいつは、ひでえやあ！』

『こうまでやられているとは。これじゃあ、退艦もしようがねえなあ』

そんな声を背中に聞きながら、私は艦長の着替えの終わるのを、じっと待っていました。

『――艦長！』

私はなんとはなしに、艦長の視線をさけながら声をかけました。

『艦長、最後の訓示です。ハワイ攻撃いらい、かずかずの戦闘に参加し、輝かしい戦歴を誇ってきた栄光の戦艦比叡の艦長として、最後の御訓示をお願いします』

艦長は無言のまま、いつまでも同じ姿勢で立っている。そこで私はすぐにいいました。

『艦長、こんなところへ、敵機がやってきたら、ことです。訓示が終われば、艦長のお望みどおり、艦橋へお連れします』

すると、艦長の表情が急にやわらいだのです。

『よし、わかった』

私の偽わりのことばを真にうけた艦長は、まるで子供みたいに素直な態度で、さっさと砲塔をよじのぼっていくではないか。私は、内心、『してやったり』と思ったのですが、反面、私のことばをすこしも疑わない艦長を見ていると、さすがに心がとがめられ、すまないという気になりました。しかし、艦長を助けるためには、この程度のウソは仕方がない。とうぜん、ゆるされていいはずだ、と、都合のいい屁理屈をつけて、自分を納得させたのです。

いや、こうでもしなければ、この場の収拾がつきそうもなかったのです。

砲塔の上に立った艦長は、いつもの艦長にもどっていました。降りるのがいやだといって、コンパスに必死にしがみつき、靴で私を蹴とばして暴れまくったその人と、同じ人物とは思えないほど悠揚と見えました。汚れひとつない真白な軍服の白さが、目にしみてまぶしいほどでした。

『――諸君』

乗組員のひとりひとりに目をあてて、艦長は、ひきつったような声を上げました。

『諸君はよくやってくれた。よく戦ってくれた。困難な状況下に、すこしもひるむことなく、立派につくしてくれた。艦長として、よき部下を持ったことを、幸福に思う。しかし、戦勢利あらず、いま栄光ある比叡を、処分することになった。比叡を、かかる悲運におとしいれたるは、すべて、艦長である西田の不徳のいたすところで、諸君の努力に対し、なんら報ゆることのできなかったことを、ふかくお詫びする。

いま、武運つたなく、ことここにいたったが、しかし、戦いはまだつづくのである。諸君らはいたずらに死をいそいではならない。いつまでも生きて、国家の御楯として、なお一層ご奉公につとめられんことを切望する。

この比叡で、生死をともにしてきた諸君と、ここで別れることはまことに辛い。名残り惜しいことで、あるが、それもやむを得ない。最後に、諸君の健康と、武運の久しからんことを、心からお祈りし、艦長としての挨拶を終える……』

後甲板をぎっしりと埋めつくした将兵のあいだから、低い嗚咽の声が洩れていました。私も、名状しがたい感情が、いちどにどっと喉をつきあげてきて、めまいに似たものをおぼえました。

艦長は、すすり泣く兵隊の方にちらりと視線をおくったが、すぐに厳しい口調で、『御苦労であった。ただちに解散、退艦準備にかかれっ』といった。

それが、比叡における西田大佐の最後の艦長命令でしたが、思いなしか、語尾は震え、艦長独特の気迫のある声音は、すでに消えていました。

そうです、艦長はあのとき哭いていたのです。表情こそ平静をよそおっていましたが、空間のある一点に目をやって動かない、そんな艦長の横顔を見ているうちに、私は聞こえない艦長の慟哭の声を聞いているような気がしてきたのです」

戦闘旗揚がらず

掌航海長の話はなおもつづく。

「——比叡を放棄するという、冷酷な事実を眼前にして、私はつとめて冷静であらねばと、われとわが心をはげましつづけていましたが、艦長のその姿を見たとき、正直なところ艦長の躰にとりすがって、それこそ、男泣きに声をあげて泣きたい衝動にかられていました。そのときです。私はそうした自分の気持とはなんの脈絡もないある事実を、ふっと思い出したのです。なぜあのような場面で、そんなことを考えたのか、自分でもうまく説明できませんがね……。

それは、ウソのようなほんとうの話なのです。

ガ島砲撃戦は、まったく錯誤と不運の連続で、まるで悪夢にでもとり憑かれたように、悲劇の泥沼にひっぱりこまれていった……それを予告するかのように、あのときふしぎなことが起こったのです。あれは、比叡が狂気のような猛スコールからようやく脱け出し、阿部司令官が再反転を命じた、そして一路、ガ島へ向かって突進しはじめた直後のことでした。

私は先任の信号下士官に、戦闘旗の掲揚を命じた。戦闘が開始されてから、あわてて旗を揚げるような、ぶざまなマネはしたくなかった。それもあったが、突入を前にメイン・マストに高々と戦闘旗をひるがえし、全軍の士気を鼓舞させる、と考えたからです。

ところが、いくら待っていても、いっこうに旗が揚がらない。なにをオタオタしてやがるんだと、私はイライラしてきました。

掲揚ロープは、敵弾を受けて焼ききれる心配があったので、鋼鉄の索条を使用しており、滑車で引き揚げるので、そんなに時間がかかるわけはないのです。

すると、信号下士官が息をはずませて戻ってきました。

『信号長、どうしても旗が揚がりません。なにかが、ひっかかっているみたいで、滑車がまわらないのです』

『バカ者！　揚がらんはずはない。操作がわるいんだろう』

私は頭ごなしに一喝したが、ほってもおけないので、すぐに現場へはしり、いろいろやってみたが、どうしたかげんか、索条が動かないのです。こんなことは、比叡に乗りこんで以来、はじめてなので、私は、内心、いやな予感がしました。それで、しかたなしに、下段のマストにくりつけて、どうにか間に合わせたが、切れてもいないのに、どうして動かなくなったのか、ふしぎでならなかった。

このことは、とうぜん艦長に報告しなければいけなかったんですが、戦闘前に、あまりゲンのいい話でもなかったので、艦長の耳にはいれずにおいたんです。しかし、あとになって私は考えましたね。なぜあのとき、戦闘旗が揚がらなかったのか……と。

それは、『比叡』が戦うのをいやがって、ダダをこねていたからではないか。つまり、人智では予測し得ない艦隊の危機を、『比叡』は知っていた。われわれにそれを警告するために、戦闘旗を揚げるのを拒否した。鉄の塊りのような軍艦にも意志があり、動物的なカンみたいなものがあった。それで、赤ん坊が、『いやいや』でもするみたいに、せいいっぱいの反抗をしめしたのではないだろうか。こんなことをいうと、あるいはナンセンスな話だと、笑われるかもしれないが、私には、そうとしか思われなかったんです。私はこのことを、最後まで、艦長には知らせずに、私の胸の中にしまいこんでいました。けれども、あのときの艦長の悲壮な姿を見たとき、戦闘旗の掲揚を拒否した『比叡』の心情を、艦長に伝えるべきだった、と思ってみたりした。その秘密を、自分だけが知っているということが、空恐ろしく思えてならなかったのです。

もちろん、そのことを艦長に知らせたところで、艦長や阿部司令官が、『そうか、比叡がそういうのなら、この攻撃は中止しよう』なんてバカなことをいうわけがないし、またそんな霊感めいたことで、作戦が左右されるものではない。それは、百も承知している。でも、そのような愚かしいことが、愚かではなしに実感として、私の心にとりついて離れなかったのです。

戦場ではときとして、理屈では解明できない、ふしぎなことが起こり得るものなのだ、ということを、私はあのときに、身をもって体験しました。いまでも、あのときのことを思いだすと、なにか怪奇めいていて、背スジがすうーっとさむくなる気がするのです……」

坂本さんは、そこまで一気にしゃべると、ひと区切りつけるように、煙草をくわえた。

私は、とっさにかえすことばが見つからず、しばらく黙っていた。

しかし、『比叡が戦うのをいやがって、ダダをこねていたのではないか』と、さりげなくいわれたそのことばの余韻には、ずしりとした重量感が感じられた。そこには、身をもって体験した人だけがもっている臨場感があり、その迫力が、聞くものの側に迫ってくるのであった。

「なるほど、そういうことも、ありうるんでしょうね。たいへん興味をそそられるお話です」

私がそうこたえると、坂本さんは人の好さそうな微笑を浮かべながら、いった。

「どうやら、あんたは真面目に聞いてくれたが、ほかのものに話したって、だれも信用してくれない。でも、そんなことは、ほんとはどうでもいいことなんです。ただ、艦長を艦橋から抱え降ろしたときのことを思うたびに、戦闘旗が掲揚できなかった、あの奇妙な事実が、二重にダブって思い出されてならないのです」

語り終えると坂本さんは、緊張もとけ、いくぶん安らいだのか、柔和な眼差しを、ふわりと私の顔に注ぎかけてきた。

生きていた機械室

――艦長の訓示は三分たらずで終わった。

その直後、西田はきびしい口調でいった。

「各科の責任者は、担当区域をもう一度点検せよ。生存者はひとりも残してはならん」

その声に、各科の分隊士が、いっせいに下甲板のラッタルめざして走りだした。

退艦の指揮は、副長の田村大佐がとった。

「私物の携行はゆるさぬ。すべて放棄せよ」

大きな私物袋をかついで、上甲板に集まっていた兵隊たちは、さも残念そうに甲板のすみっこへほうりすてる。

「退艦は分隊の逆番号とする。ただし、負傷者を最初に収容させる。各分隊はただちに、負傷者を繋船桁付近に集合させよ」

田村副長のいう逆番号とは、つまり、直接戦闘に関係のない部署から先に退艦させる、という意味であり、「繋船桁」とは、艦の中央部の両舷に張りだしたブームのことで、ここに小艇をつなぎ、乗員が乗り降りする場所をさす。

重傷者は治療室から担架で運びだされ、軽傷者は戦友の肩に支えられて、乗降口に急いだ。

手旗信号の交信によって、雪風、村雨、照月から下ろされた内火艇とカッターが、いっせいに比叡めざして接近してくる。

兵員の移乗は、秩序整然と、静粛におこなわれた。住みなれた比叡との離別は、さすがに胸にこたえたらしく、だれも一言も発しない。乗り移ったカッターの上から、しだいに遠ざかっていく比叡を、唇を嚙みしめて見つめていた。

護衛駆逐艦は、敵機の空襲にそなえ、千五百メートルほどの距離をおいて、比叡の近くを遊弋している。内火艇とカッターが、そのあいだをいそがしく往来し、航跡が入り乱れて、海面が白く泡立っていた。さいわいなことに、海上は比較的穏やかで風波に妨害されることもなかったので、兵員の収容は順調にすすんでいた。

上甲板にぎっしりと群がっていた人数は、みるみる減っていき、五十数人が最後の便を待っていた。が、砲塔のかげのあちこちに、移乗をいさぎよしとしない十人ほどの古参の下士官が、ひそんでいるらしかった。

「貴様ら！　なにをしている。はやく移乗せんか」

甲板士官がやっきになって追い立てながら、上甲板を走りまわっている。

そのあいだ、西田は砲塔上におかれたデッキチェアに躰を沈めたまま、移乗作業をじっと見まもっていた。

艦に残るつもりの西田は、全員の移乗が終わるのを、自分の目で見とどける気でいるらしかった。生存者の有無をたしかめるため、船艙に降りていた分隊士たちが、つぎつぎに戻ってきて、「残存者なし」と、西田に報告した。

「うむ、ご苦労」

西田は、いちいちうなずきかえしていたが、その顔には微笑すら浮かべていた。

それは、諦観しきっているやすらぎの微笑でもあったろうか。

あるいは、比叡とともに死ねる、ということへの満足感でもあったろうか。

だが、惜しむべし、西田はこのときまだ、機械室が健在であることを知らなかったのだ。

西田を驚愕させた「機械室全滅」の誤報は、そのまま訂正されずにおかれていたのだから、なんとも腹立たしいかぎりであった。

生存者を確認するために下甲板の機械室へ降りていった分隊士の何人かは、破壊された一個の缶室をのぞき、快調に回転しているのを見ているはずである。もしもこの状況を、士官のだれかが、西田に報告したとしたならば、比叡は助からないまでも、もっとべつなかたちの終焉があったはずだ。したがって、西田の運命もすこしは変わっていたかもしれないのである。

だが、それすらもできなかった。なぜ、できなかったのか?

足に裂傷を負った西田は、立っていられないので、砲塔上のチェアに座っていた。西田の座っている位置と、報告のために士官が立った中部甲板とのあいだに、空間的な距離がありすぎた。たった数メートルの高低差が、西田と士官との意志の疎通を拒んでしまったのだ。

士官は、「退艦」ということだけを念頭に、生存者を探しに入り、その結果だけを報告し、機械室の状況については、まったく意識の圏外にあった。

それに一刻も早く退艦させなければ、という焦燥感も手伝っていた。

もしも、艦長と士官との間の距離がなければ、「下は、どんなぐあいだったか?」ぐらいの会話は、とうぜんかわされていたであろうに、ついに、誤報は最後まで訂正されずじまいに終わったのである。

これをして、だれがわるいのか、だれにこの責任があるのか——を追及するのは酷であり、また問いつめたところで、どうなるということでもない。

痛恨といえば、しこりはあとに残るだろう。要するに不運であった。不運に不運が重なり、それが悪循環となって、なにからなにまでがおかしくなっていく。運不運とは、そういったものかもしれない。西田は、その運に見放され、最後の最後まで、目に見えない運命の糸に、がんじがらめになって、翻弄されつづけていたのである。

軍艦旗の沈むとき

最後の内火艇と二隻のカッターが、比叡に向かった直後、甲板士官の手によって軍艦旗が下ろされた。

西田は砲塔上で直立の姿勢をとり、砲弾の破片でひきちぎられた軍艦旗が、甲板上に下ろされるまで、挙手の礼をとっていた。そして、軍艦旗が士官の胸に抱えられるのを見とどけるや、「キングストン弁開け」と、文字どおり最後の命令をくだした。

艦底の数ヵ所にもうけられたキングストン弁は、運用科の下士官によって、いっせいにあけられた。どの軍艦にも自沈用にキングストン弁がついている。開ければ海水が奔流となって浸入してくる。ひとたび開けば二度と閉めることはできないのだ。

急激な注水によって、比叡の艦体は、徐々に傾斜を増し、右に十五度傾きかけた。

残っていた乗員のほとんどは、内火艇に乗り移り、甲板には数人の士官だけが残っていた。

その数人とは、航海長志和中佐、砲術長竹谷中佐、運用長大西中佐、主砲発令所長柚木大尉、第六分隊長小倉大尉、甲板士官柴田中尉、分隊士大寺中尉、そして、掌航海長の坂本大尉もこの中にはいっていた。

すでに陽は西に傾きかけ、比叡の左舷に見えたサヴォ島の濃い緑も、いまはすっかり黝ずんで暮色につつまれている。

「——艦長！」

大西中佐が西田の方に歩み寄っていった。

「艦長！　ご一緒に退艦しましょう。さあ……」

「いや、おれはいい。おれにかまわず、諸君はいってくれ」

はげしくかぶりをふって、西田がこたえる。例の通り、おだやかな微笑を浮かべてはいたが、目がすわっていた。不動の決意を秘めた目の色であった。

「艦長！」

たまりかねて、志和航海長が口をはさんだ。

「——艦長のお気持はよくわかりますが、艦と運命を共にするという思想は、もう古いのです。このさい、そのような考え方はお捨てになってください。艦長に、より長く生きながらえてもらうことこそが、日本のためなのです……」

「ありがとう。しかし、君たちがどのようにいってくれようと、おれは降りるわけにはいかんのだ、頼む、このままにしておいてくれ」

条理をつくした志和のことばも、西田には通用しなかった。

竹谷中佐もいろいろと説得をこころみたが、西田はガンとして首を横に振りつづけて、受けつけない。竹谷清元大佐は、『わたしの生涯』と題する自叙伝の中で、そのときの状況を、つぎのように誌している。

「――艦長は戦死者の遺品を、戦友あるいは直属の上司に護持するように命じた。私たち幹部士官は、薄暗がりの中で軍艦旗をさびしく降下させたあと、艦長とともにボートに乗り移ろうとした。

が、艦長は、『御艦と死をともにする』といいはって退艦を承知しない。私たちは艦長を慰め、また励ました。

『艦長というものは、とくに戦艦の艦長を養成するには、二十年の長年月を必要とする。戦争の前途はまだ長いのです。とくに、いまは上級幹部をもっとも必要とするときです。艦と運命をともにしたいとするお気持はよくわかりますが、艦をうしなった償いとして、さらに生きのびて邦家につくすことが、最善の道ではありませんか。

とくに貴方のような艦長（西田大佐は、〝クラス・ヘッド〟と称し、兵学校、海大ともに上位で卒業、いわゆる恩賜の軍刀組だった）を見捨てることは、国家にとって一大損失である』と説いた。

そして、われわれ数人が、艦長の両手、両足を抱えてボートに移乗し、駆逐艦に乗艦したのである。

艦長を移乗させるのに、予想外の時間を費やした。私たちが移乗したとき比叡は、相当右舷に傾き、上甲板の約三分の一以上が、海水におおわれて、沈没寸前の状況であった。

ボートに乗り移って比叡を眺めたとき、後甲板にはためいていた軍艦旗もなく、悄然と傾きつつあった、あの寂しい艦の姿は、いまも脳裡に焼きついている。

私が駆逐艦に収容されたとき、比叡は沈没の度合いを速め、暗やみの中に白いしぶきを残し姿を消していった。私たちは駆逐艦の艦上より、総員帽をふりつつ、悲哀の比叡に別れを告げたのである。

――西田艦長はその後、海軍中央よりの命により左遷され、明るい配置につくこともなく、終戦を迎えたということを聞いた。

私たち現地の状況を知る者には、中央のこの処遇に対し、怒りと不満を感じぜずにはいられなかった――」

運用長大西謙次元中佐は、さらにこうつけくわえる。

「――私たちと西田艦長との押問答は、かなり長時間にわたってつづけられた。比叡はこっこくと沈みはじめる。敵機の爆撃がはじまれば、護衛艦艇の被害が増大するであろうし、まったく気が気でなく、息のつまりそうな時間であった。

節義を重んじる古武士的な性格の艦長は、艦と死をともにする考えは古いと説いた志和中佐のことばさえ、かたくなに拒否した。私は艦長の気持を尊重し、ひとまずカッターに乗り移った。そのあと、ガンルーム士官たちが、ふたたび司令官の命令をもって比叡にもどり、かつぎあげてムリに雪風にはこんだ。そのあとのことは、あまり記憶はないが、横須賀に帰港してからの艦長は、砲術学校の一室にこもって、残務整理にあたっていた。

艦長は不当な処遇を受けながらも、自分のことは一切顧みず、部下の身のふり方について、海軍省との交渉に奔走していた。その真摯な姿は、涙ぐましいばかりで、私はこの人の心の大きさに、ただ感嘆した。私は、『大和に乗ってみないか』といわれ、自分でもその気になったが、微熱がつづくので検診をうけたところ、結核の疑いがあるというので、伊豆・川奈の海軍病院に入院させられることになった。

以来、西田艦長とはそれっきり生き別れになってしまった。しかし、比叡の救出にかけた艦長の執念と責任感は、凄まじいばかりで、運用長として力たらずだった自分を顧み、いまでも申しわけない気持でいっぱいである」

比叡との最後の別れ

西田艦長と幹部士官たちとの押問答は、一時間半近くもつづけられた。もしも、ここで敵機の空襲に遭遇すれば、どういうことになるか。

対空要員は全員移乗してしまっているので、比叡はまったくの無防御である。それこそ一撃の空爆撃でやられてしまうことはたしかである。いまは、一刻も早く退艦することしかない。それならば、これ以上の押問答をつづけることは、まったく意味がない。ひとおもいに艦長をひっかついで、内火艇に投げこんでしまえば、ことは簡単に解決がつくはずであった。

だが、部下たちにはそれができなかった。竹谷砲術長ら幹部士官たちもまた、西田と同じように兵学校でそういう教育を受けてきたからである。『艦長は艦と運命を共にすべし』――それはけっして、法文化されたものではない。だが、そういう不文律は、海軍の潜在的な伝統精神ともなっていたのである。

蒼龍の柳本柳作大佐、飛龍の加来止男大佐らは、その伝統的精神を遵奉して、艦と共に殉じたのである。だから、西田艦長を救出したいと念じながらも、一方では、武人らしい死場所をあたえてやるべきではないか――そんなジレンマにおちいり、悩んでいたことも事実であった。

一方、雪風艦上の阿部司令官は、双眼鏡をかざして、比叡艦上の押問答をのぞいていた。むろん、西田と士官たちとの話の内容が聞こえるわけがない。聞こえるわけはないが、阿部には手にとるようにわかっていた。

西田の性格や、日ごろの言動から推して、西田がそうやすやすと離艦を納得するとは、阿部も思ってはいなかった。

阿部は、〈西田を助けなければ……〉と考えた。西田の心根は百も承知していた。しかし、だからといって、西田の死を座視するわけにはいかないのだ。

阿部はとっさに、一計を案じた。そして、通信紙に鉛筆で走り書きをした。

『比叡艦長は、被害状況報告のため、ただちに雪風に乗艦せよ。本件は命令なり』

まさに〈武人の情け〉ともいうべき、文面であった。これならば、西田の退艦の名分は十分に立つ……。阿部は、そう判断したのである。

しかし、この文面から推せば、報告後は比叡にもどれるもの、と解釈してしかるべきである。

通信文は、雪風に収容されたばかりの、比叡分隊長小倉大尉に手渡された。

阿部の意をついだ参謀が、小倉を呼んでいった。

「ご苦労だが、これをもって、もう一度、比叡へいってきてくれ。艦長をお連れするのだ」

小倉は、すばやく通信紙に目を走らせてから、「艦長は報告後、比叡にもどれるのですか」

艦長からそのことを質問されるだろうと考えたので、その点をたしかめた。

「もちろんだ！」

小倉大尉は、がぜんはりきって、最後の内火艇で比叡に向かった。

それから約十五分後、小倉は、沈みかけている比叡の甲板にはい上がり、本能的に砲塔の上に目をやった。

ミッドウェー海戦で「蒼龍」と共に殉じた柳本柳作大佐

艦長は、志和中佐らとにらみあった格好で、チェアに座っている。

「艦長お迎えにまいりました。司令官の命令です……」

小倉は、西田の前で直立し、通信紙をひろげてしめした。

阿部の直筆であることを認めた西田は、小さくうなずいてみせたが、しかし、無言のまま立とうとはしなかった。

「――艦長おねがいです。降りてください。司令官が、待っておられます」

せきこむような声で、小倉が叫んだ。

「頼む！」

西田は哀願するようにいった。

「おれを、ここで死なせてくれ。おれは、生きているわけにはいかんのだ。もうこれ以上、同じことを、いわせないでくれ」

小倉は、じっと艦長に目をそそいでいたが、助けを求めるように、志和の方に顔を向け、それから近くにいた柚木と坂本に、チラリと目をやった。

四人の視線と視線が、めざとく交錯し、いっしゅんはげしくからみあった。

〈こうなれば、強硬手段あるのみ……〉

四人は、同時に、同じことを考えていたのだ。

「艦長！　失礼しますっ！」

柚木大尉が一言いうや、むんずと西田の腕をとった。

「なにをするかっ！」

西田は、柚木の手を振りほどくと、砲塔上のアンテナの支柱に、ガバッとしがみついた。

「おい、手をかせっ！」

志和の声に、小倉がはねとんで、西田の背中を抱きかかえる。

大の男三人に同時にかかられては、いかな西田でもどうしようもない。

西田は大声でわめきちらし、バタバタ暴れまわったが、坂本大尉ら三人に艦橋からひき降ろされたときと同じように、軽々と担ぎ上げられ、あっという間もなく、待機していた内火艇に運びこまれてしまった。

「死なせてくれ！　おれを辱しめないでくれ！」

船底におしこめられた西田は、悲痛な声を張り上げながら、同じことばで叫びつづける。

叫びながら、西田の顔は、涙でくしゃくしゃになっていった。

「艦長！」

坂本も、柚木も、小倉も、声を殺して泣いた。いや、内火艇に乗っていた十数人の下士官や兵たちも、艦長のいたましい姿を見て、目を真赤に泣きはらしていた。

「おれは辛い！　なんだって、こんな辛い役を引き受けなきゃあ、ならんのだ」

小倉大尉は艦長の躰をおさえつけながら、あふれる涙を戦闘服の袖でぬぐった。

小倉の声を背中に聞きながら、そのとき、坂本は思った。

〈これが、ほんとうの戦争の姿かもしれない。そうだとするならば、戦争とはなんと冷酷で、

悲しいものだろうか〉

坂本は顔を上げ、遠ざかっていく比叡に目をやった。

黄昏のせまった海上に、黒々とした輪郭をつくって浮いている比叡――それは昨日まであの威風堂々たる、高速戦艦の面影の片鱗だにとどめず、一個の鉄の残骸にしかすぎなかった。

「比叡よ！　さようなら……」

坂本は心の中で、訣別のことばを呟きつづけていた。

第十章　艦長の生還

駆逐艦「雪風」艦上にて

比叡から、むりやりに降ろされた西田艦長は、士官たちにまもられて、雪風のブリッジをはいのぼってきた。負傷した左足の傷が悪化したらしく、痛そうに足をひいている。

だが、さすがに西田である。士官たちにおさえつけられたとき、怒号して暴れ、カッターの中で嗚咽していたとは思えない、落ち着いた顔つきであった。

そんな西田にくらべ、西田の前後をまもっていた柚木や小倉たちは、腫れぼったい赤い目をしていた。

西田を舷門まで迎えたのは、砲術参謀の千早少佐である。

「艦長！」

千早はそういったきり絶句した。

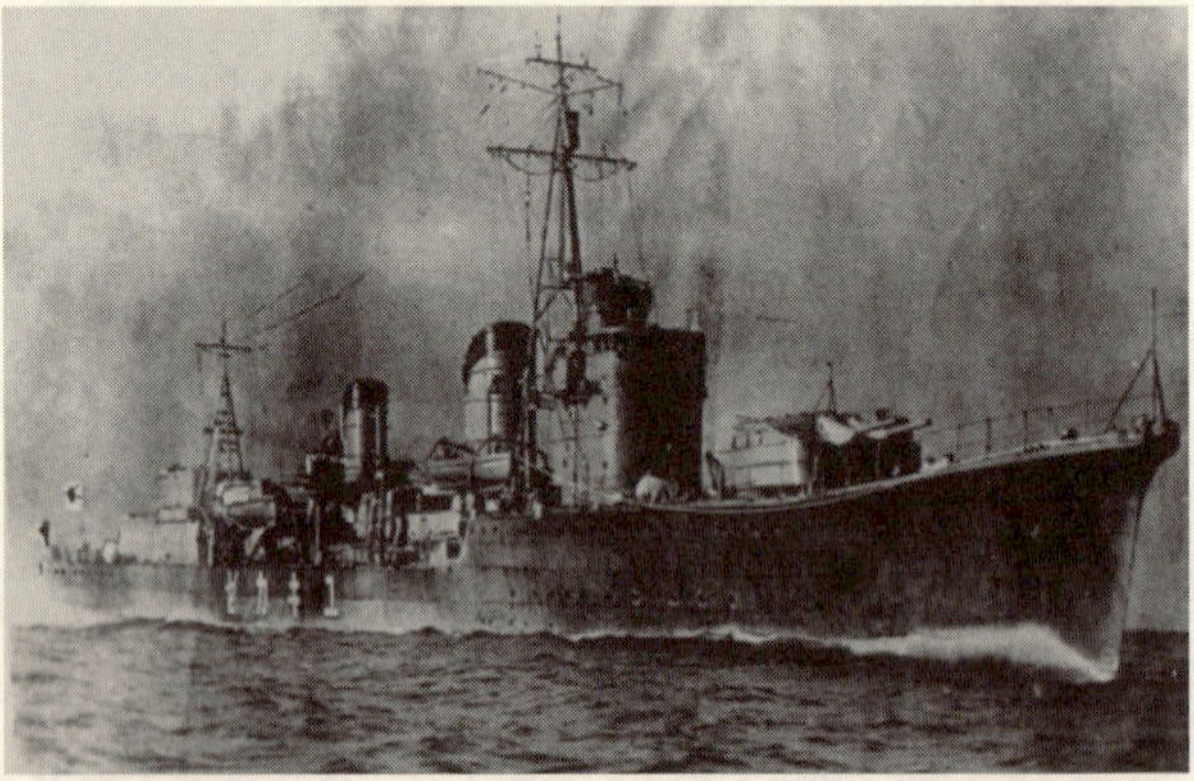

阿部司令官が「比叡」から移乗した駆逐艦「雪風」。西田艦長は図らずも移乗に…

比叡の悲劇の導火線となった『探照灯照射』——西田艦長の予期に反したその命令を与えたことで、千早参謀は、一言、詫びをいいたかったのだ。が、西田は小さく笑っただけで、かるく首を振った。〈いいんだよ、もうなにもいうな〉西田の目が、そういっていた。

西田はそのまま艦橋を回って、司令官室にはいった。そこには、阿部司令官が待っていた。

「司令官！」

西田は白い帽子をとって、頭を垂れた。

「再三の命令にそむいて、申しわけありません」

「いや、ご苦労でした。で、艦のようすは、どう？」

いたわりの眼差しをそそぎながら、阿部がいった。

「はあ、私は修理に最後まで確信を持っていたのですが、機関をやられたとあっては、遮防に成功しても、もはや……」

「そうですか……」

阿部はしばらく考えていたが、すぐに通信紙をとりあげ、GFへの電文を起案した。

『——乗員一六〇〇を収容し、まさに処分せんとするとき、GF電命令に接したるところ、被害大にして、傾斜浸水増加しつつあり。曳航の望みなく……』

この緊急電が、トラック島のGFで受信され、その処置をめぐって、宇垣と黒島のあいだにくいちがいが生じ、トラブルが起きたことは、さきにくわしく述べた。

宇垣は、比叡をさらしものにするにしのびず、また阿部の心情を酌んで、『処分すべし』を主張した。しかし、黒島参謀は、比叡を『オトリ』にし、アメリカ軍機の攻撃の目を、比叡に向けさせるために、『放置』を主張した。

山本長官は、黒島の説を採用し、『処分するな』と命じた。

阿部は、すでに二度にわたって、『処分』を要請しているが、むろん、宇垣参謀長と黒島大佐のやりとりなぞ知るわけもない。黒島が発信した、『処分するな』のGF命令がとどいたのは、それからさらに三十分後のことで、すでに手おくれになっていた。

西田から比叡の状況報告を受けたとき、阿部は自分の考えの正当性を、あらためて納得した。

残された手段——それは雪風の魚雷で、比叡を沈めることだけであった。

遂に万事窮す！

司令官への報告を終えた西田は、肩の荷をおろしたような、ほっとした気持で、部屋を出た。あとは、内火艇をもう一度出してもらって、比叡へ帰ることだけだ。

そんなことを考えながら、廊下にさしかかると、三人の士官が通路に立っていた。

「なんだ、君たちは……」

西田がいうと、士官たちは顔を見合わせて、曖昧な笑いかたをした。

察するに、いやがる艦長を押さえつけ、強引に雪風にはこびこんだあとだけに、司令官となにかあってはと、それが心配で、さりげなく様子を窺っていたものらしかった。

「君たちも、たいへんだったろう。もういいから、士官室で、すこし休養したらどうかね」

西田はそういって、艦橋へ通ずるラッタルの方へ足を向けた。が、その三人の中に、機関科の瀬越大尉のいることに気がついた。

「そうだ！」と、西田は思い出したように、「瀬越大尉！」と、声をかけた。

阿部司令官に艦の被害の模様を伝えはしたが、機関室の状況については、西田もよく知らなかったので、このさい、聞いておこうと思ったのだ。

「――機関室は、全滅したというが、実状はどうだったのか？」

「はあ？」

瀬越はけげんな顔をして、西田を見返した。そして、おどろいたように声をあげた。

「艦長、なにをおっしゃるのです。それは、なにかのお間違いでしょう」

「なんだってっ！　おれは、機関室全滅、という報告を受けた……」

「誤報です。缶室に爆弾が落下し、火災になりましたが、すぐに消しとめました。第一、第二缶室はやられましたが、主機械は作動していました。異状なく、動いていました。だから、退去命令を受けたとき、変だと思いました……」

「そ、それは、ほんとかっ！」

目をむいて西田が叫んだ。西田の頬から、みるみる血の気がひいてゆき、頬の肉がひきつったように、ピクピクと痙攣した。

「そんなバカな……」

叩きつけるように、そういいすてると、西田は蹌踉たる足どりで艦長室へ入っていった。

「主機械は動いていた。艦はまだ生きていたのだ。舵さえ直せば、なんとか救えたのに、それも知らずに、キングストン弁をあけるとは、なんというバカなことを……」

皮椅子に、のめりこむように躰を沈めた西田は、両手で頭をかかえこみ、がっくりと上体を前に折った。そして、長いことその姿勢を崩そうとしなかった。

そのとき、艦橋の方から、カン高い声が聞こえてきた。

『両舷前進原速！』

西田は、本能的にガバッと躰を起こした。だが、その西田を突き放すかのように、ふたたび、鋭い号令が聞こえた。

『右魚雷戦用意！』

魚雷戦とはなにか、なにを目標に発射するというのか。

「比叡だっ、比叡を沈めようというのだ。待てっ！　おれは艦にもどるっ！」

西田は足の痛みも忘れて、狂気のように廊下へとびだした。しかし、その瞬間、シャーと空気をひき裂くような魚雷の発射音が、西田の耳朶に伝わってきた。ああ、万事窮す、である。西田は、ふらふらと艦長室にもどっていく。はかられた！　というにがい思いが、ギリギリと胸中に突き上げてきた。だがしかし、だからといって、このにがい思いを、この恨みを、この責任を、だれに、どうやって向けていくこともできない。すべては己れ自身から発し、己れ自身に終焉する。すべては終わったのだ！　西田は塑像のように佇立《ちょりつ》していた。しかし、その胸底には、だれに向けることもできない怒りと哀しみが、ふつふつとたぎり、激情が、あらしのように西田の全身を吹き抜けていた。

西田は、いまはもう帰ることのできなくなった比叡の孤影に、呆然と目を向けていた。そこには、傷つき斃れた数百の部下の遺骸が残されているはずであった。しかし、それさえも、いまはもう手の下しようもない。おどろおどろしい悔いが、西田の全身をはしった。すべては終わった、とはいえ、苛責のみが西田の心に銛《もり》のように重く、突き刺さって残されていた。

西田は、黙したまま比叡と向き合っていた。その比叡に向かって雪風の魚雷が、突進していく——その重い瞬間を、西田はおのれの網膜に、しっかと焼きつけようとしているふうであった。

置き去られた「比叡」

さて、雪風の放った魚雷は、比叡の中央部に命中した。だが、比叡は沈まない。沈むことを、頑強に拒否し、意地になってがんばりつづけているように見える。しかし、比叡の上甲板は、すでに水面に没し、砲塔が波をかぶって、白いしぶきを上げている。大和の原型となった比叡独特の、天に吃立するがごとき高い檣楼も、艦の傾斜のせいか、ひどく低く感じられた。

沈みそうで沈まない比叡を見て、さらに阿部は、水雷長にとどめを刺すように命じた。

「魚雷発射用意っ！」

水雷長のカン高い叫び声は、冷酷なひびきをもって、比叡の乗組員の腹に泌みた。だが、艦隊の全責任を負う阿部にすれば、それどころではなかったのだ。

その理由は、いうまでもなく、護衛駆逐艦の損傷を防ぐことにあった。艦の犠牲は比叡だけでたくさんだ。比叡が沈んだとなれば、敵機の攻撃は、とうぜん残された駆逐艦群に集中される。

それに、そろそろ燃料が欠乏し、基地まで帰投できるかどうか心配だった。だから一刻も早く比叡を始末して、この場から脱出しなければならなかった。

さらに、阿部の決断をいそがせたのは、第四艦隊の愛宕、高雄の重巡群が、再度、ガ島砲撃のため、この海域に突入してくることであった。

第十一戦隊の企図が挫折したために、急遽、第四戦隊が投入されることになったのであるが、この場でモタモタしていて、もしも砲撃部隊とハチあわせをし、同士討ちでもはじまったら、おおごとである。万が一にも、そんなことはあり得ないだろうが、いずれにしろ、第四戦隊の行動を妨害する結果になることは事実であった。

阿部がいま、執るべき行動は、これを避けるためにも、北方海域に離脱すること以外にない。

阿部は、こうしたせっぱつまった状況に立たされていた。にもかかわらず、かれには、ひとつの戸惑いがあった。それは、西田への心情であった……。

「武士の情け」とはいえ、いってみれば奸計をもちいて、ムリに西田を退艦させてしまった。だから、そのつぐないのためにも、せめて比叡の最期を、西田に見とらせてやりたいと思った。

だが、それすらどうもできそうもない。いや、できないのだ。艦隊の安全をまもる責任を課せられている以上、それは大事の中の小事に過ぎない。そうは思ってみるのだが……。

阿部にとっては辛いところであった。阿部は思いきって、西田を呼ぶことにした。几帳面なかれは、西田の了解をとろうと思ったのである。

参謀に案内されて入ってきた西田の顔は、思いなしか蒼ざめてはいたが、すでに気持の整理ができていたのか、すこしもとり乱したようすはなかった。

「——艦長！」

阿部はそこで口をつぐみ、顔をふせた。

複雑な阿部の表情を見て、西田はすぐその心を読みとった。司令官が、なにをいおうとしているのか。正直いって西田は、せめて比叡の終焉だけは、自分の目でたしかめたい、と思っていた。

比叡をおのれの死場所と考え、いささかも疑わなかった——その処し方が失われたいま、せめて最期だけは見届けたい、と願う心情は熾烈なまでに激しかった。だが、阿部の立場を思えばそれを請うことは、できない。

〈自分だけが、耐えればいい〉西田は、とっさにそう考えた。

それは、つまり西田の人生に対する処し方でもあった。西田はいつのときでも、おのれよりも相手の気持をおもんばかり、相手の立場を考慮してのちに、自分のことを考える——つねにそういう生き方をしてきた。いってみれば、それは自己犠牲の精神にほかならない。ときには、歯がゆく、愚かしくさえ思えるのだが、かれはそういった姿勢を、死ぬまでかたくなにまもりつづけていた。男の生き方とは、「耐えること」であると、信じていたからである。

かれは、落ち着きはらった口調でいった。

「司令官、私におかまいくださるな。心配なさるには、およびません」

「ありがとう！　艦長」

阿部はそういって、いくども、うなずいてみせた。

かくして、雪風以下五隻の駆逐艦は、ソロモン群島北方海域に向かって、北上をはじめた。

夕闇の色濃くたちこめている海面には、敗残の比叡が、傾きかけた檣楼を黒ぐろと見せて、孤影悄然という形容詞のほかに、いいようのない落莫たる姿で、ただよっていた。

かくされたる真実

雪風の艦長室で、西田は軟禁状態におかれていた。

三人のガンルーム士官が、部屋の中と外で、それとなしに西田を監視していた。

西田の自決をおそれた雪風艦長のさしがねだったらしく、便所にいくのにも心配してついてくるのだ。ありがた迷惑なことであったが、西田は、そんな顔はすこしも見せず、

「この真夜中に、ご苦労なことだ。しかし、おれのことは心配せず、かえって寝たまえ。君たちは、おれが自殺でもしやしないかと思っているらしい。だが、おれは死なん。艦と共に死のうと思ったおれだが、艦を降りたからには死ねない。いま、死ぬのは卑怯だからな。むろん、艦を失った責任は重大であるし、その罪を免れようとは考えていない。しかし、こういう結果になったからには、査問会で、いうだけのことはいうつもりだ。進退についての決着をつけるのは、そのあとだ。それまでは死にやせん。わかったな、もうなにもいわず、だ

まって寝ろ」

噛んでふくめるように、じゅんじゅんと説く西田のことばに、士官たちは肩を落とし、涙をこらえている。

純情で、正義感にとんだこの若者たちは、日頃敬慕する艦長の身上に、どのような悲運が待ちかまえているかを、敏感に看取していたのである。

かれらは、黙って部屋を出ていったが、居室へはもどらず、潮風のふきつける通路に立ったまま、夜の明けるまで艦長のお守りをするのであった。

その夜、十時すぎ、第四戦隊がガ島砲撃を終え、現場を引き揚げたころ、雪風だけが比叡の漂流点とおぼしき海上にひきかえしてきた。それは、阿部司令官のせめてもの思いやりであった、というべきかもしれない。しかし、そこには、比叡の姿はすでになく、沈没を暗示するかのように、暗い海面上にドス黒い重油が、小さな層をなして、漂っているのがみとめられただけであったという。

＊

このようにして、西田艦長は、比叡の最期を、見届けるチャンスを逸してしまったのである。いや、この場合、そのチャンスを「放棄」した、といいあらためるべきであろう。

阿部の胸中を察し、艦隊の安全を考えれば、「艦の最期を見届けたい」と願う私情は、ゆるされるべきではない。西田はそう判断し、みずから、その機会を放擲したのだ。

それは、見方によれば、日本古来の武士道精神の真髄ともいうべき、清廉、枯淡の境地ではなかったろうか。出世主義や、権威主義に毒され、世俗的な栄達心が抜扈する風潮の中にあって、西田の行為こそは、おのれを滅する心に徹して、はじめて到達し得る心境といえるのではあるまいか。

だが、西田に与えられたものは、そうした経緯を、寸尺も参酌しない、非情極まりない烙印であった。その烙印は、武人にとっては最大の屈辱ともいうべき、「卑怯者」の汚名であった。

『――比叡の退艦ぶりが武人らしくなく、艦の最期を見届けていないのは、不届千万であり、艦長たる責任を全うしていない』

これが、海軍首脳の西田にたいする評価であったのだ。この裁決にたいしての批判は、いまとなっては、読者の判断にまかせるしかない。

念のためにつけくわえておくが、西田はこの作戦に従事する前に、少将の内命さえ降りていたのである。が、むろんそれは取り消されていた。

――海軍省人事局に保存されていた極秘の『比叡交戦記録表』をひもとくと、つぎのように誌されている。いうまでもなくこの記録表は、比叡と艦長西田大佐以下乗組員の、功績算定の基礎になる重要な資料である。

17・11・9 ――ガ島攻略前進部隊として、トラック島出撃。

11・12 ――敵巡洋艦五隻、駆逐艦数隻と交戦、大巡一隻撃沈。

11・13——敵巡洋艦と交戦、巡洋艦一隻撃沈、敵爆撃機、雷撃機と接触対戦撃退、被弾多数、被爆多数。

11・13——二三〇〇——サボ島の三四度、四・六浬を漂流中沈没したるものと認めらる。

〔功績等級〕殊勲甲

（参考）

11・18〜22——比叡乗員は金剛に移乗のままトラック島に待機。

23〜26——比叡乗員は、高雄及び日進に便乗内地に回航す。

〔功績等級〕勤労乙

この『比叡交戦記録表』が、だれの手によって書かれたものか、わかる道理もないが、『——漂流中沈没したるものと認めらる』という、軍人官僚の型にはまった冷酷な表現を、どう説明したらよいのか。

絶望的な局面にあって、なおその打開のために、命を削る思いで苦悩する西田への思いやりなど、一片だに見られないのである。軍官僚のものにする記録などは、元来、そうした記述のしかたをするのかもしれないが、その酷薄無情さが、行間に塗り込められているようにさえ思われてならない。

しかも、である。比叡の戦功を、「殊勲甲」と認めながら、西田を予備役に蹴落としているのは、どういうわけなのか。それだけではない。そのうえ、ご丁寧にも「厦門《アモイ》」駐在武官などという閑職をおしつけて、島流しにしている。

帝国海軍の誇った高速戦艦群の中で、もっとも栄光ある戦艦を最初に沈めた西田こそ、「憎きやつ」といわんばかりの仕打ちである。

そして、西田が期待していた査問会も、ついに開かれずじまいに終わった。

西田は、「汚名」をぬぐうための、陳述の機会すら、与えられなかったのである。

——当時の人事局長は、中沢佑少将であった。中沢は海兵では西田より一期先輩であったが、海大では同期生であった。だから、西田の人となりについてはよく知っていた。

その西田の責任をとがめ、行政処分したのは、人事をあずかる中沢であるといって、中沢を非難するのはあたらない。問題は中沢をして、そのように処置せざるを得なくさせた根拠である。つまり、根拠となるべき西田個人の業績資料が、どのような経路をへて、中沢のもとに回送されたのか、ということである。

これを裏書きする話がある。戦後もだいぶ経った昭和三十七年ごろ、ある場所で比叡乗組みの士官数人が、たまたま中沢氏と会った。

そのとき元比叡の士官たちは、西田艦長の比叡退去の経緯について、中沢氏に詳細に語った。

おおかたは、中沢氏も聞き知っていたが、西田が退艦を拒否したときの状況や、比叡の最期を見届けられなかった理由など、その真相をはじめて聞かされて、中沢氏は色を失い、愕然とし、憮然たる口調でこう語ったという。

「その話を、あの事件のときに聞きたかった。もしも、その事実があの時点でわかっていたら、私はあのような処分を起案しなかったであろうし、西田を救うことができたはずだ……」と。

ときすでに遅し！　である。

結果論ではあるが、かりにあのとき士官たちが、こぞって意見具申をしたところで、おそらくは却下されたであろう。当時の海軍部内の機構や系統の複雑さなどから見て、真実の声がそのまま人事局長のもとに伝えられるとは、とうてい考えられないのである。

現に、最高職である山本五十六長官の、翻意を求める声さえもが、嶋田によって退けられているのである。いずれにしろ、中沢人事局長のこの談話は、海軍部内の目に見えぬ相剋と、その根のふかさの一端を物語っているように思えてならない。

それにしても、西田の口は堅い。

この一事をもってして、西田の頑迷ともいいたいような実直さを、改めて思い知る気がするのである。部下はむろんのこと、かつての同期生にすら、心中の一端を洩らすことなく、心の奥底に秘めつづけてきた律気さ——戦後三十年近くもたてば、どのような秘事に関することでも、もう喋ってもいいだろうと、だれでもが考えることであろう。だが、西田は、こと比叡退艦と、西田にたいする海軍の処遇についての憤懣や、批判めいたことは、死ぬまで口を緘して語ろうとはしなかったのだ。

アメリカ側の評価

さて、「第三次ソロモン海戦」と銘うたれたサヴォ島沖の戦いによって、比叡は沈んだ。太平洋戦争における沈没第一号の戦艦であるだけに、比叡の喪失は連合艦隊と海軍首脳部に、かなりの衝撃を与えた。むろん、比叡の自沈は極秘に付され、新聞にもいっさい報道されなかった。

かくて比叡は滅んだ。悲運の挽歌とともに、南海の海底深く、三十年の生涯を閉じた。だが、戦艦の名に恥じない、堂々たる戦いぶりを示したことも事実である。だからこそ、海軍省は比叡の功績を評価して、「殊勲甲」を冠したのである。

そこで、戦史の一頁を飾る、この中世の海戦さながらの、サヴォ島沖海戦の結末について、もう一度触れておくことにする。

キャラガン艦隊の損失は、予想外に甚大であった。司令官キャラガン提督、副司令官スコット少将、参謀長ヤング大佐以下、艦隊首脳は、ことごとく戦死した。

また、夜明けまでに沈没した艦艇は、防空巡洋艦のアトランタ、大型軽巡ヘレナ、軽巡ジュノー、駆逐艦バートン、カッシング、ラフェイ、モンセンの七隻であり、大破したのは、重巡ポートランド、サンフランシスコ、駆逐艦アロンワード、オバノン、スターレットの五隻であった。そして、残余の艦艇も、すべて手傷を負い、満足なのは一隻もないほど、完膚なきまでに痛手をこうむっていた。アメリカ側の記録を見ると、『——十三日の金曜日は、たしかにアメリカ艦隊の厄日であった。初陣のキャラガンにとっては痛恨の二字につきる敗北であった』と誌している。

とくに、キャラガン艦隊の人的損傷は、日本艦隊の数倍におよび、近代海戦における大量殺戮のすさまじさを、如実に見せつけたのである。

比叡の主砲で、めったうちにされたアトランタは、百七十名がいっきょに屠られ、重軽傷者は三百名にも達した。ジュノーは七百名の乗組員のうち、四百名が戦死した。行動不能におちいったラフェイの生存者は、海中にとびこんだものの、艦体の爆発で飛散し、全員が即死した。

カッシングも、弾薬庫の誘爆発で、数十名の負傷者を残したのみで、生存者なしという状態であった。とくに悲惨をきわめたのは、夕立の魚雷で沈んだバートンの乗組員だった。隊列の後尾にいたモンセンは、比叡に五本の魚雷を放ち、果敢な攻撃ぶりを見せたが、あべこべに比叡の副砲による集中砲火を浴びて遁走をはかった。そのときモンセンは、燃えるバートンからのがれ、海中にとびこんだ三百余名の乗組員の真っ只中に、艦首を突っこんでしまった。そのため、海面に漂流していた乗組員のほとんどが、モンセンの舷側で砕かれ、また、高速で走る波にまきこまれたあげく、スクリューで切りきざまれるという惨状を呈した。

断末魔の絶叫が、海面をつんざき、逃げまどう水兵と、手足のちぎれた死体がおり重なって、悽愴な地獄図の光景をくりひろげたという。

また、こうして数百名の仲間を、一瞬にして屠殺したモンセンも、その直後、誘爆発を起こし、乗員もろとも、海底にのみこまれてしまった。

たった四十分の戦闘で、キャラガン艦隊は十二隻を撃沈破され、五千数百名の将兵を失ったのである。

これにたいし、阿部艦隊は、比叡の自沈は別として、暁、夕立が沈没、雷、村雨が中破程度の損害を受けただけであった。比叡のみあげると、実際に戦闘に参加したのは千四百三十二名で、うち戦死者は、鈴木先任参謀以下百八十七名、重軽傷者百五十一名となっている。

この戦死傷者の八割が、戦闘開始から、たった七分間のあいだにやられてしまったのだ。探照灯照射という手痛い失策と、近接銃砲撃戦の惨烈さを、そのまま物語る数字である。

ニミッツ元帥はその著書『ニミッツの太平洋海戦史』の中でこの戦いについて述べている。

『——三十分にわたって乱戦が、くりひろげられた。その混乱の激しさは、海戦史上に類例を見ないものであった。すべての陣列は乱れ、そして、戦闘は敵味方ともに、しばしば同士討ちをおかすという、各艦単独の一連の決闘と化した。激闘のすえ、両艦隊が真夜中の戦闘からかろうじて離脱したとき、日米双方ともに、むちゃくちゃに傷ついていた。

夜明けになって、はじめて損害がいかにひどかったか、明らかになった。日本は二隻の駆逐艦を失い、五千発以上の命中弾をくらい、ハチの巣のようになった阿部提督の旗艦「比叡」は、サボ島の北方で行動不能となり、ヘンダーソン基地からの攻撃機の反覆攻撃で、ついに沈没した。

キャラガンとスコットの両提督は、その幕僚とともに戦い斃れた。米軍は四隻の駆逐艦をうしない、重巡ポートランドと駆逐艦二隻は航行不能となり、アトランタもついに沈んだ。

軽巡ジュノーは、傾斜したまま戦場から離脱中、日本潜水艦の雷撃を受け、乗員七百名とともに海面から姿を消した。（筆者註・この海戦に日本の潜水艦は一隻も参加していない。駆逐艦の魚雷の誤りであろう）しかし、米艦隊は、圧倒的に優勢な日本艦隊と対抗したにもかかわらず、ケタはずれの勇猛さをもって、よくその使命を達成した。阿部の艦隊は退却し、田中少将の輸送船団は、ガ島に到着し得ず、基地にひきかえしたからである』

ニミッツ提督のこの論拠は、あながち負け惜しみとはいえない。なるほど数字の上では、阿部艦隊の圧倒的な勝利といえる。十二隻の艦艇を叩きつぶし、五千数百の兵力を屠ったのだから、比叡が『殊勲甲』をもらったのは、とうぜんであろう。

だが、この艦隊決戦は、日本側としては予想もしていなかった作戦外の戦闘であった。つまり阿部艦隊はキャラガン艦隊との遭遇戦を強いられたために、本来の目的であるヘンダーソン飛行場砲撃という、山本長官の至上命令を遂行することができなくなったのである。

この挫折によって、田中頼三少将指揮の輸送船団群は、ついにガ島陸岸に到達できずに終わってしまった。太平洋戦争の天王山といわれたガ島攻防戦の帰趨は、すべて阿部艦隊のガ島砲撃の成否に、賭けられていたのである。それが水泡に帰したとなれば、アメリカ側は重巡や駆逐艦の十隻くらい撃沈されたところで、いっこうに痛痒を感じないのである。

西田が死を賭して、ガ島陸岸に比叡を乗り上げさせ、陸上砲台たらしめんとはかった根拠も、この一事にあったのだ。

それからの西田艦長

さて、西田は雪風の艦長室にこもったまま、ほとんど外へ出なかった。かれは、宇垣参謀長に提出するための、『比叡沈没に関する戦訓所見』の草稿に没頭していた。

比叡の二の舞いを防ぐためにも、戦訓所見はいそがねばならなかった。それで、夜更けまで、暗い灯の下で鉛筆を走らせていた。

砲声のない深夜の海は静かであった。エンジンのひびきと、潮鳴りのほかにはなにも聞こえない。巡回する当直士官の靴音が、ときどき廊下に聞こえ、すぐに遠ざかっていく。艦は猛スピードで、トラック島めざして北上をつづけている。おそらく五日後には、トラック島に到着するはずである。

「――こんどのガ島砲撃作戦が終わったら、きみに、大和へ来てもらうつもりだ」

出発の朝、山本長官はそういって、西田の肩をたたいた。そのときの長官の顔が、チラリと思いだされ、西田はおもわず鉛筆の手をとめた。

〈いったい、どんな顔をして、長官の前に立ったらいいのか〉

しばらく考えこんでいた西田は、すぐに気をとりなおし、ふたたび草稿にとりかかる。

『――本戦闘は局地において、夜間近距離、しかも咄嗟に開始せられ、且つ多数敵艦艇の各種砲及び、機銃の集中射撃を受けたものなり。

しかも、翌朝、敵航空基地至近の位置にて、敵機の反覆襲撃に曝露されるのやむなきに至りたるものにして、かかる戦闘はきわめて特殊のものというべきであろう。

本戦訓所見中には、本戦闘の如き特殊状況の場合にのみ関し、これが一般的適用についてはさらに大局的考察を要するもののある点、とくに留意を要す。
1、舵取機室、舵柄室付近の防御力の強化改善を急務とする。
舵取機室、舵柄室の浸水は、主として通風路の破壊にあるものにして、通風路は両舷舵取機室及び舵柄室に共通せるため、全部に浸水し室内よりこれが防止不可能となれり。

これは室内より開閉不能なりしためで、排気弁が蝶形弁なるため、浸水圧力に屈し閉鎖不能となりて、被害を増大せしめたるものなり。
2、本戦闘後、舵が流れたるは、右舷舵取機械室の浸水急速なりしため、集合弁閉鎖の暇なく電磁弁は直ちに作動したるも、次後圧力くわわり、電磁弁のみにてはこれを支えるあたわず、舵流れしと想像せらる。舵機故障の場合の舵固定装置は、でき得れば、舵を中心に固定し得るごとく装置するが必要なり。

3、人力操舵装置は舵取機室に隣接し、また舵取機室、舵柄室も、両舷相隣接せるため、付近被害に際しては、操舵まったく不能となる機会大なるため、舵機室の配列、人力操舵装備場所に関して、研究の要あり……』

ここまでいっきに書きすすめた西田は、そこで鉛筆を投げすてた。

〈たった一発の砲弾——舵取室に命中した一発のために、比叡を失ってしまった。舵取機械室が比叡のアキレス腱になろうとは……〉

そうつぶやく西田の頬を、ひとすじの涙が滑り落ちていた。それは、不運というには、あまりにも非情な、痛憤の涙であった。

第十一章　鎮魂の沈黙

第十一戦隊の末路

　比叡沈没後六日目の十一月十八日の朝である。雪風を先頭に、照月、朝雲ら五隻の駆逐艦が、トラック島環礁の北口海面から、薄い朝露をついて入港してきた。敵機の熾烈な爆撃で被弾し、どの艦も艦体のあちこちに傷痕を刻みつけていた。

　思えば、十日前の十一月九日の早朝。比叡、霧島を中心に、中将旗を檣頭高くかかげ、堂々の陣形を組んで出陣していった第十一戦隊であった。その艦隊が、征くときの威風四海を圧したあの偉容はどこへやら、たった五隻の小艦艇のみが、いま還ってきたのだ。高速戦艦独特の天を衝く橋楼を持った比叡もいなければ、霧島の姿もない。これをして「秋風落莫」というべきか、はたまた「孤影悄然」と形容すべきか、敗残艦隊の寂しい帰港の光景であった。

された、この艦隊を迎える人々の目は、とうぜんのごとく冷ややかであった。

山本長官や宇垣参謀長の姿は、大和の司令塔には見えない。山本の幕僚十数人が、ラッタルに並んで、ゆっくりと湾内に入ってくる雪風を見下ろしている。

「還ってきたのは、たったこれだけか」

若手の参謀が、いまいましげに呟いた。

「比叡だけならまだしも、霧島まで道連れにされるとは、なんということか」

「第十一戦隊は潰滅だ。不甲斐ない話よ」

参謀たちは口ぐちにいって、暗然とした顔になる。栗田中将の第三戦隊が、第一回の突入に成功し、敵飛行場を火の海にさせているだけに、参謀たちの目には、第十一戦隊の戦いぶりが、いかにも拙劣で、指揮官が無能に思えてくるのである。

阿部中将や西田艦長への批判の声は、報告登舷のまえに、はやくも大和艦上でくすぶりはじめていたのだ。第十一戦隊が演じたキャラガン艦隊との死闘が、近代海戦の常識を超えた、舷々相摩す乱撃戦であった様相を知れば、このように軽薄極まる批判なぞできるわけがないのだが……。しかし、参謀長宇垣纏中将は、さすがに廉直な武人を思わしめるものがある。

阿部の胸中を酌み、深いところに思いをいたす宇垣は、『戦藻録』の中で、このときの状況をこう誌している。

『――早朝戦傷の駆逐艦入港、第十一戦隊の比叡、霧島を欠くは心寂しき限りなり。

夜嵐に黄菊の折れや枝六つ

註：（比叡、霧島、衣笠、夕立、暁、綾波の亡失を悼む）〇八〇〇―第十一戦隊司令官阿部弘毅中将、顎下に弾片負傷の姿にて来訪。麾下の二艦を失いたるに対し、悲痛な報告あり。乗艦を喪うて帰る将士の心事まさに同一なりとす。ことに比叡の処分問題にもっとも心痛し、「かかることとなれば、ひとおもいに、比叡にて戦死すればよかった」と思えりと述懐せり。心中推察するにあまりあるものあり』

西田が「悲劇の艦長」ならば、阿部は「不運の提督」というべきかもしれない。阿部が二重の業苦を背負わされたのは、比叡にくわえて、さらに霧島を喪失したことにある。

戦艦霧島は、比叡沈没の翌十四日、皮肉にも比叡が沈んだのと同じサヴォ島沖の、やや西北方よりの海面で、比叡と同じ運命をたどったが、比叡とちがって霧島は、太平洋戦争開始以来はじめての戦艦同士の砲撃戦で、矢折れ、力つきて敗れたのであった。

霧島は、比叡の沈没後、北方に向かって退避中、近藤中将指揮下の第二艦隊が、ルンガ沖に再度突入することになったため、これに合流して、ふたたび南下を開始した。

ガ島砲撃部隊は、霧島のほかに、重巡愛宕、高雄、軽巡川内、長良。このほか駆逐艦九隻が参加していた。ところが、このガ島突入部隊は、やがて、米軍機と米潜水艦とによって発見されるところとなり、報告を受けたハルゼー提督は、この日本艦隊の突入を阻止すべく、新鋭戦艦サウスダコタとワシントン（ともに三万五千トン）に駆逐艦七隻を配して、南下中の日本艦隊をサヴォ島沖に邀撃したのである。

霧島とサウスダコタは、一万メートルの距離から、同時に砲門をひらいた。はじめは霧島が有勢で、主砲、副砲がサウスダコタに数発命中し、火焔が宙に噴き上がった。

この砲撃戦の真最中に、ワシントンが側面から四十センチ砲を霧島に浴びせかけてきた。霧島は猛煙につつまれながら、二戦艦を相手によく反撃したが、ワシントンの主砲弾九発が命中するにおよんで、電信室全滅、前部主砲塔全滅という大損害を蒙ったうえ、比叡と同じように舵取機室に被弾し、面舵のまま航行不能におちいってしまった。そして、さらに悪いことには、一度は消火に成功した大火災がふたたびひろがって、ついには、火薬庫が誘発爆発する危険が生じてきた。艦長の岩淵三次大佐は、ただちにキングストン弁をひらき総員の退去を命じた。しかし、それでも命令がおくれたため、照月が横づけになると間もなく、右舷から傾斜しはじめ、サヴォ島西北海上に、軍艦旗と共に沈んだ。艦長以下千百二十八名は、駆逐艦に救助されたが、戦死傷者二百十二名は艦と運命を共にした。

戦艦同士の砲撃戦は、想像を絶する惨烈さであった。ワシントンの四十センチ砲は、霧島の主砲八門のうち七門までを、いっきょに粉砕してしまった。

しかし、霧島もよく戦った。サウスダコタの上部構造物を叩きつぶし、ワシントンにも甚大な損傷を与えたが、砲力の差はいかんともしがたく、二艦を撃沈させることはできなかった。

いずれにしても、比叡と霧島の兄弟艦は、ともに似通った末路をたどり、同じ海域を墓場として果てたのは、はなはだ運命的であった。

第三次ソロモン海戦と銘うたれたこの海戦も、かくて日本艦隊の敗北に終わり、ガ島への救援作戦は、そのすべてが挫折してしまった。

大本営がガ島放棄を決定し、陸軍部隊の撤退が開始されたのは、それから三ヵ月後のことであった。いってみれば、山本長官が起死回生の策として託した望みは、阿部艦隊の思わぬ蹉跌によってガタガタになり、ついにはガ島奪回の計画も潰えてしまったのである。これは、虎の子の二戦艦を沈めた、ということだけではおさまらぬ問題であった。

「ひとおもいに、比叡で戦死したかった」

と、阿部が述懐したのも、そのへんの事情を物語って、あますところがない。

＊

阿部につづいて西田が大和艦上に宇垣を訪ねたのは、その翌日であった。『比叡沈没に関する戦訓所見』を三日がかりで書き上げ、それをたずさえた西田が、宇垣と会ってどのような会話をかわしたのか。また、「きみに大和に来てもらうつもりだ」と次期大和艦長の椅子をほのめかせた山本五十六長官が、どんな顔をして西田を迎えたのか。このへんが非常に興味のあるところであり、筆者としても知りたいところでもあった。

しかし、西田大佐はかたくなに口を閉ざして語ろうとはしなかったので、じっさいに山本と会ったかどうか、それすら判然としなかった。ただ、西田の困惑げなその表情から推察すると、幕僚たちの西田に対する視線が冷ややかであったことは、たしかであろう。仄聞するところによると、「大和艦長という好餌に魅せられ、比叡で死ぬことを肯じ得なかったのだ」と、暴言にもひとしい陰口をたたいた参謀がいたという。西田の人となりを知り、また、比叡沈没の状況がわかっていれば、このような浅薄な批判はできないはずであった。いまとなってみれば、そのようなことをいったかいわないか、を詮索してみてもはじまらないが、司令部内にそうした空気があったことは事実であろう。だから、卑怯者だとか、武人にあるまじき行為——などという声が、海軍省や軍令部内にひろがったのである。

宇垣との会見のさい、西田はおのれの信ずる胸奥を、あますところなく吐露したことが、うかがえる。

『——比叡艦長西田正雄大佐、午後来艦す。声涙その苦衷を報告す。余輩極力慰撫につとむ。毎回のことながら、語る人ともに、これぐらい辛きものはあらざるべし。海軍指揮官として、最大の苦悩たるものなり』

と、『戦藻録』に誌した宇垣のことばが、この間の経緯を如実に物語っているように思える。

幕僚たちの風あたりは冷たかったが、ひとり宇垣のみは、西田に同情的であり、武人らしい思いやりを寄せている。終戦の日、みずから特攻機を駆って自爆して果てた宇垣の最期と思い合わせ、「さもありなん」との感懐を、筆者はいだくものである。

＊

阿部中将とその幕僚、西田艦長以下、比叡の乗組員たちは、その日のうちに、戦艦金剛に移乗を命ぜられた。艦を失った乗組員は、みじめであった。金剛の「居候」となった将兵は、片身のせまい思いで、金剛の給与のおあまりを頂戴する仕儀となった。

金剛はガ島砲撃に成功し、比叡は反対に失敗して艦を沈めた。両者の立場は下っ端の兵隊にまで、勝者と敗者の明暗を色わけしていた。「飯上げ」の号令が出て、比叡の乗員が烹炊所へとんでいくと、金剛の烹炊兵が、「敗残兵のくせに、メシだけは一人前に食いたがる」と、したり顔でいやみをいい、怒った比叡の兵隊と喧嘩沙汰になるという一幕もあった。

こうして、比叡の乗組員たちは、十八日から二十二日までの五日間、息の詰まるようなやりきれない時間をすごし、二十三日朝、かれらは、その苦しみからようやく解放されて、重巡高雄と水上機母艦日進に分乗して、横須賀軍港へ向かった。

＊

しかし、西田のほんとうの苦悩は、横須賀に帰港してからはじまったというべきであろう。

十二月三日、西田はひさしぶりに横須賀の土を踏んだ。十七年七月一日、第二艦隊第十一戦隊が編成され、補給整備を終えて柱島へ向かったあの日以来のことである。

上陸した西田は、横須賀鎮守府長官平田昇中将に、戦況報告をすませたあと、すぐに海軍病院に入院した。レントゲンで透視した結果、左足のふくらはぎと、蹠《あしうら》の二個所に銃弾の破片がくいこんでおり、摘出手術を必要としたからである。

全治まで約二週間かかった。十二月二十日の退院と同時に、西田は横須賀鎮守府付となった。鎮守府付という閑職にまわされた西田に残された仕事は、比叡の残務整理と、部下乗組員の配置転換に関する人事局への接衝であった。

最後まで不運な比叡と共に勇戦敢闘してくれた部下たちを、よりよき部署へ送りだすことが、艦長としての責任であり、せめてもの部下への償いである。西田はそう信じていた。泊浦《とまりうら》の海軍工廠に隣接した突端に、砲術学校があった。その砲術学校の教官室の一室をあてがわれた西田は、毎日のように横須賀線で上京しては、海軍省の人事局へ顔を出し、部下の身の振り方について交渉をつづけた。

その熱心さは異常なほどで、担当の人事課員が辟易するほどであったという。

その結果、航海長志和中佐は航海学校の教官、砲術長竹谷中佐はアンダマン根拠地隊参謀、主砲発令所長柚木哲少佐は第八陸戦隊参謀、甲板長大串秀雄少佐は横鎮付、分隊長小倉益敏大尉は兵学校教官、掌信号長坂本松三郎大尉が航海学校の教育主任と、それぞれの落ち着く先がきまった。その勤務がえも、家族が呉に居住している場合は、なるべく呉付近に勤められるように心をくばるなど、西田らしい思いやりをみせた。

ひとりの訪問者

西田の住いは、横浜駅からさして遠くない台町にあった。しかし、几帳面な西田は、人事の配置問題が片づくまで、家が近いにもかかわらず、ほとんど帰宅することもなくボロ校舎の一室に寝泊まりしていた。

わずらわしいその仕事が、ようやく一段落した三月のはじめ、西田はひさしぶりに横浜の家族のもとに帰った。家族といっても、次男の正義と三人の娘がいるだけである。西田には妻はなかった。かれが海軍大学校の教官をしていた昭和十二年二月、妻の照子は病のために亡くなっていたのである。

当時、西田は四十三歳という男盛りであった。先輩や同期生たちが、後添いでも貰ったらどうかとしきりにすすめたが、西田はかぶりをふって相手にしようとはしなかった。

照子とのあいだに、二男三女があったが、結婚以来十四年間というもの、海外出張や艦隊勤務ばかりで、家庭を顧みる暇もなく、子供の養育など、すべてが妻にまかせっぱなしであった。生来あまり健康にはめぐまれなかった照子だけに、そうした長年の無理がたたって、寿命を縮める結果になったのである。

西田がかたくなに後妻をめとろうとしなかったのは、妻に対する謝罪の気持がそうさせたのではないだろうか。

留守宅には長女の淑子、次女和子、次男正義、三女の道子がいた。みんなそれぞれ学校に通っていたが、女学校を卒え、すでに二十一歳になっていた淑子が、母のかわりに家事をきりまわしていた。

西田が帰宅したその日、陸軍士官学校在校中の長男の正人（陸士57期）が、休暇で帰っていた。正人は、少尉任官を目前にしていたときで、毎日猛訓練をつづけており、まっくろに陽灼けしていた。その正人の従兄弟に、大本営陸軍部参謀で動員関係を担当していた田中光祐大尉（田中静壱大将長男）がいたが、じつはこの田中から、過ぐる十一月十四日、

「公電はないが、叔父さんはソロモンで戦死したらしい」と、ひそかに聞かされ、すっかりあきらめていた。が、その後、「西田部隊」と発信名のしたためた手紙をもらい、父が無事だったことを知って胸を撫でおろした。そういうことがあっただけに、正人は元気な父の姿を見ると、「お父さん！」といって思わず父の手を握った。

「心配せんでもいい……」

西田は和服姿にくつろぐと、正人だけを応接間に呼んでこういった。

「お前も知っているだろうが、わしは比叡を沈めた。沈めたことによって、海軍部内から、いろいろな声が起こり、わしの耳にも入ってくる。しかし、たとえどのようにいわれようと、国軍の幹部将校としてのお前の将来に、傷がついたり、肩身のせまい思いをさせるようなことは、断じてしていない。それだけは、わかってほしい」

「わかっています。海軍内部の事情など、私にはわかりませんが、お父さんが、どんなに苦しい立場にあるか、理解しているつもりです。周囲の噂なぞ、いっさい気にしません。私は、お父さんを信じていますから……」

「ありがとう」

息子のことばに、西田はすくわれた面持で、いくどもうなずいていた。

その夜は、親子水入らずで、ひさしぶりに食卓をかこんだ。西田は口かずこそ少なかったが、たえず笑顔をたたえ、娘たちの話題を楽しげに聞いている。

正人は軍人だけに、父の悲運と複雑な胸中を、敏感に察知していた。なにごともなかったかのように、子供たちの前で微笑をたやさない父の横顔を眺めながら、その胸の奥に秘めた心情を思うと、その笑顔さえも悲しいものに思えてくるのであった。

口にこそ出さなかったが、玄関に立ったときの父の軍服姿を見て、正人は胸をつかれた。紺サージの制服が、なんとなく躰にぴったりしてなかったからである。あきらかにだれかの借り物であった。お洒落で身だしなみのよい父が、襟のだぶついた服をつけているのだ。三十数着もあった夏冬の軍服は、すべて比叡とともに沈んでしまった。西田が着用していた冬服は、じつは同期生島本久五郎大佐から借りたものであったのだ。

正人がそれを知るわけもなかったが、艦を失った艦長の姿をそこに見た気がして、正人は胸をしめつけられる思いがしたのである。

島本といえば、その島本と一宮義之の両大佐の少将栄進が発令されたのを、正人は知っていた。海兵のクラスヘッドとして、いつもトップを争った一宮と島本──西田に少将昇進の内命が降りたとき、この三人の氏名が新聞に発表になっていた。にもかかわらず、正式に発令されたのは、一宮と島本だけであった。

「──戦艦一隻を沈めた責任は重大だ。艦を沈めておいて少将進級もない。とうぜんのことだ」

正人は、内心ではそう思ったが、父の横顔を見ていると、やはり寂しい気がした。

その翌日のことであった。ひとりの意外な訪問者があった。そして、その人から、思いもかけない事実を知らされて、西田は驚愕した。

それは西田にとって、まさに「青天の霹靂」ともいうべき、冷酷無残な通達であった。

その訪問者は、かつての同期生であり、海軍省の高級副官である大和田昇大佐であった。

数年ぶりの再会に、旧友同士たがいに、懐かしげに握手をかわした。

「――西田君！」

応接間に通された大和田は、頰をこわばらせながら、いいにくそうに口をひらいた。

「おれは、君に恨まれそうだ。貧乏クジをひいてしまった。許してくれたまえ」

「貧乏クジ？　それはまた……」

西田は、けげんそうに、大和田に視線をそそいだ。その視線を避けるようにしながら、大和田は一通の書類を、テーブルの上にひろげた。

『待命被仰付　海軍武官服役命第十三条ニ依リ現役ヲ退カシメ候此旨諭告ス
海軍大臣』

西田は、一瞬、自分の目を疑い、息をつめた。「待命」「服務令」「諭告」――自分の運命を決定づけたそれらのことばが、錐のように脳裡に突き刺さってきた。

西田はひくく呻き、必死に耐えようとした。

西田がひそかに待っていた査問会――その「査問会」はオミットされ、いっきょに息の根をとめられたのだ。いま、西田の内部で、なにかが音をたてて崩れはじめていた。それは、壊れた時間であり、裂けた時間であった。おのれのまったく知らないところで、おのれの進退に対する苛責ない裁断が下されていた――というそのことに、西田は驚愕したのだ。もはや、反証の場は永遠に失われてしまっていたのである。

「――西田君」

と、大和田は表情をゆがめ、同情するような口ぶりでいった。

「――運不運は、戦する身にとって、避けることのできない宿命なのだ。きみのような人材を失うことは、帝国海軍にとって大きな痛手である。まったく、痛恨のきわみというべきだろう。しかし、お上の裁定とあれば、いたしかたあるまい。いずれは、ふたたび召される機会があろうかと思う。どうか、それまで十分に自重してほしい」

大和田の慰めのことばも、いまの西田には空疎にさえ聞こえる。いや、旧友への思いやりとも聞こえるが、じつのところそのことばの底には、中央における尊大な権力者の冷酷非情な思想が窺え、それを代弁する旧友、大和田の立場もまた辛かったにちがいない。

「それでは、私はこれで……」

大和田は運ばれた茶もすすろうとせず、そそくさと帰っていった。

外には濃い闇がたちこめ、冷たい風が庭の立木をゆすっていた。玉石を踏みならす大和田の靴音が、風の中にしだいに遠のいていく。旧友のその足音に、西田は身じろぎもせず、火の気のない冷えきった応接間で、耳を澄ませていた。やがて、その足音が消えた。と、不意に、ふかい水の底をさまよっているような孤絶感が、ひたひたと全身をつつむのを西田は感じはじめていた。

〈なにもかも、これで、すべてが終わったのだ〉

三十数年間、おのれのすべてを賭けて、海軍につくしてきた。海軍こそ自己を燃焼させる場であり、そこで死することを誇りと信じてきた。が、その海軍は、形式的なたった一行の文字によって、こともなげにひとりの人間を抹殺した。そう、たしかにそれは「抹殺」であった。

西田はそのとき、はじめて「抹殺」ということばの重さに、思いを馳せていた。

〈そうだ。おれは、抹殺されてしかるべき艦長であり、指揮官であった。中央の仕打ちに怒ったり、不服をとなえる筋合いではないのだ〉

西田はいまにして、ソロモンの海の墓場を思った。サヴォ島沖北西の海底に、ひっそりと眠っているであろう比叡と、二百二十八名の部下の遺体。三万八千トンの巨体は海底の岩場と化し、三十六センチ砲の砲塔は赤錆びて朽ち、魚群の棲家と変じているのであろう。艦橋や上甲板に遺棄された将兵たちの遺体は、すでに白骨化し、おびただしい数の髑髏《どくろ》の周辺には、ドギツイ原色の縞模様を持った熱帯魚が、群れをなして遊弋し、そしてまた、白骨と化した肋骨のあいだからは、花をつけた海草のたぐいが繁茂し、ゆらめきただよっていることであろう。

まさに鬼哭啾々、怪奇とも幽鬼とも形容しがたい、海底の墓地の悽愴な光景が、西田の網膜をよぎり、部下たちの慟哭が、海鳴りのように耳朶をうちつづけるのであった。

〈死なば比叡と共に……〉

部下たちにそう誓った西田であった。

〈——そのおれが、生きている。生きて自分の家に還ってきた。ここはまぎれもなくおれの家である。明るい灯の下で、家族たちに囲まれ、団欒のひとときを過ごすことができる。それなのに君たちは……そして、君たちの遺族は……〉

そう思ったとき、悔恨が、怒りが、胸の中に煮えたぎり奔流となって喉元につきあげてきた。

〈——諸君！　ゆるしてくれ、西田は無能だった。無能なる艦長であるが故に、君たちを殺してしまった。しかも、そのおれだけが、おめおめとこうして生きている。おのれを処する道すら講ずる術もなく……。死所を得て万代に貽し得る武人は幸であるが、その道を踏みはずしたる者は、いかなる世人のそしりを受けようとも、ただ甘受するしかないのだ〉

ソロモンの海に恨みは残る。だが、万斛《ばんこく》の涙をながそうとも、恨み、つらみは癒えない。

「ゆるしてくれ」

「ゆるしてくれたまえ」

激しい嗚咽が、西田の唇から洩れた。上体をよじまげ、両手で頭をかかえこみ、声を殺して西田は哭いた。その嗚咽の声は、戸外に吹きすさぶ寒風に、ときに消されながら、つづく。

正人は、異様な父の声を隣室で聞きとがめ、廊下へとびだした。そして、応接間のドアのノブに手をかけた。が、腸からしぼりだすような悲痛な声を聞くと、手を放しその場に棒立ちになった。生まれてはじめて耳にした、父の泣く声──正人は呆然として息をのんだ。

「お父さん、泣いてください。思いきり、声をあげて、泣けるだけ泣いたらいいんです」

正人はドアの外からそう呼びかける。呼びかけながら、正人もまた、あつい涙をこぼした。

坂本大尉の真情

「待命」の使者となった大和田大佐の来訪を受けてから五日後の三月二十日、西田は正式に予備役編入の通知を受けた。それと同時に、即日「充員召集」され、横須賀鎮守府に出頭せよ、との訓令を受けた。

横鎮長官平田昇中将から与えられた西田のあたらしいポストは、「厦門在勤海軍武官兼厦門方面特別根拠地隊付」という、長ったらしい肩書であった。

厦門《アモイ》は、台湾海峡をはさんだ中国福建省の港湾都市で、対岸に要衝金門島があり、海軍の根拠地として陸戦隊一個大隊が駐屯していた。

しかし、同じ南方地域でもこの方面は、砲声はまったく聞かれず、もっとも平穏であった。西田は、その平和な厦門の駐在武官に転出することになったわけである。これは、いってみれば、「島流し」であり、「姥捨山《うばすてやま》」であった。意地悪くみれば、懲戒的な人事だともいえよう。この人事には、嶋田流の底意が、多分に露呈されていた。

軍令部の中には、語学が堪能であり、イギリス駐在武官の経験を持つ西田を、トルコ駐在武官として派遣し、ヨーロッパの情報収集活動をやってもらおう、という動きがあったが、嶋田が真っ向から反対したらしい。

嶋田がなぜ、このように西田を忌避したのか、その真相はただすべくもないが、山本をはじめとする艦隊派と、嶋田らの本省派との反目抗争が、尾を曳いていたことは事実である。

西田の待命が発表されたとき、怒った山本は嶋田に撤回を求めるため、わざわざ宇垣を派遣している。先任参謀の黒島も、後日、人事局に怒鳴りこんだ、という話もある。西田の島流しに切歯扼腕した大井篤大佐も、「嶋田のバカヤロ奴！」と口を極めて罵倒したという。が、「東条の腰巾着」とか、「海軍史上最低の海軍大臣」とか、さんざん悪口を叩かれた嶋田は、山本らの要望には耳をかそうとはせず、すべてを一蹴してしまったのである。

平田横鎮長官から辞令をもらった西田は、その後、挨拶回りのため、水交社へ足を向けた。そこでたまたま、傷癒えて退院したばかりの阿部中将に出会った。

阿部もまた、西田同様、詰腹を切らされて、予備役に編入されていたのである。

そのとき、阿部は沈痛な表情で、西田に詫びながらこういった。

「――君が予備役になったと知ったとき、わしは目の前が真っ暗になったよ。わしが拙劣な指揮をとったばかりに、比叡をなくし、君の将来まで台なしにしてしまった。わしはもう先がないから、どのようにされようとかまわないが、きみはちがう。海兵、海大のクラスヘッドとして、早くから嘱目され、やがては、提督として連合艦隊の総指揮をとるべく、約束さ

海軍大臣嶋田繁太郎。西田大佐の左遷に関与したという

れた人なのだ。そのきみが、わしと組んだばかりに……わしは、皺腹をかき切って詫びても、それを償うことはできないだろう」

温厚で、一徹な阿部は、訥々とした語調で語りながら、細い柔和な目に涙をにじませていた。

「司令官！　なにをおっしゃるのです。私こそ、司令官を補佐する立場にありながら、まっとうすることができず、あんな結果を招いてしまったのです。私が予備役に追いやられたのも、とうぜんの報いかもしれません。しかし、悔いは残ります。部下の遺体を収容することもできず、比叡を放棄してきたことを、私は私の心の重みとして、生きるかぎりそれを背負っていこうと思っております。そうすること以外にソロモンの海に眠る部下の魂を鎮めることはできないのです」

現役を逐《お》われた二人の敗将は、傷ついた互いの心をいたわり合いながら、激しかったサヴォ島沖の戦いに、しばし思いをめぐらせるのであった。

*

その日の夕刻、西田は砲術学校の居室にもどった。すでに比叡に関する残務整理は終わっていたが、書類の一部がまだ残っていたので、それを片づけにきたのである。

すると、それからほどなくして、ドアをノックする音がした。

「だれか？」

西田の声と同時に、坂本松三郎大尉が、巨体をかがめるようにして入ってきた。

「おう！　掌航海長か」

坂本は航海学校の教官に転出していたが、思わず、比叡時代の呼びかたをした。

「艦、艦長っ！」

坂本は直立の姿勢をとったが、すぐにガクリと頭を垂れた。

「艦長、艦長が予備役になられたと聞いて、飛んできました。艦長のようなかたが、現役を退いて、いったい戦争はどうなるのですか。いや、日本の運命は、どういうことになるというのですか。お教えください、艦長……」

坂本はそこではげしく泣きじゃくり、軍服の袖で涙をぬぐった。

「これもみな、私のせいです。私がよけいなことをしたばかりに……。しかし、私はあのとき、艦長を比叡に置いてくることが、どうあっても、しのびがたかったのです。艦長を置いて、私たちだけが退艦するなんて、そんなことができるでしょうか……でも、結果的にはそれが艦長を現役から追放することになった。だとすれば、私は、私は……艦長、お許しください」

八十五キロもある巨漢の坂本が、両拳で目をおさえ、子供のようにしゃくり上げる姿は異様であった。

「なんだ、坂本、大きな図体して……みっともないぞ」

西田はわざと声を荒げて叱りつけた。が、内心は坂本の気持がうれしかった。東北人らしい素朴な感情をむきだしにし、自分を取り繕うことを知らない坂本の人柄が、西田の心に泌みた。

「いいんだよ、坂本君。君のその気持だけで、私は十分なのだ。私は近いうち、南支へいくことになった。もう、第一線には二度と出ることはないだろうが、君とはいつ再会できるかわからない。しかし、私のことは心配するにはおよばない。そのことは忘れ、よりいっそう任務にはげんでほしい」

西田はそういって、あべこべに坂本をなぐさめ、笑って送りだした。

艦長、故山に帰る

その後の西田は、不遇の人であった。中央から逐われたかつてのクラスヘッドは、外地の閑職に埋もれ、文字通り「冷飯」をくわされたまま、終戦を迎えたのである。

西田は、厦門駐在武官を一年半つとめたあと、まったくの素人同様で、第二五六海軍航空隊司令兼副長として、航空輸送任務を担当し、さらに上海の第九五一航空隊派遣隊長に任命された。そして、二十年五月、福岡地方海軍人事部長に転じ、そのまま終戦となった。

終戦後は、そのまま復員官として、海軍関係の復員業務にあたっていたが、二十一年三月、佐世保復員局が閉鎖されることになり、西田は、まったくの無位無官となった。帰るところといえば、郷里の龍野しかない。しかも、西田は長男ではあったが、中学四年生から兵学校へすすんだので、父祖伝来の屋敷田畑は、弟の徳治が相続していた。だから、生家にもどったとしても、西田名儀の財産らしきものは、なにひとつ残ってはいなかった。

兵学校へ入学するときに、自分からそういい残していったのだから、それはそれでよかった。いまさらなにも欲しいとは思わなかったが、まあ当分のあいだは、父が建ててくれた離れで、「晴耕雨読」の生活でもさせてもらおう。そんなことを考えながら、西田は、買い出しの人でふくれあがった大阪行きの鈍行列車の人となった。

＊

播州路は、すでに春であった。沿線には、麦の畑が青々と広がり、黄色い菜の花が揺れて、雲雀が高く低く舞いながら、囀《さえず》っている。西田は、蒸気機関車の吐き出すきなくさい煙の匂いをかぎながら、数年ぶりに車窓に見る故郷の風景を、あきることなく眺めていた。姫路から小一時間、列車はやがて東觜崎《はしさき》の駅に到着した。

畑の真ん中にポツンと立っている古びた小さな駅舎。砂利を敷いた乾いた歩廊《ホーム》—兵学校へ入学したとき、胸をおどらせて発っていったときのことが思い出されて、西田はだれもいなくなった歩廊に、ひとり立ちつくしていた。

駅前通り、といっても、自転車の置屋、荷物扱所、たばこ屋といった店が数軒、ひさしをならべているだけのさびしい通りに出ると、幾人かの人にすれちがった。中には、見覚えのある顔もあったが、だれひとり声をかけてくるものはなかった。みんな、そっぽを向き、気づかぬふりをして遠ざかっていくのだ。――かつて、西田が海軍大学校を優等で卒業し、恩賜の軍刀を拝したとき、地元はたいへんなさわぎだった。『――西田少佐は陸の田中中佐とともに、郷土龍野が生んだ俊材である』新聞は西田の写真入りで書きたて、村人はきそって生家にかけつけ、祝辞を述べたものである。

「陸の田中」というのは、終戦時第十二方面軍（東部軍管区）軍司令官だった田中静壱大将のことであり、田中大将は、畑中中佐ら近衛師団の一部将校が、録音盤奪取を企て森師団長を殺害して蜂起するや、ただちに鎮圧に乗りだしたあと、宮中に参内、陛下に部下の不徳をお詫びしたのち、責任をとって自決したことで知られている。

じつをいえば、田中大将の夫人みさお子の妹照子が、西田の亡くなった妻であった。したがって、田中と西田とは義兄弟、ということになる。その田中も、陸大を首席で卒業した軍刀組であり、陸海そろって二人の軍刀組を輩出したのだから、龍野中学の生徒にとっては、「おらが先輩」でもあった。

ついでにいえば、哲学者の三木清も、龍野中学で西田のクラスメートであった。三木は『哲学ノート』の著者として大いに文名を高め若い読者層を広く集めていた。

かれは、戦時中、反戦主義者のレッテルをはられ、特高に検挙されたあげく獄死している。中学時代の席次を見ると、西田は終始トップを占め、三木がこれにつづいていたが、ついに最後まで西田を追い抜くことができなかったという。

しかし、「龍野が生んだ海軍の逸材」も「郷土の誇り」も、敗戦を契機に泡沫のごとく消し飛んでしまった。戦争に負けたことで、人間の価値評価は一変し、もはや、ただの人にしかすぎなかった。いや、それればかりか、妙によそよそしく、避けようとさえしているふうに、西田の目には映ずるのであった。まさに、人の世の心つねならず、流亡山河の思いが、ひとしお強く西田の胸をひたしたことであろう。

東觜崎駅から生家までは約二キロの道のりであった。石コロを敷きつめた埃っぽい道の両側に麦畑が広がり、古めかしい白壁づくりの製麺工場の建物が、昔ながらの面影を見せて、畑の向こうに佇んで見えた。

製麺工場の横を通りかかって、西田はふと足をとめる。そこの剥げかけた壁に、稚拙な文字のこどもの落書がいっぱい書かれていた。その落書に西田は覚えがあった。だれが書いたのか、少年の頃のままの落書をそこに見て、西田は思わず微笑んだ。

と、ふいに忘れていた記憶が思い出された。それは、思いもかけぬ鮮烈な記憶であった。遠いはるかなる記憶――西田は、一瞬めまいに似た気持を覚えながら、失われていた過去の思い出の中に、自分を没入させていった。

＊

――播州は、むかしから、そうめんの産地として知られている。とくに、龍野地方のそうめんは、品質のよさでは定評があった。いまでは機械化されたものもあるが、西田が子供のころは、すべて手で延べていた。その手職人を、この地方では、「そうめん師」といった。もちろん、一人前の「そうめん師」になると、結構いい賃金をとり、幅をきかせていたが、一ヵ所に落ち着かず、渡り鳥のように各地を渡り歩いていた。それだけに世情に通じ、なんでもよく知っていた。

西田が小学校三年生の明治三十九年ごろのことであった。吉蔵という腕ききのそうめん師がいた。その吉蔵はひまさえあれば、近所の子供たちを集めては、戦争の話をしてくれた。日露戦争が終わってまもないときであっただけに、まだ昂奮の余情が残っており、バルチック艦隊を撃滅した東郷平八郎大将の苦心談や、旅順閉塞隊の勇壮な物語りを、吉蔵は講談調で巧みにまくしたてるのであった。

西田は、その場所が、落書のしてある製麺工場の横手の広場であったことを思い出したのである。子供のころの西田は、吉蔵の話を聞くのが楽しみで、学校からもどると、カバンをほうりだして、空地へ飛んでいった。西田少年が一番感銘を受けたのは、軍神といわれた広瀬武夫中佐の壮絶な最期であった。旅順港ふかく潜入した福井丸の沈みかけた甲板で、「杉野！」「杉野！」と、部下の杉野兵曹長をさがし求めながら、ついに敵弾に斃れた広瀬中佐の悲壮な死は、集まった少年たちの心をえぐったものであった。

西田少年が、海軍軍人を志したのは、じつはこのときであったという。少年らしい多感な正義感は、軍神広瀬中佐へのつよい憧憬となって、将来への方針を形成していった。

〈いつの日か、広瀬中佐のように、武人らしい死所を得て散りたい〉

西田少年はそうした願望を、このときにはじめて抱いた。それはひとり西田のみならず、当時の少年たちのほとんどが、そのように考え、海軍に憧れたのである。

——明治四十二年春、西田は龍野中学へすすんだ。いまとちがい、その当時、進学するのはこくわずかで、それも良家の子弟にかぎられていた。だから、村から中学へ通うのは、三人ぐらいしかいなかった。

中学生たちは、あたらしい制服、制帽姿のほこりがましい気持で、胸を張って登校したものである。ところが、西田少年だけはすこしちがっていた。かれは制服と制帽を、村はずれの鎮守さまの縁の下にかくし、普段着のままで家を出て、神社の森で制服に着替えて登校した。母のしなは、息子の行動に不審を抱き、ある日、そっと尾行して、それを突きとめた。

「正雄、なぜそんなことをするのか?」

母が問いつめると、正雄は正直にこたえた。

「金持でもないのに、中学へ通うのが気がひけるんだ。進学したくてもいけない友達に対し、すまないと思って……」

子供に似あわぬ思慮にとんだことばに、母はあっけにとられたが、すぐに、わざときびしい口調でいった。

「おまえの気持は、わからぬでもないが、男の子はそんな遠慮はいらんのじゃ。中学生らしく堂々とふるまってええ」

大正二年夏、西田少年は、中学四年生のとき海軍兵学校を受験した。教師になることをすすめていた両親は、海兵受験に徹頭徹尾反対した。いままで両親に逆らったことのない正雄であったが、このときばかりは、ガンとしてきかなかった。官費の学校へ入って、両親の経済的な負担をすこしでも軽くしたい、という気持もあったが、その底には、〈広瀬中佐のような軍人になりたい〉という、熾烈なまでの願望があったからである。

だが、夏休みがすぎても、兵学校からの通知はこなかった。いっしょに受験した連中は、とうに不合格の連絡があったのに、なぜか正雄にだけは通知がない。かれは毎朝、戸口に立って、郵便配達夫のやってくるのを、辛抱づよく待っていた。そんな正雄の姿を見ていた両親は、ついにたまりかね、仏壇の抽出しにかくしておいた合格通知書をとりだした。

「――通知は十日も前にきていた。海兵をあきらめさせようと思って、かくしていたのだが、それほどいきたいのなら、好きなようにしたらええ。わしらは、もうなにもいわん」

父はあきらめ顔でいい、

「海軍に入るからには、郷土の名を辱しめないように、立派な武人になれ」

と、力強くはげますのであった。

＊

〈――あれは、たしか、大正二年の九月だった。入校まで二日しかなかったので、朝の一番列車で姫路へ向かった。母のつくってくれた握りめしを頰ばりながら、江田島へ、江田島へと心をはずませていた……思えば、あれから三十五年。三十五年の歳月が流れていたのだ。短いといえば短かった。長いといえば、気の遠くなるような長い歳月のようでもあった……〉

壁にきざまれた落書の文字に、じっと視線を注いでいた西田の目に、涙がにじんでいた。

〈——広瀬中佐のように死にたい〉少年の日にいだいたひたむきな願望——それは、ソロモンの海にむなしく消えた。ともに死を誓ったはずの艦を放棄し、部下の死霊のみを残し、生きて帰ってきた。

〈あの場合、どうしても死ねなかった。部下に阻止されて、死ぬことすらゆるされなかった〉

それは、しょせん理由にはならないのだ。天候異変から生じた錯誤、その錯誤の連鎖反応による比叡の悲運——不可抗力といえば、たしかに不可抗力である。だが、比叡を沈め、部下を死なせ、艦長だけが生きて帰ったということは、厳然たる現実である。その事実に対して、だれが正当に真実を評価してくれるというのか。おそらく、神以外に、西田の真実の声に耳を傾けてくれる人は、いないのではないか！

広瀬武夫の死に憧れ、武人とはかくあるべし、と信じていた西田であった。少年のころ芽生えたこの根本思想は、海軍時代の三十余年を通じて、毫もゆるぎはしなかった。が、それはあくまでも固定観念であって、じっさいに生死の関頭に立たされたときの身の処し方が、いかに難しいものであるかということを、西田は故郷の土を踏んでみて、改めて思い知るのであった。

西田はあしもとにおいたカバンを取り上げると、落書の壁の前から離れ、ゆっくりと歩きだした。石ころのゆるい坂道を、心もち背をかがめて歩く西田の心のうちに、おびただしいばかりの無常感が、広がっていた。その無常感は、数千浬離れた南溟の涯、ソロモンの海につながっていたのかもしれない。

西田が、海軍を通して、己れの過去を封殺しようと考えたのは、おそらくこのときであろう。以来かれは、こと海軍に関する事柄について、一切、口を緘して語ろうとはしなかった。

やがて、西田の龍野での生活がはじまったが、戦後の混乱は、かれに「晴耕雨読」のゆとりなど与えてはくれなかった。インフレによる物価の高騰と、深刻な食糧危機は、この静かな城下町にも、ひしひしと押し寄せていた。大阪や神戸あたりからの、リュックをかついだ買出人が入りこみ、地元民でも一升の闇米を手に入れるのが難しかった。もとより、闇の品物を買ったり売ったり、器用なことのできる西田ではない。弟の畑の一部を借りて、麦やイモをつくってわずかに糊口をしのいでいた。

そうした貧窮の中で、二重の不幸がふりかかってきた。次男の正義が重病にかかり、次女の和子も戦争中の勤労動員の無理がたたって床についてしまったのだ。正義は一年ほどの療養で元気を回復したが、和子は三年近く病んだ末に、寂しくこの世を去った。

そのあいだ、病人の世話は、すべて父親である西田がやった。「艦隊勤務で、いつも留守ばかりしていたからな。だが、もうどこへもいかないよ。いままでの分もあわせて、父さんが看病してあげるから、安心おし。父さんがきっとなおしてあげる」やつれた娘の白い顔をのぞきこみ、そういって力づける西田だったが、和子はとうとう逝ってしまった。

昭和二十五年の春、西田はある人の紹介で、東觜崎駅の近くにある横尾製麵工場の工場長として就職することになった。また、長男の正人は、航空自衛隊が創設されるやカムバックし、パイロットとしての訓練を受けていた。次男の正義も東大に入学しており、ふたりの娘もすでに嫁いでいたので、西田はひとり身になっていた。

「男やもめに蛆がわく」という諺がある。海軍時代は、従兵が三人もいて、なにからなにまで、身の周りの世話をしてくれたが、いまはそうはいかない。自分でめしを炊き、おかずを煮て、弁当までもつくらねばならないのだ。蒲団は敷きっぱなしの万年床、汚れた食器が散らばった部屋に、大きなネズミが走り回っている。それでも、西田は、そういうことはいっこうに苦にしないのだ。しかし、その勤務ぶりは、時計のように正確で、七時には家を出て、始業三十分前には職場に姿を見せ、帰宅するのは毎夜十二時過ぎ、正月の三日間だけは休むが、一年中まったく休みなしで欠勤もしない。

西田は、生来酒は一滴ものまない。だから、生面目で、冗談ひとついえない堅物の工場長――という印象をあたえていた。従業員たちは、はじめ西田をなんとなしに敬遠し、よりつかなかった。だが、日が経つにつれ、若い人の面倒をよくみるし、結婚の問題や、家庭のごたごたで悩んでいる人たちに、真剣になって相談にのってやった。

「工場長って、とっつきはわるいが、ほんとはいいひとだ。たより甲斐のあるおやじさんだぜ」

だれいうとなしにそんな声が広がり、「おやじさん」「おやじさん」と、みんなが慕うようになった。けれども、二百人あまりいる従業員のうちで、西田の正体について知っている者は、ひとりもいなかった。「元海軍軍人らしい」ということは、うすうす感づいてはいたが、この中老の小柄な男が、戦艦比叡の艦長をつとめた元海軍大佐であることを、だれも知らなかった。ましてやこの老人が、かつてロンドン軍縮会議の随員に選ばれた海軍きっての秀才であり、また、イギリス駐在武官として、ヨーロッパの国際外交の檜舞台で重要な役割をはたした人物であることも、またその秀才が、比叡自沈事件の責任を問われ、無情にも現役から追放された悲劇の主人公であることなど、かれらには想像もつかないことであった。

若い工員たちは、休憩時間に西田をとりかこみ、雑談にふけることがあった。が、話題が戦争のことや、海軍に関することになると、西田の口はぴたりと閉ざされてしまう。

一言半句、それを口にのせないのだ。なぜか？ と問うのは愚問であろう。「卑怯者」という過去の汚名を恥じたり、それをひた隠しにするためではない。それはすべて、ソロモンの海の悪夢のような比叡の惨劇と、海底に眠る部下将兵への鎮魂の祈りのためであった。厳しさ、怒り、嘆き——それだけしか残されなかったあの戦い。それはすべて、艦長としての自分の不明と無能の結果である。だからこそ、己れに口枷《かせ》をはめ、十字架の重みに耐えて生きようとしていたのではなかろうか。

西田艦長からの手紙

いま、私の手もとには、正人氏から寄せられた西田大佐のポケット型の手帖が幾冊かある。西田さんが、二十年も勤めた横尾製麺工場を退いたのは、昭和四十三年末であるが、それから数年間分のノートである。表紙もすりきれて、ペラペラになっているが、小さな字で、その日その日の出来事を丹念に記した日記帳である。そこには、恩給年金がいくら支給されたとか、靖国神社の例大祭に上京した際の汽車賃から、バス代、電話料まで、詳細に書きこまれているのにおどろく。

そのメモを通して推測される西田さんは、じつにつつましい生活をしていたらしい。生活費を極端にきりつめ、むだな金は一円も使わず、禅僧のように質素な暮らしをしていたことが窺えるのである。ちなみに、西田さんの恩給年金は四十三万円、これに老齢年金の十八万円を合わせると、年収約六十万円ぐらいということになる。本人がそう記しているのだから、まあ間違いはないだろう。金の価値が下落した今日では、けっして多額のものとはいえない額であるが、西田さんはとにかく生計を切りつめて貯蓄していた。

ところが、亡くなったときには、その金がほとんど消えていた。いったい、なんに使ったのか――と疑問が残る。で、ノートをたどっていくと、不自由な躰にもかかわらず、よく、旅行をしている。中国山陰から、関東一帯にかけて――それはたんなる物見遊山の観光旅行ではない。亡き部下の墓参と、遺族への弔意の行脚であったのである。

また、靖国神社や地方の招魂社へも、かなりの額の金を寄付している。生活を質素にし、コツコツとたくわえていたのは、すべてその費用にあてるためだったのだ。私はそこに、『おのれに口枷をはめ、十字架の重みに耐えている』孤独な老人の姿を見る気がしたのである。

口枷といえば、西田さんは亡くなる前まで、ほんとうに口に枷をはめたままであった。自分の死を予期したのか、龍野城祉の「赤とんぼ」荘で、私にはじめて真情を吐露してくれたのは、亡くなるわずか五ヵ月まえのことである。このことは、すでにくわしく述べたが、『利根』の殉難碑の前で、はじめて西田さんと逢ったときからなんと約十年。その間に私は、西田さんに一度会っただけである。しかし、それがきっかけとなって、年賀状のやりとりをするようになった。年に一度の賀状のおつきあいであったが、毛筆で書かれたみごとな賀状を受け取るたびに、私は西田さんの健在を、うれしく思っていた。

それ以来、私は私の著書が上梓されるたびに、まず、西田さんに贈呈することにしていた。私の書いたものを読んでもらうことによって、いつの日にか、西田さんの気持がほぐれ、みずから枷をはずしてくれる、ということを期待したからである。

ところが、どっこい、そんなことぐらいで陥落する西田さんではなかった。私の手元に、そのことについて、当時西田さんとかわした幾通かの書翰が残っている。西田さんの口枷がいかに堅く、いかに重いものであったか、参考までに掲げることにする。

——この手紙は、西田さんが横尾製麺工場を退社し、部下の遺族を訪ねて、各地を歩き回っていた昭和四十六年ごろのものである。この頃から、西田さんは長年の無理がたたって腰椎をいため、医者通いをしていたようである。

書翰・1

拝復

貴著「あゝ厚木航空隊――あるサムライの殉国」、誠に感銘深く拝読いたしました。とくに、第二、三、四章にては、随所に流涕を禁じ得ぬものがありました。

小生は水雷科出身にて、省部にも勤務はしましたが、航空科の人とは限られた範囲の交友しかなく、小園安名大佐は全然未知の人でした。

戦時中、小生は南方方面（筆者註：第三次ソロモン海戦）の主戦場を去り、支那方面に転配せられ、終戦時は福岡の人事部におりました。終戦時、厚木航空隊の叛乱事件は、ちょっと耳にした程度にて、詳細は承知せず、また不勉強にも今日までこれが究明をも怠っていましたので、貴著の御恵贈を受け、はじめて小園安名氏の人物経歴を詳知し得た次第です。かかる純忠至誠の有能の士をして、その全能を発揮せしめ得ず、遂にはその最後を誤らしむに至りたるは、当時の海軍制度上にも何らかの欠陥ありしこと、誠に痛恨の限りであります。

貴著が現代及び今後の青壮年の発奮資料として、多大の寄与をなすことを確信すると共に、為政の当時者がこの教訓を、今後の施策に活用せんことを熱望して、ここに尊台の絶大なる御努力を、衷心感謝する次第であります。

つぎに御来示の件、つまり小生と面談の上これを資料として、比叡及び小生に関する記録を作成せられた趣きのことにつきましては、小生の心境は、先年二度の拝眉当時も現在も変わりませず、さらに拝眉のお求めがありましても、格別に申し上げることもありません。

また記録作成の資料なども御提供はできませんので、この点もあわせ、取材のための御旅行計画も中止せられますよう、お願い申上げます。　敬具

右至急御返事まで

五月十七日　西田

追伸　日本民族の団結発展と真の世界平和推進のため一層の御健闘を祈って已みません。

私はこの手紙を読みながら、自分の考えの甘かったことを、いやというほど思い知らされた。とくに「小生の心境云々——」と「記録作成の資料なども御提供できません」と、あっさり拒否されたのには、すくなからずショックを受けた。それと同時に、西田さんの頑固一徹さ、おのれを律する不動の心に、あらためて感嘆した。もうこれ以上、「——あなたも男なら、武士の情け、というものがおわかりになるはずだ。私を追うのをやめていただきたい」

横尾製麺工場の応接室で、悲痛な面持でいった西田さんのことばを、そのとき私はもう一度、思い返していた。

＊

つぎの手紙はそれから一年後。

西田さんが病気治療のため、次男正義氏宅に転居していたころのもので、たまたま、岡山

地方へ旅行したさい、私が正義氏宅を訪問した。そのときの返事である。西田さんは病状もかなり回復し、ふたたび龍野へ帰ったあとであった。むろん、なんの予告もなしに出向いたのだから、肩すかしをくったところで自業自得で、私がわるいのである。しかし、西田さんは、それを大変気にしているらしく、そのへんの心情が縷々《るる》述べられている。

書翰・2

拝啓　鬱陶しき梅雨の候、尊台には愈々御健勝にて御活躍のことと拝察、欣賀申し上げます。

小生こと、昭和四十三年末、横尾商店を退社し、翌年春より龍野の弊宅を閉じ、目下は岡山の次男宅に寄居し、持病の腰椎治療のため岡山医大に通院しております。

しかし、本年春、長男夫婦が帰郷いたしましたので、小生も先月より旧宅に帰住しておりましたが、尊台が岡山に来訪されたこと、次男より耳にいたし、まことに御迷惑をおかけし申訳けなく存じている次第です。

これはみな、小生が転居通知を怠ったために惹起したことであり、尊台の御計画を徒労に帰せしめ、重々お詫び申上げるばかりであります。

またその節は、東北の名菓「田村の梅」を御恵与たまわり、御厚意のほど千万かたじけなく、厚くお礼申上げます。田舎者の老生には全くはじめて口にする珍菓にて、その風雅なる味を満喫いたし、ここに改めて感謝の意を表するものです。

さて、顧みますれば、往年龍野在の交通不便なる横尾工場に、わざわざ御来訪たまわり、その際には小生生来の素気ない態度に加えて、なんの御愛想もいたさず失礼しましたにもかかわらず、爾来永年にわたり、御厚情をいただきまことに感謝にたえません。

右御厚情に対する御礼と失礼のおわびまで。

末筆ながら、いよいよ御健勝にて、益々文筆御報国に御精進あらんことを。

敬具

六月二十一日夜　岡山にて　西田生

追伸　住所録を龍野においておりますので、二十二日、龍野に帰宅後投函いたし度御詫び遅延不悪　以上

それからさらに、一年が経過した。

西田さんからの短信によると、いまは長男夫婦も帰郷し、その厄介になっているので、なにひとつ不自由のない身であるが、ただ、持病の腰椎病がおもわしくなく、コルセットをつけて、ようやく歩けるようになった、という近況を知らせてきた。

私は急に不安になった。西田さんは、何分にも高齢のことだし、もしも、ということもあり得るのである。不幸にしてそのようなことになれば、比叡自沈事件の真相は、謎につつまれたまま永遠に埋没してしまう、ということになる。それは、いいかたによっては、日本海

軍敗亡史の一頁が脱落することでもある。人はいう、「おろかな戦争であった。二度とあのような戦争をくりかえしてはならない」と。そう、真に戦争を否定し、平和を希求するならば、正しい史観によって、戦いの実相を見極めなければならない。口はばったいようであるが、私が比叡自沈の真相を究明したかったのはそれであった。だからこそ、その惨劇に身をさらし、そして二十数年間、苦しみつづけてきた西田大佐の苦悩の声を聞きたかったのである。私は三度筆をとった。どうしても、そうせずにはいられなかったからである。つぎの書翰は、そのときの返信である。

書翰・3

拝復　六月二十八日に貴信を頂きながら、ご返事も差上げず失礼しております。あしからず御容赦願いあげます。

小生、毎月初めと二十日頃の二回、岡山に出かけ次男方に一、二泊することにしております。本月も去る二日、岡山に出かけましたが、神奈川真鶴町在住の小生兵学校の級友が、今回四国周遊の帰途岡山に来訪してくれましたので、この級友を岡山駅に迎え、ともに倉敷の大原美術館を観覧の上、龍野の「赤とんぼ」荘に更に別の級友も加えて放談して、帰宅いたしました。さて、御来旨の「比叡」の件に関して申しあげます。尊台が少年時代より当時評判の高かった「陸奥」や「長門」よりも「比叡」を愛され、また、現代作家としても「比叡」の歴史を書き残したいとの御念願、洵《まこと》にごもっともにて「比叡」は十分これに値する艦歴ある軍艦なりと、確信いたします。したがって、尊台が「比叡」について書き残さねばならぬとのお考えには、小生も賛成であり、なんら反対するものではありません。

しかしながら、最後の艦長たりし小生の意見を間かなくては、ほんとうのものは書けないとの尊台の御意見には、俄かに同意しかねる次第です。

当時艦と運命を共にせんとしておりました小生の素志が、支障なく達成し得ておったならば、今日の小生は当然現存し得ず、尊台も死者より意見を徴せられる手段もないことと存じます。この点、尊台との初対面の際にも、はっきりと申し上げたはずですが、比叡の最後に関して、小生の意見を申し述べ得ないとの心境には、当時もいまもいささかの変化もございません。

尊台の永年の御奔走御努力による作品もいくつか読ませていただき、尊台の意のあるところもわかりますが、しかし、尊台は小生に対し、なにか誤った先入観におとらわれになっているのではないか、と疑惧いたすものであります。

小生はとても尊台の筆になるような人間ではありません。

以上のような小生の見解のもとに、先年横尾工場への御来訪。岡山への再度の御来訪、さらに今回の御来信と、尊台の御熱意には感激しながらも、小生としてはやはり、会談の御申出を辞退いたしたいと存ずる次第にて、まげて御諒承たまわりたくお願い申上げます。

右延引乍ら御返事まで　　　　敬具

四十八年七月五日　　　　　　　　　西田正雄

西田さんからこの書翰を受け取ったとき、私は、長いこと執念を燃やしつづけてきた私の意図を、放棄することを決意した。それほどまでにいうのなら、それこそ、西田さんが望むように、そっとしておいてやるのが、人倫の道ではないか。いまになって古傷をあれこれいじくりまわすことは、酷というものだ。私はそう解釈した。

そして、さっそくお詫びの手紙を投函した。西田さんからはそれっきり、なんともいってこなかったし、私もまたそのことを努めて忘れようとした。しかし、忘れようとつとめながらも、私はなぜか一抹の寂寥を感じていた。

靖国の桜の木の下で

一

話は、すこしまえにもどる。

青森の坂本松三郎元大尉が、青森から、西田さんを訪ねて、はるばる岡山へやってきたのは、昭和四十六年五月十七日のことである。もっとべつないいかたをすれば、その日は、西田さんが前文で紹介した第一の書翰を、私あてに投函した日でもある。このことは、私がおあずかりした西田さんの手帳を、丹念にめくっていくうちに、わかったことで、手帳にはこう記してある。

5月17日――岡山国立病院整形外科に治療のため通院す。午前中にて治療おわる。午後坂本氏来訪、久方ぶりの再会である。

家にていろいろ話す。四時三十分、三光荘にて食事をする。正義、途中から姿を見せ、席くわわる。青森の珍しき土産頂載する。坂本氏、八時三十分、大阪行の列車にて帰途に駅まで見送りにいく。マスカットを手土産に贈る。着く。

――ところで、比叡の信号長兼掌航海長として、西田の目となり、耳となって働いた坂本元大尉は、いずれの目的のために、青森くんだりからやってきたのであろうか……。

西田さんの手帳には、そのことについて、まったくふれられていない。

後年、私は青森に坂本さんを訪ねたが、そのとき、坂本さんは私にこういわれた。

「――私が艦長を岡山にお訪ねしたのは、どうしても一言お詫びをいいたかったからです。艦長に、というよりもご家族の方にですよ。艦長はゆるしてくださったとしても、ご子息さんやお嬢さんに、一度お会いして改めてお詫びしなければ、私の気持がすまなかったからです。

じつのところ、横須賀の砲術学校の一室で、艦長とお別れして以来、私はずっと苦しみつづけきたのです。あのとき、艦長はもうそのことは忘れろ、と私をなぐさめてくれました。

しかし、その後の艦長の不遇を風の便りに聞くたびに、私は針で胸をつき刺されるような痛みをおぼえ、その痛みからのがれられませんでした。

艦長が望まれたように、あのとき、あのまま艦長を死なせてあげていたら、『蒼龍』の柳本艦長のように、軍神としてあがめられたに相違ありません。かりに軍神とされなくとも、武人としての最期を、まっとうしたことによって、世人の評価はちがっていたかもしれないのです。

まったく、私は軽率でした。軽率なばっかりに、艦長の運命を狂わせてしまった。いや、艦長ばかりか、ご家族の方々にもご迷惑をかけてしまった。いまさら、お詫びしたところで、ゆるされるものではないことは承知しています。しかし、私は、そうしなくては気がすまないので、ご子息の正義さんの前に平身低頭したのです」

私は、坂本さんの純粋さにうたれ、すくなからず感動した。そして、その話を聞いているうちに、「なるほど」と、いくども思った。私が西田さんの口枷をはずさせるために手紙を送り、いろいろ画策していたそのころ坂本さんは、おのれの苦衷を訴え、謝罪するために西田艦長を訪ねていたのである。これでは、私が百万遍の言辞をついやして西田さんを口説こうとしても、陥ちないはずである。

この話には、さらに後日譚がある。

＊

それから二年後の四十八年四月、靖国神社の例大祭がおこなわれたある日。坂本元大尉は、例大祭に参列するために上京してきた。それまでにも、何度も案内状をもらってはいたが、なにぶんにも青森という遠隔の地だけに、なかなか上京できなかった。しかし、今回は、万難を排しても出席するつもりで仕事のやりくりをつけた。どうしても会わなければならない人がいたからである。その人が、西田艦長であった。

慰霊祭の式が終わると、神社の境内のあちこちに、顔見知りの連中がいくつかのグループをつくって、たがいに旧交をあたためあっていた。坂本元大尉もその輪の中に入って、むかし話にふけっていた。と、そのとき、本殿の前で参拝を終えた小柄な老人が、ステッキをついてゆっくりと石段を降りてくるのが目にはいった。

「おっ！　西田艦長……」

二年前に岡山で会ったときより、さらに腰がまがって小さくなった西田を見て、坂本はキュッと胸をつかれた。

「——艦長！　おひさしぶりでした。おなつかしゅうございます。先年は、岡山でいろいろお世話になりました」

坂本は息をはずませていった。

「やあ！　よく出てこれたね」

すっかり好々爺になった西田は、目じりに小皺をよせ、握手を求めてきた。

「はあ、どうしても、艦長にお会いしたいと思いまして……」

「そうか、どこかで腰をおろそう」

元艦長と元掌信号長は、人混みを避け、桜の大樹に近いベンチに座った。

桜花絢爛という形容詞は、今日ではすでに陳腐である。しかし、そうとしかいいようがないほど、靖国の杜は桜一色につつまれている。世の中は凄まじいばかりのいきおいで変わりつつあったが、日本人の心もすっかり荒《すさ》みきって、生きがたい世相に思われる。だが、人の心は変わっても、桜だけはむかしもいまも、変わりなく咲ききそっている。西田は、そんなことを考えながら頭上の桜の小枝を眺めていたのかもしれない。

「艦長！」しばらくして坂本が口をひらいた。

「先年、岡山に伺い、艦長や艦長のご子息さんにもお詫びすることができました。それで、私の気持もやっとおさまったつもりでおりましたが、やっぱり駄目です。それだけでは済まないものが、心のどこかによどんでいて離れないのです」

思いつめたような表情で、坂本は、西田の横顔にじっと目を注いだ。そして、みずからの心をふるい立たせるかのように、力をこめて語をついだ。

「それでですね……」坂本は背広の内ポケットから、一通の原稿をとりだした。二百字詰の原稿用紙十枚ほどに、鉛筆で大きな文字が、ぎっしり書きこまれている。

「——まことに、僭越ではありますが、私は、この原稿を水交社の機関誌『水交』に発表するつもりで、一週間かかって書きました。下手くそな文章ですが……。それで、発表することについて、艦長のご了解を得たいと思いまして……」

「ほう、なにを書いたのかね」

やや昂奮ぎみに、気色ばんでいる坂本に対し、西田はいかにも興味なげな顔つきである。

「はあ、つまりですな」坂本は、すかさずこたえた。

「よけいなことと、お叱りを受けるかもしれませんが、艦長の比叡退艦の真相を詳細につづりました。卑怯者の汚名を受けたまま、一言も弁明なさろうとしない艦長のために、いまこそ、ほんとうのことを発表し、すこしでも、艦長の名誉を回復できたら……そう考えたわけです。どうでしょうか、艦長……」

坂本は原稿をひろげて、西田の手に渡した。西田は無言で文字の上に目を落としたが、一瞬、白いもののまじった長い眉毛が、ピクリと動き、みるみるけわしい表情になった。

『比叡艦長を軍神の座からひきずりおろしたのは私だ！

元比叡信号長兼掌航海長海軍大尉

坂本松三郎』

原稿用紙に記された題名を、じっとにらんでいた西田は、ややあって顔を上げた。

「坂本くん！」

「はあ！」

「この原稿、私にくださらんか……」

「はあ、でも、それをどうなさるおつもりで！」

坂本は、とっさに意味を解しかね、不安そうな目を向けた。

「くださいますな」

西田はまたいった。こわいような響きをもった声であった。

「――艦長が必要とおっしゃるなら、さしあげますが。でも……」

西田はそれにはこたえず、しんみりした声音でいった。

「きみの気持は、うれしいと思う。しかし、いまこれを発表したところで、なんの意味もないのだ。艦と運命を共にすることのできなかったという事実は、どのように贅言を費やそうと消えはしないのだ。西田は卑怯者であった……それでもいいではないか。帝国海軍はすでに滅んでしまったのだから……そして、西田正雄という男もだ……」

そこで、不意に口をつぐむと、坂本の目の前で、ぴりぴりと原稿をひき裂きはじめた。

「艦、艦長っ！」

坂本はあっけにとられ、呆然とした面持で、西田の手もとを見つめた。西田は、糸屑のようにこまかくひき裂いた原稿を、両の掌でまるめると、かたわらの屑籠にポイと放りこんだ。

「なあ、坂本君」

ベンチに座ったままの坂本の前に立って、西田は静かに微笑みかける。

「もう、すべては終わったのだ。いまさらわしの生き方は、変えることはできんのだ。たのむから、これ以上、わしのことは心配せんでくれたまえ。そっとしておいて欲しい」

そういい残すと、西田はくるりと踵をかえして歩きだした。そのとき、西田のまるい背中を微風が追い、花びらが蝶のように舞って、西田の肩にひらひらとふりかかった。

「艦長！」

遠ざかっていく西田の背に向かって、坂本は祈るような視線をそそぎつづける。だが、坂本が西田の姿を見たのは、それが最後であった。もちろん、坂本は、それが最後になろうとは、思ってもみなかったが、ステッキをたよりに、一歩一歩ふみだすようにして歩いていく艦長の後姿がひどく寂しげに映って見えた。

＊

坂本元大尉の回顧談に、私は大いに興趣を唆られた。とくに、西田艦長の汚名回復のために自らペンをとって一文をモノし、それを『水交』に発表しようとした動機。また、私にくださらんか、といってその原稿をビリビリに破いてしまった西田。このへんのやりとりや動作は、まるで映画の一シーンのように、私には目に見える気がするのである。いかにも東北人らしい、実直そのものの坂本の人柄がにじみ出ているが、それを、にべもなく破り捨てた西田も、また西田ならではの感しきりである。

『――軍神の座からひきずりおろしたのは私だ』とタイトルをつけたその原稿を、私は読んでみたいと思う。比叡退艦時の経緯は詳細に聞いていたので、内容については、およその見当はついている。が、坂本元大尉にしてみれば、それこそ彫心鏤骨の思いで、書きつづった原稿ではなかったか。だが、西田さんは、それさえもあえて無視して、坂本さんの眼前で破り捨てたのである。なんと一徹なことか！

ところが、その年の十月末、私は、思いもかけぬ便りを受け取った。

『――関西方面へおいでの節は、是非お立ち寄りください』

西田さんのこの端信は、なにを意味しているのだろうか。変心である――閉じたままの口枷をはずす気になったのだ。直感的にそう感じた私は、とび立つおもいで龍野へ向かい、十年ぶりに西田さんと再会したのである。

いまにして思えば、西田さんのこの心境の変化は、おのれの死期を予期したからであろう。死を予感し、死という厳粛な事象と対決したとき、おのれの内部に包蔵されていたすべてのものに決着をつけておきたい、という考え方を持ったのではないだろうか。私には、そのように思われてならないのだ。

「赤とんぼ荘」の一室で、西田さんはよくしゃべった。これがあのような手紙をくれたひとかと疑うほど、しゃべってくれた。時間もなかったので、十分とはいえなかったが、ともかく私の詩嚢はふくらんでいた。

西田さんとの三時間にわたる対談が終わったあと、私は最後の質問をこころみた。

「西田正雄という人を、そのように処遇した日本海軍というものを、どう考えていますか。恨みとか、つらみとか、なにかおありになるでしょう」

「――うらみごと！　なにをバカなっ！」

西田さんは、がらりと表情を変え、それこそ、あわれむかのような目で私を見つめた。が、すぐに持ち前の柔和な顔になってこういった。

「――私は片田舎の小百姓の小セガレである。氏素性もない百姓の子が、海軍大学までいかせてもらい、外国生活までさせてもらった。ありがたいことだと思って、いまでも、海軍には感謝している。恨み、つらみなど、とんでもないことです！」

これが西田さんのほんとうの気持かどうか、私にはわからない。しかし、このひとの性格からいえば、さもあろうと思われる。いずれにしろ、別れぎわにいったそのことばは、私にはひどく印象的にひびいた。私は西田さんに厚く謝意を述べて、夕闇のたちこめはじめた龍野の城下街を後にしたのである。

＊

西田さんの病状が悪化しはじめたのは、あくる年の三月中旬であった。それまでは、毎朝、かならず近くを散歩し、部下の遺族に手紙を書いたり、夜更けまで読書に過ごしたりしていた。読書といえば、『山本五十六伝』や、宇垣纏の『戦藻録』、ニミッツ元帥の『太平洋海戦史』などを愛読していたようであった。いずれも、直接、間接に関係のあった人たちの書物だけに、胸中の一端がのぞかれる気がする。このころからしきりに、

「わしが死んだら、密葬にしてくれ」

などと口にするようになった。

しかし、食欲は旺盛で、自分の膳のものはきれいに平らげ、それでも物足りぬ顔をしていた。

「齢をとると子供にかえる」とは、よく聞く世間のことばである。ご多聞に洩れず、西田さ

んもそうであった。酒をたしなまないかれは、根っからの甘党である。それを知っているから長男の夫人は、羊羹だとか甘納豆などの甘味品をたやさないようにし、三時のおやつには、かならずそえて出すようにしていた。ところが、食べているように見せながら、じつは手もつけずに、枕元の菓子の空箱に、御生大事にしまいこんでおくのである。子供がよくやるアレである。たまたまそれを見つけた夫人が、

「おじいちゃん、こんなことをしなくたって、欲しければいくらでも上げますから、召しあがったらどうなの」

というと、いたずらをして見つかった子供のように、バツのわるそうな顔をしたという。

十六日の夜から病状が悪化し、歩行が困難になった。すぐに医者をよんで診てもらうと、腎臓炎のため躰にむくみがきている。歩けなくなったのはそのせいで、むくみがひけば元にもどる。心臓が非常に強いから、安静にさえしていれば、当分はだいじょうぶ、ということであった。

しかし、嫁にやってもらうのがいやだったらしく、尿瓶にとったものを、自分で夜中にそっと捨てにいったりしたが、あとでそれがわかり、正人氏に叱られると、

「わしがわるかった。これからはいうことを聞く」と小さくなって、こたえるのであった。

その西田さんが、ついに息をひきとったのは、十九日の朝六時ごろであったという。

正人氏はそのときの模様を、こう語るのである。

「あの晩、といっても夜中の一時ごろでしたか。おやじがしきりに呼ぶんです。病室へいっ

てみると、どうしても、話しておきたいことがある。おかあちゃん(正人夫人)にも、ここへ来て欲しい……という。しかし、もう夜も遅いことだし、話なら、明日の朝、聞いてあげますから、寝なさい、といって、無理に寝かしつけてしまった。それでも気になったので、三時ごろのぞいてみると、いびきをかいてよく眠っていた。安心して、一度、部屋にもどり、六時頃、また病室へいってみると、まだ眠ったままでした。そのときは、すでに意識不明におちいっていたわけです。医者を呼びに走り、もどってからほどなくして、静かに息をひきとったんです。まあ、大往生といえましょうが、話がある、といったあのとき、なぜ聞いてやろうとしなかったのか、と、それだけが心残りでした。おやじはいったい、なにをいおうとしたのか……」

かくして、日本のサムライ精神と、秋霜烈日の気骨を、最後まで持ちつづけた、ひとりの明治人が消えた。その法名は、『清秋院釈正叡』と呼ぶ。生前、西田さんの親しい知人であった京都のある寺院の管長による戒名であった。「叡」と「秋」の二字は、比叡が沈んだ十一月に因み、とくに西田さんが希望したものであったという。それは、波藍きソロモンの海に眠る比叡と、多くの部下への思いのたけをこめた哀しい「墓碑銘」ではなかったろうか。

【資料・談話などの提供者】
西田正人・西田正義（遺族）
湊慶攘（元海軍少将）
黒島亀人（元海軍少将）
竹谷清（元海軍大佐）
大西謙次（元海軍中佐）
柚木哲（元海軍少佐）
坂本松三郎（元海軍大尉）
（順不同・敬称略）

【参考引用文献】
『南東方面海軍作戦』――防衛庁戦史室編
『戦藻録』――宇垣纒著
『戦艦比叡の自沈』――柚木哲著
『海戦』――吉田俊雄著

月刊『丸』一九七四年九月号〜一九七五年八月号連載　潮書房
単行本『怒りの海』一九七六年一月第一版　光人社　改題・改訂

NF文庫

悲劇の艦長 西田正雄大佐

二〇一六年十一月十三日 印刷
二〇一六年十一月十九日 発行
著 者 相良俊輔
発行者 高城直一
発行所 株式会社 潮書房光人社
〒102-0073 東京都千代田区九段北一-九-十一
振替/〇〇一七〇-六-五四六九三
電話/〇三-三二六五-一八六四(代)
印刷所 モリモト印刷株式会社
製本所 東 京 美 術 紙 工
定価はカバーに表示してあります
乱丁・落丁のものはお取りかえ
致します。本文は中性紙を使用
ISBN978-4-7698-2978-2 C0195
http://www.kojinsha.co.jp

NF文庫

刊行のことば

第二次世界大戦の戦火が熄《や》んで五〇年――その間、小社は夥しい数の戦争の記録を渉猟し、発掘し、常に公正なる立場を貫いて書誌とし、大方の絶讃を博して今日に及ぶが、その源は、散華された世代への熱き思い入れであり、同時に、その記録を誌して平和の礎とし、後世に伝えんとするにある。

小社の出版物は、戦記、伝記、文学、エッセイ、写真集、その他、すでに一、〇〇〇点を越え、加えて戦後五〇年になんなんとするを契機として、「光人社NF（ノンフィクション）文庫」を創刊して、読者諸賢の熱烈要望におこたえする次第である。人生のバイブルとして、心弱きときの活性の糧《かて》として、散華の世代からの感動の肉声に、あなたもぜひ、耳を傾けて下さい。